壹卷
YE BOOK

让思想流动起来

李怀宇
作品集

李怀宇 著

四川人民出版社

序

  我以访问和研究知识人为志业，发愿遍访视野所及的名家。在新闻与历史之间奔波，在人与书之间探索，希望寻得一些知人论世的材料。如是我闻，化作文字。过眼的掌故烟云，会心的读书妙趣，日积月累而成长卷。

  在没有地图的旅行中，我仿佛游走在两个世界：一个是热性的新闻世界，一个是冷性的历史世界。平生爱读杂书，尤其以人物为重心，个中妙趣就是能和古今人物对话。职业生涯中，采访过种种人物，见识过种种现象，跋过山，涉过水，丢过脸，吃过苦，写过无数随风而去的文字。三十而立，略有所悟，便以知识人作为主线，从人物而见世界万象，从世界万象以鉴人物。

  新闻瞬息万变，幻象层出不穷，颇似《红楼梦》中所唱："乱烘烘你方唱罢我登场，反认他乡是故乡。甚荒唐，到头来都是为他人作嫁衣裳！"1959年，胡适演讲《新闻记者的修养》，引用明代吕坤的名言："为人辩冤白谤，是第一天理。"当一个新闻记者，要有这一种替人"辩冤白谤"的责任。在变幻的世间，尽一切可能寻找真相。在不疑处有疑，给史家做材料，为事实找旁证，留下更多元的历史初稿。在我看来，新闻记者与历史学家同样担负着为人辩冤白谤的道义。最要紧的是敬业。如果能做到"造次必于是，颠沛必于是"的地步，更是仰不愧天。

变局之中，大到社会演变，小到个人生活，都由许多无法预见的偶然因素决定。人生有时是很无奈的，在时代的惊涛骇浪之中，人不过是一叶孤舟。悟得此念，便心生同情和理解。而人间常态是锦上添花者众，雪中送炭者寡。随着年龄的增长，我越来越欣赏汪曾祺"人间送小温"的境界。

写人实难，写名人更难。一个人一旦出名，自然有各路豪杰臧否。恭维有时未必得体，批评也不见得全出于公心。前辈有言：声名是误会的总和。而声名背后的苦乐，往往千人万人中，一人二人知。昔日寒山问拾得："世间谤我、欺我、辱我、笑我、轻我、贱我、恶我、骗我，如何处治乎？"拾得云："只要忍他、让他、由他、避他、耐他、敬他，不要理他，再待几年，你且看他。"虽说人生不如意事常八九，但看破放下，便坦然前行。从长远来看，历史的最后阶段是喜剧。

重温汉魂唐魄的光荣与梦想，中国文明是开放、包容、宽厚的。张载"为天地立心，为生民立命，为往圣继绝学，为万世开太平"是儒者的气象。而黄宗羲以为天下莫不有"诗书宽大之气"。诗书所熏陶的宽容气质与宏大气象，历经数千年风霜而绵绵不绝。

从传统到现代的进程中，汉魂唐魄与欧风美雨交汇，自然形成思想新浪潮。中国的古老文明，蕴含合情、合理、合乎人性的文化因子，经过调整，可以和现代文明合流。在人文世界，一方面整理和融汇中国的旧学，一方面介绍和吸收西方的新知，正合朱熹所谓"旧学商量加邃密，新知培养转深沉"。而古老文明中富有人情味的一面，在中国文明的现代转型中尤为可贵。

在现实世界里，每一个常人有优点，也有缺点。人生中绝大多数时间不免在"功利境界"中挣扎，无法长驻于"天地境界"或"道德境界"。人性是大权在握或利益在手，便难以舍弃，权与利在现实世界常常无往不利。然而，人生中总是存在两者：一个是现实世界产生的事实，一个是超越世界产生的价值。正是因为人间有种种自私自利的行为，才会产生理想，用理想来批判现实。中国知识人通常以司马迁"究天人之际，通古今之变，成一家之言"为理想。天与人，往往分指超越世界与现实世界，或可谓"彼世"与"此世"。在人心里，此世难免煎熬，彼世长乐无极。

在我的青春岁月里，读万卷书，行万里路，访知识人，是一种人生理想。现实生活中的不完美与不如意，往往鞭策人追求理想，求真、求善、求美，乐而忘忧。为知识而知识，为艺术而艺术，为学术而学术，为真理而真理，本身就有无穷的乐趣。用志不分，乃凝于神，心里会暂时抛弃世俗的功利，忘却人生的荒谬，甚至会油然而生一种超凡入圣的幻觉。

西方学术界流行一句老话：一个研究工作者的最大荣誉是姓名能出现在其他学人著作的"脚注"中，而不是在报纸的"头条"新闻上。我重读青春岁月留下的文字，曾经刊在头条，也入过脚注，但细看不过是抄录前辈的故事与思想。酬世之量与传世之志，尽在时间的考验中。惟江上清风与山间明月，不朽于人心。

李怀宇序于悠然居
2021年11月20日

目录

陈之藩：思想散步　　001

杨宪益：诗酒风流　　022

吴冠中：我负丹青　　040

王元化：反思历史　　057

王世襄：玩出学问　　074

王钟翰：烟酒熏陶　　089

周辅成：燃灯者言　　105

汤一介：返本开新　　118

赵俪生：一生负气　　140

黄永年：填空补白　　158

辛丰年：如是我闻　　175

李育中：博雅妙人　　189

曾敏之：风云纪事　　203

罗忼烈：潜心词曲　　217

柳存仁：寻史探源　　233

范　用：相约书店　　248

车　辐：美食留香　　259

廖冰兄：童心侠骨　　270

黄苗子、郁风：情系师友 305

陈之藩:思想散步

一、一生总在写信

2008年6月9日午夜,我在无锡的旅馆中准备入睡,突然接到余英时先生打来的越洋电话,方知陈之藩先生在几天前中风入院。此后的日子,我再也无缘和陈先生畅谈,只能不时通过金耀基先生和陈方正先生间接了解陈先生的

林津鹭 摄

情况。2012年2月25日,陈之藩先生在香港逝世,我打电话告知余英时先生,余先生说:"陈先生解脱了。"

我在初中时,无意间读到一篇《钓胜于鱼》的文章,即刻记住"陈之藩"的名字,从此格外留意这位作家的文字。2000年,浙江人民出版社出版了陈之藩的散文集《剑河倒影》,这是我第一次比较系统地读到陈之藩的文章,后来写了一篇《秋水文章不染尘》的书评,刊发在《南方周末》上。

2003年,我第一次到香港拜访陈之藩先生。当我到达香港中文大学火车站时,陈先生早就从山上到山下来接我,使我感念不已。多年后,我收到陈先生寄来的文章《儒者的气象》,才有所悟:"大概是1959年,我在美国,Bertram是IBM的大人物,而约克镇(York Town)研究所正在动工中。我到IBM面谈时,是在辛辛(Sing Sing)那小镇。从火车上下来,还提个大箱子,来接我的正是Bertram本人。他不但到车站来接,而且把我的大箱子抢过去为我提着。我那时还想,美国原来也是礼义之邦啊,使我相当吃惊。"

我们一见如故,聊了一个下午,意犹未尽,共进晚餐时还谈兴甚浓。临别时,陈先生说,他在中文大学并不忙,希望我到香港就找他聊天。以后我每到香港,必打电话给陈先生,他总说:"你赶紧来,我喜欢听你聊天。"每次,我们都聊大半天,陈先生必请我吃晚餐。有一次,他说有一家上海菜馆极好，竟带我从中文大学坐火车到尖沙咀大快朵颐。

陈先生喜欢听我讲到各地采访人物的趣事，我则爱问他一些前辈的逸闻。我听得最多的是胡适和爱因斯坦的故事，不禁对普林斯顿心向往之。陈先生多次提起在普林斯顿的余英时先生，对余先生的旧诗赞赏不已。他1991年在《香港观感》中说："香港还有不少会作律诗的人。比如余英时教授罢？就是香港出身的人；以他的年纪，居然会作律诗。"

陈先生不作诗，却喜欢念诗和译诗。他并不认同胡适关于白话诗的主张，而对中国诗歌的传统倍加珍惜。他爱举的例子是易实甫的诗："青天无一云，青山无一尘，天上唯一月，山中唯一人。此时闻钟声。此时闻松声。此时闻涧声。此时闻虫声。"他认为像这类诗句，若无"五四"出现，而能由传统自然发展开来，正是未可限量。他对今人作的律诗也常脱口而出。

陈先生喜欢讲笑话。"我叫王浩，来贵校演讲，还有半小时时间，看到你这办公室外的姓名，准是中国人，所以进来聊聊。"有一次，王浩到陈之藩所在的大学，敲门自我介绍，"你爱说中国话吧？看不看金庸的武侠？"陈之藩说："金庸我看过一些，不太喜欢。"王浩说："我们在海外，如无金庸的剑侠，岂不闷死了。"两人争了半天，王浩突然说："唉呀！我两点有个演讲，现在什么时候？唉呀！过了四十分钟了。"

偏偏我爱看金庸的小说。以文学而言，金庸的小说集和陈之藩的散文集我收得最全，都不只看过一遍。陈之藩是剑桥大学博士，对金庸到剑桥读博士，自有看法。后来陈先生果然写了一篇文章谈博士，就是那篇纪念邢慕寰教授的《儒者的气象》。2008年12月，我与金庸谈了两个下午，第一个问题就是关于剑桥读博士之事，金庸的回答是："我到剑桥，目的不是拿学位。我喜欢跟有学问的教授讨论问题。"

在我看来，金庸有没有博士学位，一点也不影响我爱看他的小说。如同胡适的哥伦比亚大学博士学位是不是真的，也一点不影响我佩服他的思想。陈之藩给我的一封信里说："唐德刚用他自己所受的罪想胡适当年的情况；余英时是用他念书的经过，推想胡适的当年，你说这是怎么回事？很有意思的。"

有一次，我走进陈先生的办公室，他正在看一本夏志清的散文集，那种专注的神情让我难忘。夏志清以《中国现代小说史》名世，也不大看金庸的小说，他和唐德刚都喜欢看《红楼梦》，却因此而争了起来。"唐德刚认为《红楼梦》里头所有女孩的脚是大脚还是小脚，大脚就是旗人，小脚就是汉人。"陈之藩说："《红楼梦》我也看过，我确实没想过。他说人一睡觉不就得露脚吗？怎么曹雪芹就没说过脚呢？唐德刚骂夏志清：我看《红楼梦》

都是在重庆防空洞里面看的,你夏教授在哪看的《红楼梦》?你在美国哥伦比亚大学皮沙发上看的,我看了多少年了,你才看了几年。这话损人了,俩人摆资格,无聊骂起来了。"

我和陈先生见面总是聊不完的天。有一次,我突然接到他的一封长信,从此,我们开始通信。2007年深秋我访美归来,随手写过一封十几页的信给陈先生,谈的是访问趣事,其中余英时、唐德刚、夏志清是以前我们常聊到的人物。2008年5月5日,陈先生写的信开头说:"今天是五月五日,因为昨天为五四。我今天收到你四月廿四日的信。走了十一天,从广州到香港!我复你的那封信,也差不多走了十天以上罢。这跟电邮如何比呢?可是又一想,根本无事,闲聊天。又着什么急!同时,也维持邮局不遭淘汰!美国邮局快以只卖纸箱为生了,也就是只传无字的包裹!无信可邮!"

陈之藩一生,给我的印象是总在写信。有时写给朋友,有时写给读者,有时写给自己。余光中的《尺素寸心》中说:"陈之藩年轻时,和胡适、沈从文等现代作家书信往还,名家手迹收藏甚富,梁(实秋)先生戏称他为man of letters,到了今天,该轮他自己的书信被人收藏了吧。"我有幸珍藏几封陈先生的信,每次重读,总在春风里。

二、悲观而又爱国

1947年,陈之藩在天津北洋大学电机系读书,有一天在广播里听到北京大学校长胡适《眼前文化的动向》的演讲,觉得与他的意见有一些不同的地方,遂给他写了一信。胡适很快回信,彼此的通信由此开始,陈之藩回忆:"他的诚恳与和蔼,从每封信我都可以感觉到。所以我很爱给他写信,总是有话可谈。"

在一封给胡适的信中,陈之藩写道:"当罗曼罗兰读了托翁的信后,而决定了他毕生的路程;而甘地读过了托翁的信因而发扬了旷古未有的道德力量。我这样的比拟是太不自量的,这只是说明您的教训对我影响的剧烈。"在陈之藩给胡适的信中,充满了对时局的关注,许多见解现在看来真是先知先觉。后来,陈之藩将1947年前后给胡适的十三封信集成《大学时代给胡适的信》一书。

1959年4月29日,胡适对胡颂平说:"陈之藩用英文写的《氢气弹的历史》一本书,是去年11月里送来的,我一直没有空看,这回总算看完了。陈之藩在这本书上写了几句话,说起这本书就不肯放手的,太精彩了,太紧张了。他是一个学工程的,但他的文字写得很美。他本来是南开大学工学院(按:应为北洋大学)的学生,他的父亲是在傅作义那边做个小事情的。三十六年我在北大当校长时,曾要他到北平来看我一次,那时就认识的。在那个时候,一般青年都是思想'左'倾,……他说,俄国革命以前的托尔斯泰、朵尔托夫斯基(陀思妥耶夫斯基)、柴霍夫(契诃夫)等人的小说,他都看过,先是看看中文的译本;后来英文程度高了,再看英文译本。后来他又看看俄国革命以后的作家小说,觉得战后的远不如战前的,完全变成两个世界了。他于是认识俄国……我是在那个时候认识他的。"(《胡适之先生晚年谈话录》,胡颂平编著,新星出版社2006年10月第一版,第17至18页)

1947年夏天,陈之藩应胡适之约,到北平东厂胡同一号拜访。两人只聊了一会,北京大学训导长贺麟来了,要跟胡适商量学生闹学潮的事,陈之藩就告辞了,和胡适实际上没说多少话。对第一次和胡适见面,陈之藩回忆:"我见过的教授多了,胡适就是跟别人不一样,大派。"

1948年6月13日,陈之藩在雷海宗所编的《周论》上发表长文《世纪的苦闷与自我的彷徨——青年眼中的世界与自己》,见地独到,为胡适的朋友圈所击赏。陈之藩说:"现在让我写也写不出来。就因为那篇文章,他们都吓坏了。他们是胡适、金岳霖、冯友兰、沈从文。他们彼此讲,问胡先生这人是谁?胡先生说:他常给我写信啊。"

在胡适的朋友圈中,陈之藩也给金岳霖、沈从文写过信。他在北洋大学电机系读到一半时,对国家前途感到悲观,想改读哲学救国,就考入清华大学哲学系,这事在陈家掀起了轩然大波。为了改专业的决定，陈之藩到清华大学跟金岳霖见过一面。

金岳霖问："你为什么要入哲学系呢？"

陈之藩说："我悲观而又爱国。"

"什么叫悲观呢？"

"我不知道。"

"悲观就是你认为有一套价值观念以后，比如你觉得金子很值钱，你当然设法要保存，把金子拿到家里来，拿到兜里来，但是保存之无法，金子被人抢走了，乃感悲观。"

一席谈之后，陈之藩打消了转学的念头，昏沉地回到北洋大学。后来陈之藩写了《哲学与困惑——六十年代忆及金岳霖》一文。

金岳霖写信的方式也给陈之藩留下深刻的印象。"写信有好多种，中国式是从右到左竖着写，也有跟外国一样，横着写，现在大陆也横着写。金岳霖是从左到右竖着写，他怕他手粘墨。"陈之藩笑着回忆，"金岳霖跟梁思成住在一块。梁思成是林徽因的丈夫，他们的儿子梁从诫在美国说得最精彩的一句话是：前清政府真是腐败，出了我爷爷梁启超，中华民国真是不行，出了我爸爸梁思成，我现在从伟大的祖国来，出了我！大家就一起鼓掌。就是这句话，我们听得最舒服。"说这话时，陈之藩禁不住又鼓起掌来。

大概是在东厂胡同看了胡适的第二天,陈之藩到中老胡同看沈从文。两人谈兴正浓时,沈从文的太太张兆和出来了,拿着一堆小孩衣服。他们的小孩小龙小虎,跑来跑去。沈从文就作了介绍。当时陈之藩的学校两千人,只有三四个女同学,没见过漂亮女人。张兆和的漂亮完全在陈之藩想象之外,她说:"沈先生对陈先生的文章很欣赏。"陈之藩傻傻地,连一句敷衍的话也不会说。"沈从文真是好,看到我觉得他太太很美,所以他就给我下台阶,他就把话题引到另外的题目上去,我就镇静下来了,一会儿就好了。"

1948年,陈之藩在北洋大学毕业,由学校派到台湾南部高雄的台湾碱业公司工作。那时找工作很难,陈之藩在北平也找不到事,当他坐船到台湾以后接到沈从文的信:"天津《益世报》里有份工作,也就是写些文化,跟电机完全不相干。"后来,沈从文写信说:"你千万不要回来,华北到处是血与火。"

三、永远有利息在人间

陈之藩在台湾碱业公司的主要工作是修马达,实在无聊。他在北洋大学的老院长李书田在台北的编译馆主持自然科学组,便叫他过去工作。当时梁实秋在编译馆主持人文科学组,一看陈之藩写的文章就说:"我们人文组也没有这样的人，这人怎么跑到自然组了。"后来梁实秋成了馆长，说要提拔天才，把陈之藩的薪水加了一倍。陈之藩领到工资时并不知情，便去找会计："你是不是搞错了？怎么这么多，扣了税多了几乎一倍。"会计说："你们梁馆长批的。你问他呀，你问我干什么。"会计以为陈之藩跟梁实秋都是从北京来的同乡。

胡适第二次回到台湾时，陈之藩去看他。胡适说："你几时回来的？"陈之藩说："我从哪儿回来？"胡适说："美国。"陈之藩因为经济拮据，做梦也没有想到能去美国留学。胡适回美后就寄了一张支票，用作美国要求留学生交的保证金。

陈之藩到"领事馆"考试前，人家告诉他得看 *TIME* 杂志，结果笔试正好就考他预备好的那一段，一个生词也没有。口试时，主考的领事从美国来，刚学中文，客厅里坐着一大堆人，领事从屋里出来，练练自己的中文，一看"陈之藩"，就大声说"陈—吃—饭"，大家都笑了。领事不好意思："我说得不对吗？"陈之藩说："你说的全不对。""应该怎么说？""陈之藩！"领事就跟着说了一遍，口试就这么通过了。

这时陈之藩还没有钱买去美国的单程飞机票，又不好意思向胡适借路费，便延迟了一年赴美，写了一本物理教科书。他又遇见一位贵人——世界书局的老板杨家骆。陈之藩回忆："杨家骆对我真是好，其实这些人都对我好，我也不知道为什么。人家跟我说：你编译馆做事的人，编的书卖给谁？你得找一个教授联名，把他名字写在前头，把你名字写在后头，这才可能出书，就请一个师范大学的教授挂名。可笑这个书稿到杨家骆那儿，请求他考虑出版，他就这么一看，他说好啊，不要师范大学教授挂名，就出我单个人的。我头一本书就是他出的。出了书，我拿到去美国的路费，就这么去了。"

1955年，陈之藩赴美国宾夕法尼亚大学攻读科学硕士学位。读书期间，陈之藩应《自由中国》编辑聂华苓之约，撰写《旅美小简》，一篇篇从美国寄到台北，发表在《自由中国》上。他回忆："到美国以后的生活是这样的：上半天到明朗的课室去上课，下半天到喧嚣的实验室玩机器，晚上在寂静的灯光下读书。常到周末，心情上不自主地要松一口气，遂静静地想半天，写一篇小简，寄回国去。"（《旅美小简》前记）在这本书中，有《失根的兰花》《钓胜于鱼》等名篇。

从陈之藩赴美到胡适回台，正是胡适在纽约最是冷清、最无聊赖的岁月，陈之藩有幸和胡适谈天说地，说短道长。陈之藩回忆："所谈的天是天南地北，我所受之教常出我意外，零碎复杂得不易收拾。"（《在春风里》序）

陈之藩获得美国宾夕法尼亚大学科学硕士学位后，应聘到曼城一所教会学校任教。这时才有能力分期偿还胡适当年的借款，当他还清最后一笔款时，胡适写信说："其实你不应该这样急于还此四百元。我借出的钱，从来不盼望收回，因为我知道我借出的钱总是'一本万利'，永远有利息在人间的。"

1962年2月24日，胡适在台北逝世，陈之藩连写了九篇纪念胡适的文章，后集成《在春风里》。胡适的风度和胸襟，陈之藩写得让人想流泪："生民涂炭的事，他看不得；蹂躏人权的事，他看不得；贫穷，他看不得；愚昧，他看不得；病苦，他看不得。而他却又不信流血革命，不信急功近利，不信凭空掉下馅饼，不信地上忽现天堂。他只信一点一滴的，一尺一寸的进步与改造，这是他力竭声嘶地提倡科学，提倡民主的根本原因。他心里所想的科学与民主，翻成白话该是：假使没有诸葛亮，最好大家的事大家商量着办；这也就是民主的最低调子。而他所谓的科学，只是先要少出错，然后再谈立功。"

1962年3月11日，陈之藩给天上的胡适写信："适之先生，天上好玩吗？希望您在那儿多演讲，多解释解释，让老天爷保佑我们。大家虽然有些过错，甚至罪恶，但心眼儿都还挺好的。大家也决心日行一善，每人先学您一德，希望您能保佑我们。"半个世纪之后，陈之藩和胡适在天堂相会，相信不再寂寞了。

四、剑桥聊天录

1969年,在美国任教授的陈之藩获选到欧洲几个著名大学去访问,于是接洽剑桥大学,可惜该年剑桥大学的唯一名额已选妥。陈之藩不想到别的大学,索性到剑桥大学读博士研究生。

一到剑桥大学,每个人都叫陈之藩为陈教授,并在他的屋子前钉上大牌子:"陈教授"。在那里,陈之藩写下了《剑河倒影》。他说:"剑桥之所以为剑桥,就在各人想各人的,各人干各人的,从无一人过问你的事。找你爱找的朋友,聊你爱聊的天。看看水,看看云,任何事不做也无所谓。"

以我对陈先生的了解,他在剑桥最爱做的事自然是聊天。重读《剑河倒影》,我仿佛是在旁听一部"聊天录"。陈先生说,剑桥的传统,一天三顿饭,两次茶,大家正襟危坐穿着黑袍一块吃。每天同楼的人都可最少见三次,最多见五次面。"谁知哪一句闲谈在心天上映出灿烂的云霞;又谁知哪一个故事在脑海中掀起滔天的涛浪?我想剑桥的精神多半是靠这个共同吃饭与一块喝茶的基础。这个基础是既博大又坚实的:因为一个圣人来了,也不会感觉委屈;一个饭桶来了,正可以安然地大填其饭桶。"

陈之藩聊天的对象都是博学之士,正合刘禹锡所谓

"谈笑有鸿儒，往来无白丁"。他和各门各类人物聊天的故事，也为"同声相应，同气相求"提供了活生生的例证。在《风雨中谈到深夜》中，他写道："很多有成就的剑桥人，对于在风雨中谈到深夜的学院生活，都有一种甜蜜的回忆。比如怀德海（怀特海）、罗素、吴尔夫（伍尔夫）、莫尔、凯因斯（凯恩斯）、富瑞，这些是在一室中聊过多少夜的一堆人。他们的行，全不相干，但他们却有一种相同的味道。甚至那种味道影响到他们的名著的书名。怀德海与罗素的书叫《数学原理》，莫尔的书叫《伦理原理》，吴尔夫的书叫《政治原理》，凯因斯写《货币原理》，富瑞写的是《艺术原理》。不是一行，而味道如此相同，多半是因为晚上聊天彼此影响出来的。"

身在剑桥，陈之藩已然英国绅士的做派，骨子里却不时流露"中国情怀"。陈之藩去看丘吉尔的出生地和墓园，在一幅典型的英国风景画中，他忽然想起小时念的祖父论申包胥的文章："四海鼎沸之日，中原板荡之秋，不有人焉，屈身为将伯之呼，则宗社沦沉，万劫不复。士不幸遇非其主，无由进徙薪曲突之谋。一旦四郊多垒，风鹤频惊。"他连一个字也不必改，就可以说成丘吉尔。"当然英国的君主没有申包胥的君主有权。这里的'主'可以解释成英国人民。我们看只要是英国岌岌可危时，丘吉尔一定是事先再三提出警告，而人民也一定不听他的。但等到草木皆兵时，丘吉尔却总是从容受命，拜阁登台，扶大厦于将倾,挽狂澜于既倒。"这样的奇思妙想也许只有陈之藩才想得出来。

同样妙的是,陈之藩整天东喝茶、西喝茶的,一位朋友劝他去打一下防肺病的针。他从未去打针。有一天,另一位朋友谈起凯因斯小时的家就在打防肺病针的那座楼的斜对面,他立时就去打针了。陈之藩显然对凯因斯十分心折,在其故居发怀古之幽思时,陈之藩更生怀乡之叹:"我常常想:我们中国如果有个剑桥,如果出个凯因斯,也许生灵涂炭不至于到今天这步田地。因为没有真正陶铸人才的地方,所以没有真正人才出现;因为没有澄明清晰的见解,所以没有刚毅果敢的决策与作为。"

有一回,陈之藩和朋友彼得在路上偶遇正在锁自行车的查理王子。陈之藩便同彼得讲了中国末代皇帝宣统在紫禁城里学骑脚踏车的故事,又继续讲了另一个故事:"那时候,电话刚发明,当然皇帝的皇宫里也装上了电话。皇帝想试试电话灵不灵罢,拿起电话筒来,却感到茫然;不知打给谁。他忽然想起他唯一认识的人是曾听过一个杨武生的戏的杨武生。于是只有向杨武生家摇通电话,大喊:'来者可是杨小楼吗?'"每次看到这一段,我总忍不住放声大笑,仿佛看见陈之藩讲故事时天真的笑容。不想就在咱们中国人大笑之时,洋朋友彼得另有一番见解:"你觉得一个社会这样对待一个人,公平吗?"彼得举的例子是这位查理王子在每个学生都邀女孩子开舞会时,还未用腿走半步,刚用眼一扫,第二天即上了报。有汽车时,人家说查理王子招摇过市;骑脚踏车,却总跟来一群人,在旁指手画脚。"好像命运注定了该受寂寞的包围,寂寞像湿了的衣服一样,穿着难过已极,而脱又脱不下来,你说这不是社会在虐待一个人吗?"可见中英文化差别的微妙,并不是任何一方想当然便能体会。

在聊天、演讲、读书之间,陈之藩提出的论文颇有创见,被推荐到学位会,作为哲学博士论文。毕业时,陈之藩想起生平敬重的胡适:"适之先生逝世近十年,1971年的11月,我在英国剑桥大学拿到哲学博士学位。老童生的泪,流了一个下午。我想:适之先生如仍活着,才81岁啊。我若告诉他,'硕士念了两年半,博士只念了一年半。'他是会比我自己还高兴的。"(《在春风里》序)

在陈之藩拿到博士学位的四年后,金耀基去了剑桥大学,写下了《剑桥语丝》。以我的观感,中国人写剑桥大学最妙的两本书是《剑河倒影》与《剑桥语丝》,可为"双璧"。陈之藩是电机工程教授,金耀基是社会学教授,写起散文都是独具一格的"文体家"。多年后,两人在香港中文大学成了朋友。

五、文艺复兴人

1977年,陈之藩在麻省理工学院担任客座科学家,当时他研究的是"人工智慧"。有一次,他偶然在大学图书馆看到香港中文大学招请电子工程系教授的广告,决定回到东方。香港中文大学电子工程系的创系主任是"光纤之父"高锟,陈之藩后来也担任过系主任。

陈之藩左手研究科学,右手撰写散文。他常对朋友说:"我现在不大爱看的,恐怕是几年后电脑在半秒钟即可解决的问题;而我爱看的,是一百年以后电脑依然无法下手的。回溯起来,罗素上千页的《数学原理》的成百定理不是由六十年代的电脑五分钟就解决了好多吗?可是罗素的散文,还是清澈如水,在人类迷惑的层林的一角,闪着幽光。"

家国多难,斯文扫地。陈之藩不甘心地提起笔来:"我们当然对不起锦绣的万里河山,也对不起祖宗的千年魂魄;但我总觉得更对不起的是经千锤,历百炼,有金石声的中国文字。"

晚年定居香港,惜墨如金的陈之藩出了两本散文集:《散步》和《思与花开》。以文风而论,我不禁想起苏东坡的名言:"大凡为文,当使气象峥嵘,五色绚烂,渐老渐熟,乃造平淡。"从思想而言,我很意外陈之藩竟有多篇文章在讲政治,而且讲得让人茅塞顿开。2009年夏天,我到高雄访问余光中先生,提起同代散文家,余光中说:"陈之藩先生的散文不是要追求散文的艺术,而是用散文来表达他的思想,他有思想的高度,要言不烦。"以此言来论陈之藩的晚期文章,更是恰如其分。读《散步》和《思与花开》,我往往忘了文采之妙,而感佩思想之深,仿佛随着陈之藩的思想在散步和聊天。

陈之藩不仅写散文,还译诗。他翻译布莱克(William Blake)的不朽名句:

> 一粒砂里有一个世界
> 一朵花里有一个天堂
> 把无穷无尽握于手掌
> 永恒宁非是刹那时光

他在《时空之海》中说:"如果说只许用诗来说明爱因斯坦的时空观,也很难找出比布莱克这几句再神似的了。"后来杨振宁谈"美与物理学"时引了布莱克的原诗,注解就用了陈之藩的翻译。杨振宁与陈之藩是熟人。陈之藩有多篇文章写到杨,我印象深刻的是《雕不出来》,写的是熊秉明要为杨雕一个像,最终无法完功,没想到陈之藩的结论是"有些像,雕不出来,也许不是坏事"。有一次吃饭时,陈先生解释"雕不出来"的理由,竟让我许久忘了举箸。后来陈先生应杨之求写了一篇《〈雕不出来〉后记》,结论之奇令我差点喷饭。

熊秉明和吴冠中是留法的同学。我不只一次听陈先生赞赏吴冠中的艺术。后来我访问了吴冠中先生,等我将

《访问历史》一书寄给陈先生，没想到陈先生的来信中有一段说："有吴冠中在书内，我就高兴。吴是大画家呀！散文也写得漂亮！此人正直，诚恳。"

回想我们的聊天，竟有不少关于艺术的话题。有一次，我提到黄永玉很会讲故事，陈先生便从书堆里找出一本《比我老的老头》。我也问过陈先生如何看沈从文、台静农的"文人字"，他的品评很出乎我的意料。陈先生写得一手好字，我曾问他在香港有没有写毛笔字，没想到他说："没有笔和纸。"顿了一顿，他又说："以前我喜欢写对子。"脱口而出的对子，记得有"万里山河唐土地，千年魂魄晋英雄""不论海角与天涯，大抵心安即是家"。后一个对子，我曾引在《世界知识公民》的自序里。

有一次，我们不知怎么提到"文艺复兴人"一词，便不约而同地聊到达·芬奇，这位天纵之才懂的学科实在太多了，可谓典型的"文艺复兴人"。我随口说，中国旧文人精通琴棋书画是常事，苏东坡也可看成"文艺复兴人"。这种比附只是一老一少的闲聊天，相对一笑也就罢了。

陈之藩的多篇文章让我产生了一种印象：在文艺复兴时代，科学与人文紧紧结合，而种种学科的界限乃是日后渐渐划成的。陈之藩不断讲述爱因斯坦的故事，让我感觉爱因斯坦就是二十世纪的"文艺复兴人"。当年爱因斯坦对一群小孩子说:"记住:你们在学校中所学得的那些了不得的东西是世世代代所积起来的工作,是世界上每一个国家经过热心的努力和无穷的劳苦而产生出来的。现在这些东西都放在你们的手中,成为你们的遗产了。你们要好好地接受这份遗产,要懂得去珍惜它,并增加它,有一天你们可以忠实地把它交给你们的孩子。我们共同创造出永恒的东西,这便是我们这些会死亡的个人所以成就不朽的唯一方式。如果你们能记住这番话,你们便在生命和工作中找到了意义,并且你们也获得了怎样看待其他国家和其他时代的正确的态度。"如今重读这段话,我不禁想起陈先生聊天时的笑容。

在"专才"成群而"通才"寥寥的时代,陈之藩是东方的"文艺复兴人"。

陈之藩：1925—2012年，河北霸县人。天津北洋大学电机系学士，美国宾夕法尼亚大学科学硕士，英国剑桥大学哲学博士。曾任美国普林斯顿大学副研究员，休斯敦大学教授，波士顿大学研究教授，香港中文大学电子工程系荣誉教授。著有电机工程论文百篇，《系统导论》及《人工智慧语言》专书二册；散文有《大学时代给胡适的信》《蔚蓝的天》《旅美小简》《在春风里》《剑河倒影》《一星如月》《时空之海》《散步》《思与花开》等。

本文参考书目：

《蔚蓝的天》，陈之藩著，牛津大学出版社2003年版。
《旅美小简》，陈之藩著，牛津大学出版社2003年版。
《散步》，陈之藩著，牛津大学出版社2003年版。
《剑河倒影》，陈之藩著，牛津大学出版社2003年版。
《一星如月》，陈之藩著，牛津大学出版社2004年版。
《时空之海》，陈之藩著，牛津大学出版社2004年版。
《在春风里》，陈之藩著，牛津大学出版社2005年版。
《大学时代给胡适的信》，陈之藩著，牛津大学出版社2005年版。
《胡适之先生晚年谈话录》，胡颂平编著，新星出版社2006年10月版。
《思与花开》，陈之藩著，牛津大学出版社2008年版。

杨宪益：诗酒风流

一、绅士风度

北京什刹海一带如今成了老北京"胡同游"的胜地，清晨时分走在颇有几分古意的巷子里，让人暂时忘了现代化生活的喧嚣。时不时有一两辆脚踏车闪到眼前招揽"胡同游"的生意，倒成了我们问路的好帮手，寻到小金丝胡

郭延冰 摄

同,幽静得只能听见自己清脆的脚步声了。2005年8月19日上午,我初次推开杨宪益家的大门,走进了一个古朴的小天地。

这是一座翻盖了的四合院平房,家中的布置中西合璧,简朴而典雅,客厅明净的落地玻璃对着满墙的绿荫。王世襄的手书"从古圣贤皆寂寞,是真名士自风流"挂于客厅中墙,为了老友这副对联,杨宪益曾写下注解:"难比圣贤,不甘寂寞,冒充名士,自作风流。"

杨宪益先生斜靠在沙发上,举止儒雅地招待我们,行动时则需要家中的助手搀扶。谈起旧年趣事,杨宪益神情闲淡,语气和缓,风云变幻成了过眼云烟。不知何故,如今每当见到"绅士风度"一词,我总会自然而然地想起杨宪益。

这位集英伦风度与魏晋风骨于一身的绅士,身边少了患难与共的淑女戴乃迭。家中摆着杨宪益和戴乃迭身着唐装的结婚照,杨宪益的卧室则挂着郁风为戴乃迭晚年画的肖像,郁风在画上题字:"金头发变银白了,可金子的心是不会变的。"

房子是杨宪益的小女儿为父亲安度晚年安置的,杨宪益曾赋诗记事:"独身宛转随娇女,伤偶飘零似断蓬。莫道巷深难觅迹,人间何处不相逢。"我好奇地问:"您的后代有没有与外国联姻?"杨宪益笑答:"我的小女儿的丈夫是加拿大人,我的大女儿的儿子跟一个美国小姐结婚。家里像个联合国。现在这种情况越来越多,我们那时候比较少。"

2003年,杨宪益患重病后行走不便,遵从医嘱不再喝酒。这位一生"情有别钟烟与酒"的长者,只能抽抽香烟过过瘾了。他告诉我,每天睡得很多,看看电视读读报,朋友来了聊聊天。我留意到墙角有一幅一尺见方的人物小品画,画一打坐的老者,题诗为:"不知老翁有何事,独坐此处等人来。"没有戴乃迭的日子,杨宪益就如同画中老翁。

我到北京,只要有空,爱到什刹海杨家拜访,饮茶谈天,言不及义。

二、"我有两个祖国"

1940年,中国战火纷飞,杨宪益在英国牛津大学毕业,接到吴宓和沈从文邀请他回国任教的信,英国姑娘戴乃迭毅然随他回到中国。几个月后,他们在重庆举行婚礼,主婚人是南开大学校长张伯苓和中央大学校长罗家伦。

杨宪益出身天津名门,父亲留学日本,曾是天津中国银行的行长,五叔留学法国,六叔留学德国,还有一个叔叔留学美国。1934年,杨宪益漂洋过海到英国留学,1936年通过考试入读牛津大学。一年后,戴乃迭入读牛津大学。戴乃迭出身于一个英国传教士家庭,幼时曾在北京生活,对中国有甜蜜的记忆。

在牛津大学,杨宪益和戴乃迭相爱了。

杨宪益回忆:

> 我跟戴乃迭相识很偶然,但是也有必然性。戴乃迭出生在北京,父亲在燕京大学做教授,从小她对中国就有了深厚的印象,以至于后来,她还经常跟我说起小时候烤山芋的事。但是她母亲不愿意到中国来,她小时候没有学中文,五六岁以后,就回去英国读书了。
>
> 我跟她开始认识是在牛津大学。我读四年的荣誉学位,她读三年的普通学位。她愿意跟中国人来往,我们一个朋友就介绍我认识了戴乃迭。当时,中国学生在牛津大学很活跃,经常学英国朋友搞一些活动,她也参加了。我是当年的中国学会主席,她做了学会秘书,我们就混熟了。那时候日本学生在牛津大学也有学生会,也很活跃,会员比中国学会还多一些。我们就努力多认识一些朋友,慢慢就把日本的学生会比下去,比他们会员更多了。1937年至1939年,我们都在忙学生会的事情。1940年我毕业,戴乃迭与我订了婚,她父母也在中国传教,所以她也要到中国来。我说中国的情况很艰苦,她不在乎,非要来。

在戴乃迭未完成的自传中，描绘得更为细腻：

> 杨宪益在墨顿学院的一位朋友B当时正在追求我，同时杨宪益也对我越来越依恋，我也爱上了他。B发现，如果他邀请"尊敬的杨"一起出来，我也就会乐于接受他的邀请。他们俩开始来听我的法文课，一边一个地坐在我身旁。一天，导师让我们翻译《罗兰之歌》的片断，他们只好承认自己没准备，只是来旁听的。然而，仅凭这段短短的法文训练，杨宪益后来还是把那首长诗译成了中文。他还曾用中世纪法文给我写过诗，他的确是才华横溢。

当杨宪益和戴乃迭决心要结为夫妻时，双方的家庭都不大同意。杨宪益的母亲听说儿子要娶一个英国姑娘，哭了一天，家里觉得那个时候中国人都没有保障，娶一个外国人恐怕更不好办。戴乃迭的母亲也不想女儿远嫁中国，她甚至说："如果你嫁给一个中国人，肯定会后悔的。要是你有了孩子，他们会自杀的。"

两个家庭最后还是想通了，传统敌不过爱情。然而，来自外界的麻烦接踵而来。1940年戴乃迭在申请护照时遇到了困难，她告诉批护照的官员："我有合约，要去中国一所大学任教。"

"您不能相信中国人的合约。我们必将不得不由政府出钱将您带回。"

"我跟一位中国人订了婚,我们将一起去。"

"您要是发现他早已有两位太太了呢?那我们必将不得不由政府出钱将您带回。"

"我父亲在中国,为工业合作组织工作。"

"那就另当别论了。"

戴乃迭拿到护照,和杨宪益离开了英国。"不同于许多的外国友人,我来中国不是为了革命,也不是为了学习中国的经验,而是出于我对杨宪益的爱、我儿时在北京的美好记忆,以及我对中国古代文化的仰慕之情。"戴乃迭常说的一句话是:"我觉得我有两个祖国。"

几十年后,朋友们在杨宪益和戴乃迭家中喝酒谈天。有人谈到戴乃迭为了爱情而远离故国,杨宪益飘飘然带着醉意说:"我年轻时很俊美,与现在不同。"戴乃迭马上反驳:"你以为我是爱你的俊美?我是爱上了中国的文化!"杨宪益解嘲:"那至少也说明我能代表中国文化!"

杨宪益和戴乃迭共同面对风风雨雨。不幸的是,他们的儿子真的像戴乃迭的母亲预言的那样,自杀了。杨宪益回忆:

> 她母亲说跟中国人结婚,小孩子以后也许要倒霉。我们的男孩读中学的时候,考北大,分数刚刚考

上，同班同学一个干部的孩子也考上了，结果就把我儿子的名字顶了。因为那个孩子的家庭有背景，比我们家好。我儿子没有读上北大，就上了北京的一个工科大学，他一直不开心，上了大学以后就与我们不大接触了。在大学期间，很多年轻人"左"倾很厉害，觉得我们太"资本主义"，所以他与我们也不大来往。到了我们被关起来以后，对我儿子开了斗争会，说他是特务的儿子。他受了些刺激，他说："我父亲也许不是杨宪益，我母亲可能跟另外的英国人生了我。"斗争完了以后，他就觉得他是英国人的孩子，不是中国人的孩子，他就总往英国大使馆跑。来回几次后，乃迭的姐姐后来就把他带到英国去待一段时间。因为在国内精神病院一年之后治不好，恐怕就永远是精神病了，就不如去英国。他去了英国后，看起来还比较好，圣诞节时，乃迭的姐姐去了外地，就他一个人在家，又发作了，把房子烧了，自己也烧死了。

三、一生爱自由

牛津大学是杨宪益一生梦魂牵挂的地方。在那里，杨宪益遇到了终生伴侣戴乃迭，也结识了不少良师益友，其中有后来成为大学者的向达和钱锺书。

杨宪益认识戴乃迭以后,劝她多读些中国古典诗文、传奇故事。毕业考试时,戴乃迭得了二等荣誉学位,是获得牛津大学中文学科荣誉学位的第一人。杨宪益自称算不上认真苦读的学生,他的精神只能集中到自己喜欢的事物上,毕业考试时得了四等荣誉学位。老友黄苗子后来在《奇人杨宪益》一文中写道:"原是牛津大学的博士,因抗日救亡返国,没有拿到文凭,偏偏于1993年由香港大学授予荣誉博士学位,同时荣领博士学位者,还有诺贝尔和平奖获得者德兰修女、菲律宾前总统阿基诺夫人……"杨宪益则解释:"在牛津大学,我读了四年,得了荣誉学士学位。我是学士学位以后就飞回中国,但是那个时候学士学位就相当于硕士学位。我没有读博士,因为那个时候在牛津大学读博士要八年时间。"

在杨宪益看来,牛津大学的生活是"自由"的:"那时候,在牛津的学习完全在于自己。一个星期与导师见一次面,其他时间都靠自己在图书馆看书。我不大爱学习,很多时间都是与朋友一起聊天、玩,生活很自由。我们上午和下午的课程都是自愿选听的,晚上没有朋友来就看书,有朋友来就不看书,很自由。"

通过好朋友向达,杨宪益认识了钱锺书。杨宪益回忆:

钱锺书跟杨绛一起去的。我那时候年纪比较轻,他们都叫我小杨。那时候留学生中有三个姓杨的：大杨、中杨、小杨，我是小杨。

钱锺书以前讲话也很随便，后来把字改成"默存"，默默地存在，性格跟在西南联大以前的变化挺大。这些事情我都知道，但是我们彼此没有通信。

解放后，我们与钱锺书他们的联系也多了起来。向达推荐钱锺书翻译毛主席著作，中央也想调我与他一起翻译，我当时在南京，觉得政治性文章的翻译我不内行，婉言谢绝了。后来到了北京以后，我们见面的机会也不多。1989年我写过两句打油诗："有烟有酒吾愿足，无官无党一身轻"，钱锺书见了，给我写了一封信，说他很欣赏这两句，但觉得"吾愿足"和"一身轻"对得不够工整，建议改为"万事足"对"一身轻"，问我如何。我看了笑一笑，也忘了给他回信了。

杨宪益、向达、钱锺书，学成后都没有留在国外的念头，毅然回到祖国。杨宪益说："那时候我在牛津大学学士毕业以后，美国、日本都有工作机会，我都没有考虑，我觉得我是中国人，本来出国读书就是为了回国以后更好地工作。"

杨宪益和戴乃迭婚后在重庆中央大学教书，跟同事关系都很好。"可是，当时学生中间有人当特务，我们追求自由,说话也不注意。"杨宪益回忆,"我们订了一份《新华日报》,还收藏鲁迅的著作,他们也知道了。过了一年,中央大学就把我们解聘了。"

战乱之中,依然有大学聘请他们。在贵阳,杨宪益与尹石公教授等几位学者不时举行诗歌集会,由一个人做东,大家一边饮酒一边创作古体诗歌。尹石公向杨宪益讲了一件有关朋友梁实秋教授的事:有一次,尹石公问梁实秋:"我听你时常提起英国诗人莎士比亚,你非常喜欢莎士比亚的诗。那么我问你莎士比亚是哪年生哪年死的?"梁实秋回答:"他生于1564年,死于1616年。"尹石公说:"那他只是明朝万历年间的人。他怎么能与我国唐代诗人们相比呢?"

抗战中,杨宪益夫妇换过几所学校。梁实秋曾任重庆国立编译馆翻译委员会主任,热情邀请杨宪益夫妇进入编译馆工作。在北碚时期,生活虽然艰苦,杨宪益依然不忘诗酒,与复旦大学教授梁宗岱结成好朋友。杨宪益回忆:

> 我尤其喜欢梁宗岱教授。平时每隔一天,他总要在晚饭后来到我们宿舍,我们一边喝着当地产的烈性酒,一边畅谈在牛津和巴黎留学的日子,畅谈法国诗歌和文学。我还记得发生在1943年冬天的一件与他有关的趣事。有一天晚上他上我家来,我有一整坛白酒,里面还浸泡着龙眼。这坛酒平时藏在我的床底下。凑巧的是,

床底下还放着同样大小的一个坛子，里面盛满煤油。当时的电力供应时断时续，很不正常，碰到停电，我们晚上常在书桌上点一盏煤油灯。煤油颜色浅黄，和我贮藏的那坛龙眼酒的颜色相同，那两个坛子是挨着搁的，看起来完全一样。我弄错了，端起煤油坛子，给他倒上满满的一碗。他尝了尝说，我的酒似乎很有劲头，有一种特殊的味道，但他还是毫不犹豫地把碗里的酒喝干了。他离开后，我才发现自己拿错了一坛，但是为时已晚，他已经乘渡船过了江，回到他的大学去了。我真怕会把他毒死，但他第二天又上我家来了，什么事也没有，我俩为此笑得前俯后仰。

抗战胜利后，杨宪益和戴乃迭离开重庆，跟着编译馆到了南京。直到1952年，北京有朋友邀请他们加入了刚成立的外文出版社。

杨宪益和戴乃迭联袂将中国文学作品译成英文。虽然没有加入中国籍，但是戴乃迭把婆家的国家当成了自己的国家。她学会了中文，会写一手正楷小字，还能仿《唐人说荟》，用文言写小故事。杨戴合璧，外人看来如天作之合，而在杨宪益道来似乎平淡无奇："我的翻译大部分是她打字的，她加工了。还有一些是她自己翻译的。后来她的中文也不错了，白话文可以看，一些古典的东西还是要我先翻译，她加工。一些现当代的东西，就是她自己翻译。《红楼梦》的翻译也是我们合作。有的时候是我口述，她打字，她打字比较快。中国近代小说史，三天时间，我一边口述她一边打字。这样的情况不多，大部分都是我先打字，她对着原著看着，然后再校改。"

四、在监狱习惯说"谢谢"

平静的翻译生活在1968年4月的一个夜晚打碎了。杨宪益和戴乃迭遭遇牢狱之灾。

杨宪益回忆：

> 那天晚上，我们一起喝酒，喝完酒她先去睡觉，到了晚上11点以后，他们就叫我上楼，我去了就发现有解放军在那里问我，要将我逮捕，也没有说理由。后来，也盘问过我一些问题，问我认识一些什么人，让我交代。可是一直也没有清楚地说我是特务，但是也没有说为什么逮捕我。四年以后就把我放了。过了几年，公安部又来人向我道歉，说调查结果发现，我还做了一些好事。那些材料问我要不要，我说我不要。

在这四年中，杨宪益与戴乃迭关押在同一个监狱，但是彼此之间很长一段时间并不知情。杨宪益觉得戴乃迭是个老实人，从来不过问政治，应该不会被捕。戴乃迭则心想杨宪益不是外国人，可能没有问题，一直以为他会留下照顾家人。

即使在监狱里，这对夫妇也不失早年就养成的优雅风度。同样经受监狱之苦的郁风在《谢谢你！戴乃迭》一文中回忆：

> 那是"文革"期间的1968年，北京剧烈的群众暴力运动横扫知识分子群体，继之以国家机器关押了许多人，我也被戴上手铐关进半步桥监狱，三年之后转到秦城。相对来说，住进监狱比在外面平静得多，每日两餐，按时开门发给窝头两个，菜汤一碗。虽然有时要挨队长们（管理员）对"反革命分子"们的呵斥，大家也只不作声地接过牢饭来吃。可是我听见某个监号有一个在送饭时说"谢谢"的声音！再留意听，每顿饭都是如此。我便断定这一定是一个外国女人，由于西方的礼貌习惯，即使成为"犯人"，接过窝头也要说声"谢谢"。
>
> 果然，在过了大约十年之后，见到戴乃迭，偶然谈起"文革"中半步桥监狱的情况，原来那就是她！时间、地点没错，一个热爱中国的英国人、外文局的专家被关进中国的监狱，每餐饭前还要习惯地说声"谢谢"。

当我再一次在杨宪益面前提起这段往事时,杨宪益淡淡地说:"在英国,'谢谢你'是常用的。在中国好像是说'谢谢'很奇怪。"

在被捕的当晚,杨宪益与戴乃迭如常对饮,获释回家时发现那瓶喝剩三分之一的中国白酒还在壁炉台上。屋子里本来有棵仙人掌,一直没有人浇过水,样子看上去还活着,杨宪益一碰,哗一下全变成了灰,坍塌下来。

戴乃迭后来回忆:

1972年5月,我知道杨宪益已经被释放。一周之后,两个同事来带我回家。杨宪益已经整理好了房间,在我的桌子上,我看到一瓶白兰地。我说:"好久不见,没想到你还没有改变过去的颓废毛病。"杨宪益说:"是支部书记指示这样做的。"

五、从来银汉隔双星

劫后重逢,杨宪益和戴乃迭家的客厅,成了朋友们欢聚的天堂,饮酒畅谈,吟诗唱和,其乐融融。

1976年,杨宪益写下了《狂言》:

兴来纵酒发狂言,
历尽风霜锷未残。

> 大跃进中易翘尾,
> 桃花源里可耕田?
> 老夫不怕重回狱,
> 诸子何忧再变天。
> 好乘东风策群力,
> 匪帮余孽要全歼。

这位翻译家诗情勃发,笔下的打油诗自成一家。

我问:"您是搞翻译的,为什么写起打油诗?"杨宪益笑道:"我小时候,练过一些古文,所以写起打油诗没有什么困难。在英国的时候,差不多中文就没有怎么看。回国以后,我认识一些老先生,他们喜欢在一起作诗,他们把我拉了去,他们写,我也跟着写。"戴乃迭的回忆则可以解开其中的一些缘由:"1941年,我们去贵阳师范学院任教。贵阳是个落后的小城,单调乏味。一位同事将我们介绍给当地的一些文人。我们大约每周聚餐一次,要么在某人的家里,要么在饭店。这些文人的妻子都被严格地排除在外,我是聚会中唯一的女性。用过饭之后,男人们作起古诗。宪益自幼习诗,十分长于此道。他能够飞快地草成一首。诗人卢冀野有一次从北碚来探访我们,对此留有深刻的印象。这些美食家们的文学夜会充满了浓厚的封建气息,在那段历史时期完全是一种遁世行为。"

当年遁世而写诗,如今难得有一个安定的晚年,唤起杨宪益诗情的依然是朋友间的唱和。杨宪益与黄苗子唱和时撰有一联："久无金屋藏娇念，幸有银翘解毒丸。"启功认为对得不错。后来有心的朋友将杨宪益的打油诗搜集成册，名为《银翘集》。

没有朋友，杨宪益是不大写诗的，他说："写诗一般都是朋友写，我跟着一起写。我很少一个人写诗。"他和黄苗子、邵燕祥曾合出《三家诗》。而身边的朋友，来自不同的学科：文学、翻译、电影、美术，济济一堂，颇有魏晋之风。杨宪益笑道："原来是普通朋友，坐牢几年，就成了很好的朋友。我的朋友中，向达是研究历史的，搞美术的也很多，黄苗子、丁聪、黄永玉，我都认识。"每一个到过他们家的朋友，都喜欢戴乃迭。有人感慨，这里就像当年梁思成林徽因的客厅。

难得的太平岁月，杨宪益和戴乃迭总是一起去市场买菜，去医院看病。然而，曾经太多的苦难终于伤害了戴乃迭："先是眼睛坏了，不能看书看报。再是骨质疏松，再是老年忧郁症，最后发展成痴呆症。"杨宪益总是无微不至地照顾着老伴。

1999年初冬，戴乃迭去世，杨宪益写下悼亡诗：

> 早期比翼赴幽冥，
> 不料中途失健翎。
> 结发糟糠贫贱惯，

·如是我闻·

陷身囹圄死生轻。
青春作伴多成鬼,
白首同归我负卿。
天若有情天亦老,
从来银汉隔双星。

杨宪益： 1915—2009年，生于天津。1936年，杨宪益在英国通过考试进入牛津大学学习，1940年与同在牛津大学读书的英国女子戴乃迭订婚并共同返回中国。杨宪益与戴乃迭合作翻译中国名著成就斐然，中译英文有《离骚》《红楼梦》《儒林外史》《长生殿》《鲁迅选集》等。工诗，有诗集《银翘集》等问世。

本文参考书目：

《三家诗》，黄苗子、杨宪益、邵燕祥著，广东教育出版社1996年11月版。

《漏船载酒忆当年》，杨宪益著，薛鸿时译，北京十月文艺出版社2001年4月版。

《我有两个祖国——戴乃迭和她的世界》，杨宪益主编，广西师范大学出版社2003年9月版。

吴冠中：我负丹青

一、诗人与画家

我对吴冠中先生的文章向来佩服，对其画作的观感却有变化。《我负丹青——吴冠中自传》一书读后，再看吴冠中画作，别有会心，深信那是当代不可多得的妙品。从此时时留意吴氏作品，并萌生了访问吴先生的念头，可惜

郭延冰 摄

托朋友致意，得知吴先生当时身体并不太好。

吴冠中的艺术起点是杭州国立艺专。校长林风眠身后是大师，生前却坎坷。记得黄永玉纪念林风眠的那篇文章结尾说，九十二岁的林风眠来到天堂门口，上帝问他："干什么的？身上多是鞭痕？"林风眠回答："画家！"而林风眠培养的学生，在法国的赵无极、朱德群早负盛名，留在国内的吴冠中、苏天赐也自不凡。

2006年8月25日，我在南京，一清早就给苏天赐先生家里打电话，一位女士接电话，很有涵养地告诉我：苏先生在医院里做化疗，希望等他身体好些，到家里坐坐。后来朋友告诉我，当天下午苏先生就去世了。从此我访问吴冠中先生的愿望更强烈了。

2007年春节后，我打电话到吴冠中先生家，恰是吴先生接了电话，听得出他中气十足，欣然约定北京相见。一听他家在方庄，我笑了：出版家范用、曾彦修、学者陈乐民和资中筠夫妇都住在那里。2007年3月21日，我如约来到方庄吴家，见家中简朴，与其他文化老人的住所并无大别。我却心生感慨，毕竟见识过太多画家的豪宅，而吴冠中的画价可谓"当代第一"。

吴冠中先生给我第一印象是"诗人"，而非"画家"。叙了几句家常，吴先生便急切地问我前一天拜访过的杨宪益先生身体如何。我们的共同话题是杨宪益先生的打油诗，吴先生随口背出几句杨先生的诗，又说："有一个英国美术评论家叫苏立文,跟杨宪益当年是同学。苏立文去看杨宪益,杨宪益把我送他的一张画给苏立文,苏立文一看,觉得这张画价钱太贵,不肯要。"

吴先生又回忆起老师吴大羽晚年喜欢写诗胜于画画。"美是心灵的灵感,像诗一样。画家就像诗人,但是社会不需要诗人,因为诗人没有用的,诗人不会干活,社会不培养诗人。诗人自己有才华,努力创造了诗,震撼了社会,社会才重视诗人。诗人就困难了,社会开始是不要他的。绘画也是这种情况。我现在更重视的不是技术,我觉得技术容易学,三年四年五年就可以学了,但是那种灵性、灵感、境界,往往是不容易达到了。技法可以一步步往上面走,每一个阶段可以用不同的方法,但是最终的目的是进入殿堂,这个殿堂是人文的殿堂,也可以说是诗的殿堂。"

二、"美盲"

话题一旦深入,吴先生不失画家本色。他说:"我这个人嫉恶如仇,有一些讨厌的人就是非常讨厌,而且公开地骂。当然喜欢的人就非常喜欢。"正因这种性格,多年来,"笔墨等于零""一百个齐白石比不上一个鲁迅"的吴氏话语常常为人提起。我问:"有没有留意这些观点引起的争论?"他说:"我心里很坦然,我觉得我讲得非常对，完全都是真话。"我坦率地提出当年他花精力去打《炮打司令部》伪作官司是浪费时间，他连声称是："那是很荒唐的官司。端木正是我留法的同学，也劝我别打这个官司。当时心里老不平，老觉得这个官司讨厌，所以就写了《我读石涛画语录》。"

我最感意外的是他"骂"徐悲鸿是"美盲"。那篇访问稿公开发表后，马上引起了一场大争论。记得几天后我恰巧赴一个画家的饭局，话题焦点竟是吴冠中的谈话。我顺便约了同座的画家杨之光接受我的访问，杨之光是徐悲鸿的学生，他的谈话算是对吴冠中的回应，这一来一往，画坛不免热闹了一阵。

回想吴冠中批评徐悲鸿，自有渊源。1919年，吴冠中生于江苏宜兴。有意思的是，徐悲鸿1895年生于江苏宜兴，按中国传统是"老乡"，而且是相隔一辈的留法学生。然而，这两位老乡所受的艺术教育天各一方。

1935年夏天，吴冠中为浙江大学附设工业学校电机科学生，在全省大中学生暑期军训中与杭州艺专学生朱德群相识，结下了深厚的友谊。有一个星期天，朱德群说："我带你去参观我们学校。"吴冠中在中学时爱好文学，对美术兴趣一般，到了杭州艺专一见，大吃一惊："好像孩子诞生以后，一睁开眼睛，这个世界是那么美丽！一见钟情，很快就入迷了，后来念念不忘。"一年后，吴冠中违父命考入杭州艺专预科。校长林风眠是从法国留学归来的，当时师生们说："我们是法国艺术学院的分校。"

吴冠中回忆："林风眠在教学上重中西结合，在宽松的气氛下才能培养这么多学生来。但是国立艺专当时唯一的一颗种子出来，很快就夭折掉了。"到了后来，以徐悲鸿为代表的艺术思想占据了中国画坛的主流，林风眠等人的思想受到批评，生活上也受到打压。这便可以理解半个多世纪后吴冠中那样批评徐悲鸿了。

当时我并没有主动提到徐悲鸿的名字，相信是吴冠中早已想了许久，一旦有机会喷发，便"语不惊人死不休"。事过多年，倒不妨听听吴冠中的一家之言："中国的美术中，一种是沿袭传统，老一套的东西，这是没有前途的，这种东西可以说是花开花落，陈陈相因，一定会淘汰。这不改变的话，艺术不得了，所以五四以后，林风眠、刘海粟用西方艺术来改变，另一方面，保守势力，画老的东西还在。林风眠的观点是把西方的东西开放，而且中西结合，林风眠是搞中西结合的典型例子。刘海粟也比较开放，愿意接触西方的东西。徐悲鸿是完全反对西方的现代绘画，他学的是老的，他学老的也不要紧，艺术其实不分新旧，只有好坏，古画也有很好的，不一定新的就是好。但是他的观点要写实的，不写实的东西他就看不惯，公开反对现代的绘画。他反对可以，但是他回来以后，在政治上占了很大的优势，跟国民党的要人有很多关系，他的力量比较大，因此推广他的现实主义，压制现代绘画。"

吴冠中说，他在中学时代看报纸，报上经常有徐悲鸿骂刘海粟，刘海粟骂徐悲鸿，中间徐志摩也参加，但是徐志摩的观点比较新，要开放一些。"这种情况之下，刘海粟的上海美专是私立的，比较开放，影响好像很大，培养了很多学生。刘海粟的艺术很新，但是功力不行。更开放的是在杭州的国立艺专，林风眠起到主要作用，因为是国立学校，有经费，教授一个月三百块大洋，当时的画家是没有这种待遇的，可以请最好的教员，比如请吴大羽、潘天寿，高价请法国、英国的教员，所以杭州艺专很傲，瞧不起其他的东西，觉得徐悲鸿的东西很幼稚，格调很低。杭州艺专的老师和学生，与徐悲鸿之间，可以说一切观念是完全敌对的。现在我回想起来，我是去看了杭州艺专，觉得很美，就改变了人生。如果我不是去参观杭州艺专，而是参观徐悲鸿的展览，或者是苏联的展览的话，我不会改行，我觉得我不喜欢那个东西，为什么呢？他们画的东西都是技术，现代艺术是审美，审美与技术是不同的。是杭州艺专的美吸引了我。"

吴冠中更说这些不同艺术观念的碰撞对后来中国美术有重要的影响："今天我就明白了，过去我们中学时代，美术、音乐、体育都没有人关心，中国的美术水平也很低，老一代的科学家或者学者，有的人是'美盲'，相当多的人从来不接触美。现在提倡'德育不能代替美育'，这是很好的。美是提高人的精神、思想质量的。道理上大家很清楚，但是实际上一般民众对美的欣赏水平很低，看不到哪些是美，哪些是丑。比如说，有朋友是很有成就的医生，但是到他家里去，那里陈列的美术作品、工艺品非常庸俗。这种情况很普遍。早些年，有些作家、科学家参加国际会议，会议结束以后，去参观博物馆，西方的博物馆那时候抽象的东西比较多，西方的作家看得津津有味，但是我们的作家一窍不通，他们自己讲的。我们对美完全没有理解。这里面，徐悲鸿起到很重要的作用，他在一个很重要的岗位上，因此他的力量很大，现在还在提倡现实主义、写实主义等等，但是我们提倡百花齐放，什么样都可以，现在的形势我看又把现实主义拼命在抬，画那些革命的题材，这当然可以。我在思考这个问题，美术的功能像诗一样，当然可以画插图，但这不是它的主要工作，主要的任务是创造美，创造精神世界。但是现在政治上也好，社会各方面也好，没有重视这一点，现在画过去的历史，当然这是政治上需要。但是这些东西并不是美术本身的工作，搞出来是一些假古董，很多历史画都很假。徐悲鸿可以称为画匠、画师、画圣，但是他是'美盲'，因为从他的作品上看，他对美完全不理解，他的画《愚公移山》，很丑，虽然画得像，但是味儿，内行的人看，格调很低。但是他的力量比较大，所以我觉得很悲哀。审美的方向给扭曲了，延安的革命思路加上苏联的影响，苏联的东西还是二手货,从欧洲学来的。这些东西来了以后,把中国的审美方向影响了。现在中国美的道路上要创新。今天报纸上说要'创新',明天报纸上说要'保护传统',读者闹不清楚,人云亦云,不知往哪里走。传统也有很好的东西,但是祖宗的东西是放在博物馆里的,如果要临摹、抄袭,我们就受害了,因为画家要创新的话,要推陈出新,要'推'!旧的不去,新的不会起来,现在要创新的话,必须要斗争。文化的发展,科学的发展,和谐是不行的,要创新必须要斗争。有人讲得很幼稚:'在传统的基础上创新',在传统的基础上是不能创新的,在古人的笔墨上创新,那是很荒唐的。现在讲'和谐',当然,政治安定需要和谐,人与人相处需要和谐,这是对的。但是,文艺的进步、科学的进步,和谐是进步不了。和谐是大家你好我好,进步、创新是个斗争,是个战争,你叫大家和谐就是大家休息。"

重温吴冠中的这些话,不难理解为何"一石激起千层浪"。

三、大路艺术感动心灵

我告诉吴先生:"如果当年没有到法国留学,您的艺术会是另一番面貌。"吴先生笑着表示同意:"在法国看了几年以后,我完全理解,欧洲的高级艺术跟我们古代的好东西道理是完全一样的。所以我回国以后讲，中国古代优秀的东西和西方优秀的东西是'哑巴夫妻'，虽然语言不通，爱情是甜蜜的。我到今天还是这样看，中国的好东西跟西方的好东西太相近了。"

吴冠中1946年考取公费"中法交换留学"，1947年赴法国巴黎国立高等美术学院留学。同行赴法留学的熊秉明是数学家熊庆来的儿子，毕业于西南联大哲学系。初到巴黎，吴冠中在三天之内把主要的博物馆看了一遍。一年后，吴冠中转入法兰西学院的院士苏弗尔皮教授门下，大受启发。吴冠中说："苏弗尔皮教授的几个观点使我很惊讶，他说：艺术有两路，一路是小路艺术，使眼睛舒服，大路艺术是感动心灵，不仅好看，而且震撼心魂。现在的画家都是觉得怎么样好看，他讲这话是了不起的。他区别作品，一种是美，一种是漂亮，我们习惯说：'很美！很漂亮！'他认为美与漂亮不是一码事，漂亮是表面的，小白脸啊，擦了口红啊，是漂亮，不是美。美是构成，整个结构美。而且他的画也很好，气魄很大！跟他在一起，很有好处，他每一次讲话，都指出你的要害，他一看你的画：'漂亮啊！'这是贬义的话。他教的不是方法，而是在观点上启发。比方说有一次，那时有一个女模特，个子比较高，上身比较长，头比较小，坐在那里，他问学生：'你们看对象是什么感觉？'学生都说不出来。他说：'我看是巴黎圣母院！'他这种启发给人很大影响。"

在巴黎，吴冠中、熊秉明、赵无极、朱德群日后都卓然成家。还有后来被影视一拍再拍的潘玉良。吴冠中却回忆："潘玉良是很好的人，但是画卖不掉，我们在吹'世界名画家'呀，像这样的画家在巴黎不知有多少。客观地讲，潘玉良的画不算好，格调不高，她和常玉比，差很多。常玉的画相当不错，有格调，有性格，我觉得中国人画油画到西方去的，常玉是第一个。常玉开始是花花公子，很有钱，后来钱花光了，有时画，有时不画，非常自由，非常任性，完全是艺术家的个性，不管明天，但是画得很有意思，最后是穷死了。他的画不值钱，一捆一捆的，几个法郎一捆，台湾一个画商买了，现在价钱很高。常玉和赵无极的关系不错。那么，潘玉良一直在法国，画得不好，卖不掉，就用宣纸画裸体，也很庸俗，华人或是朋友买她的画。她的生活很困难，住在一个贫民区的楼上，在五楼，自来水只到四楼，五楼是加的楼，没有自来水，我星期天去玩，帮她提水。她人非常豪爽，好像男的一样，心地很光明，画稍为俗一点，但是人好像是大姐，很好的。"

1950年，吴冠中在或去或留的决定上反复思考，与熊秉明等人讨论过无数次。此前，吴冠中曾给老师吴大羽写信："无论被驱在祖国的哪一个角落，我将爱惜那卑微的一份，步步真诚地做，不会再憧憬于巴黎的画坛了。暑假后即使国内情况更糟，我仍愿回来。火坑大家一齐跳。我似乎尝到了当年鲁迅先生抛弃医学的学习，决心回国从事文艺工作的勇气。"

当吴冠中满怀激情归来，欢迎他的多是苦难。吴冠中在回忆文章中说："回国后，我一直没给秉明写信，他等我总无音信，石沉大海，但聪明的他是读得懂无字碑的。我终于给他写了一短简：我们此生已不可能再见，连纸上的长谈也无可能，人生短，艺术长，由我们的作品日后相互倾诉吧！"

当年吴冠中的画风和主流画坛大异其趣。他说："这些东西当时是该批判的，不能拿出来的，要藏起来，万一抄家，他们不管什么东西都要抄走毁掉。我是分散地藏起来，当时我想：我这东西将来是'出土文物'，会有人找得到。当时有这个自信！"

吴冠中的生活相当困难。他在农村劳改时，听说周恩来请了一些国际上知名的华人回国参观，其中便有他的老同学赵无极。有一次，赵无极想到吴冠中家来拜访，吴冠中告诉他："你来可以，但是到我家里不要喝水，我家里没有厕所，喝了水很麻烦。"赵无极到吴家后，喝了很多绍兴黄酒，要上厕所，吴冠中只好带他到街道上好一点的卫生间去。

吴冠中一度被禁止绘画、写作。在自己的艺术理念无法表达的年代，吴冠中感到痛苦，甚至想不搞美术，用法语来搞翻译。吴冠中想翻译凡·高给他弟弟的信，却没有出版社愿意出版，另外翻译的一些文章也被退稿。

  吴冠中决心主攻风景画。因为靠边站，他不是重要的教员，反而有时间画自己的画。吴冠中在劳动间隙作画，常背粪筐去写生，被学生戏称为"粪筐画家"。他说："恐怕讲写生的话，没有第二个画家有我写生的多！"

  回想数十年目睹的中国美术现象，吴冠中说："这几十年来，基本上没有什么太多的突破，也许未来几年里有所突破。现在看来，他们的那些传统的也好，现实主义也好，尽管叫得很响，无可奈何是要垮下去。新的东西一定要出来，但是新的不一定好，新的东西必定会有好的出来的，中国的美术时代实在要换了。中国的美术是相当落后的，在国际上来比，比非洲都要落后。"

  1981年，吴冠中以中国美术家代表团团长身份赴西非访问，途经巴黎时与熊秉明、朱德群、赵无极会晤。熊秉明曾问吴冠中："如果你不回去，一定走在朱德群、赵无极的路上，你后悔不后悔？"吴冠中说："我不后悔。我们走的路不一样。我后来也免不了经历各种各样的苦难，但是到了最后看，我愿意回来，还是今天的我。当时我走的时候，我和我的老伴感情好，山盟海誓，她说：'你回来的成就，实际上是我的成就。'因为回来跟她有关系，她已经怀孕，当然主要是艺术的道路。"

  2002年，法兰西学院艺术院投票吸收吴冠中为通讯院士。通讯院士只授予外国人，法国人则为院士。朱德群和赵无极均为院士,与吴冠中并称"三剑客"。吴冠中这样评价:"赵无极在生活上是一个花花公子,但是人聪明。朱德群也很努力,画得也不错。我觉得他们是中国画家到了法国拿一点中国的味儿混在里面。在法国的花园里,可以开一朵玫瑰花,品种可能带一点中国的味儿。我完全不一样,我是回到中国的苦难的土地上来,在荒土里面重新长出的花草,我与他们之间已经逐渐没有比较性了。"

四、"风格是作者的背影,自己看不见"

吴冠中晚年名声日隆,画价高涨,却从不失真性情,每每有惊人之语。"取消画院,取消美协"的提议,更打到别人的心里,难免引来哗声一片。

不管同意也好,反对也免,艺术界总避不开吴氏观点。我当面问起吴先生对这些争论的看法,但见他一笑置之:"我心里很坦然,我觉得我讲得非常对,完全都是真话。当时引起争论,我还觉得很奇怪。我觉得讲得很平常,没有什么可争论的,我讲的都是普遍规律,如果放到法国去讲,是当然的,没有什么可争论,但是在我们这里就引起争论了。"

"笔墨等于零"是吴氏名言。吴冠中说:"很可笑的。因为中国很多的传统都是靠笔墨,不能画什么东西。社会上的画家很多,跟什么老师学一学,画个兰花,画个竹子,画个梅花,这几样东西,都是一样地画,没有绘画能力,说穿了,不是画家。因此他靠笔墨,你说不要笔墨了,就把他的生活打掉了,把他的饭碗打掉了。但是我觉得我讲的是真理!"

吴冠中又对石涛、八大山人作了深入的研究。他说:"他们很懂!一本《石涛画语录》,大家都觉得是了不起的东西,但是没有几个人读懂了,我也很喜欢石涛的作品,我看那些老先生解释的,原来没有看懂。后来有一个机会,打官司的那几年,搞得我不能画画,我专门找一本《石涛画语录》,后来一看,恍然大悟,太清楚了。石涛的主要观点是'一画之法',大家有各种各样的解释。后来我看到,很简单,石涛非常重视感受,就是现在讲的感觉、灵感。他讲感受是非常重要的,感受要用不同的方法画出来,同样的方法画不出同样的感受来,而且每一次的感受不一样,因此每一次的方法不一样。他讲这就是'一画之法',并不是具体的方法,'一画之法'就是根据不同的对象不同的感受造出不同的方法来。这讲得非常清楚,和现在的观点是一样的,不过是语言、说法不一样,因此我们不懂这样的道理,不懂西方的艺术,就乱讲,把'一画之法'歪曲了。"

我提到多年前看过的一说:"苍松翠柏在低处是不碰到一起的,要彼此长得很高,树叶就在高处相逢了。西方艺术高的东西和中国古代高的东西是高处相逢的。"吴冠中说:"对,真是高处相逢!他们在艺术的感受,艺术的结构,艺术的境界,艺术的味儿,是完全相同的。我和李可染谈过这个问题,李可染在杭州的时候比我高几班,开始他也学过油画,跟水墨很不相同,这两个东西怎么结合啊?这就像一座大山,沙子在两边,互相不见,彼此很隔膜,但是你往山上爬,一点一点地爬,到山顶上了,喔,相见了,相遇了!他也是这个观点。"

吴冠中既画画,又喜欢文学创作。他说:"在十九世纪、二十世纪,西方绘画发展到重视形式,重视视觉冲击力,他们觉得绘画中文学性的东西不是什么绘画,所以他们反对绘画中的文学性:绘画就是视觉艺术。用他们的角度看有道理,但是我觉得是片面的,因为人是整体的,科学、文学、艺术都是一体的。现在钱学森、李政道这些科学家,都讲科学和艺术是相通的。因此我也想到文学与绘画的关系,过去我也反对,觉得绘画不要文学,但是现在我想法不一样了,我觉得人的思想是关键。我们中学时代都喜欢丰子恺,雅俗共赏,但是后来学了艺术,就觉得丰子恺画得很简单,不是美术,现在看了这些乱七八糟、各式各样的东西,再看丰子恺,觉得很亲切。现在看艺术和文学本身没有什么区别。比方说,我的老师吴大羽是绘画大师,但是到了晚年,基本上都在写诗,诗写得很有意思,他跟赵无极讲:我还是不想画画了,我想写诗,诗比绘画更有深度。过去有人讲:一切艺术都倾向于音乐。现在我觉得一切艺术更倾向于诗,音乐也还在诗的殿堂里面。我觉得现在绘画要思考的问题更多的是境界、思想,境界和思想是更重要的。技术只是基础,艺术要看境界的高低。所以现在艺术学院的学生文化水平偏低,这是致命的。"

针对艺术界的现状,吴冠中认为:"现在艺术家完全是泛滥了,有些根本不是画画的,专门骗人的!所以鲁迅说,宁可找些小事情做做,千万不可以当空头的美术家、文学家。现在不是空头美术家,是流氓美术家!这个社会有很多流氓美术家。"细究起来,吴氏观点不免让一些同行听来有"砸饭碗"之感,因为许多人已经习惯被"养"起来了。吴冠中却不主张画家被"养":"要让生活来养他,让社会来养他,让苦难来养他。"而这正是他一生的写照。

晚年吴冠中不再画大画,也表示不太关心市场:"画主要是情,必须是真情。太关心画价,一出来都是复制。我根本不知道我自己的画价。现在市场的心电图不准确,没有经过时间的考验,是不算数的。"他画小画,写字,写文章,更多的是思考一些新想法,希望用呐喊的方式告诉人们:什么是美!

纵观百年画坛,吴冠中是特立独行的艺术家,一生用笔打破陈陈相因的传统,努力融合中西之美,最终创造自己的风格。吴先生有言:"风格是作者的背影,自己看不见。"如今望着他远去的背影,仿佛欣赏一幅隽永的画。

吴冠中： 1919—2010年，江苏宜兴人。笔名"荼"，画家，美术教育家、散文家。先后就读于国立杭州艺术专科学校和法国巴黎国立高等美术学院。先后任教于中央美术学院、北京艺术学院、清华大学建筑系及中央工艺美术学院。1990年获法国文化部最高文艺勋位，1993年获巴黎市勋章，2002年入选为法兰西学院艺术院通讯院士。

本文参考书目：

《我负丹青——吴冠中自传》，吴冠中著，人民文学出版社2004年6月版。

王元化：反思历史

一、风雨故人

"北有李慎之，南有王元化"之说，我在2003年才耳闻，这一年，李慎之先生逝世。此后我零散听过一些学界的故事，不免感叹知人论世何其难。而思想界的风雨苍黄与尘世间的人心变幻，有些并不能在字里行间读到。

彭辉 摄

2006年春天,王元化出版了《人物·书话·纪事》(人民文学出版社2006年1月版),此书是在《人和书》(兰州大学出版社2003年10月版)基础上增改而成的。虽然已读过《人和书》,我在上海季风书园看到《人物·书话·纪事》时,还是毫不犹豫地买下,新书增加了三十来年前王元化的两篇重要文章《韩非论》和《龚自珍论》,而一些文章再读,对王元化的读书、交游、思考也有更为立体的理解。

我早就听王元化的学生辈说,先生身体欠佳,甚少见客。不想在吴中杰教授的热情介绍下,王元化先生爽快地答应一起聊聊天。2006年2月11日下午,我随吴中杰教授夫妇到王元化先生所住的上海庆余别墅访问。但见王元化先生躺在卧室床上,午睡后需要吸氧,他先请吴中杰夫妇进卧室坐在床边谈天。此情此景,让我顿时想起当年王元化向熊十力问学的旧事:有一次,王去访问熊,熊正在沐浴,王坐在外间,可是熊要王进去,赤身坐在澡盆里和王谈话。

在客厅等待中,环顾四周,墙上有王元化的父亲王芳荃的一幅书法,桌上一张瓷盘上则有王元化和太太张可的画像。约一小时后,王元化先生吸氧完毕,从卧室中走出,深深致歉。王元化说,自己视力很不好,读书要靠别人代读,写文章回信也要口述。我提起钱穆先生晚年患眼疾后口述的著作《晚学盲言》,王元化忙道:"我不敢跟他相比。陈寅恪先生晚年眼睛也不大好,人家是很有才气的人,文章是涌出来的,我的文章则是改出来的。"

王元化取出两本书让我们观看。一本是翻译成日文的"王元化著作集"中的《文心雕龙讲疏》,谈到日本学者冈村繁用蝇头小字认真校改译稿的治学之风,王元化颇为欣赏。另一本是《王元化画传》,其中一张照片是1981年国务院学位委员会评议组成员的合影,和王元化同时受聘的有王力、王瑶、王起、吕叔湘、钱锺书、钟敬文、朱东润等学界名家。谈话之时,那些学者均已谢世,只有王元化健在,不免感慨。

王元化论学往往一针见血,臧否人物无所顾忌,听来别有一番震耳之感。而他谈到动情时的神态,至今历历在目。到了晚饭时间,我们起身告辞,问起张可女士的健康情况,王元化声调低沉地说:"她生病了,身体很差,现在已经在医院里。她是很好的人,为了我,吃了很多苦头。她从来没有怨我。"王元化和张可患难与共的故事,是天崩地裂的动乱时代中绝美的一景。

2006年8月6日,张可逝世。
2008年5月9日,王元化逝世。

二、时代左转

王元化的父亲王芳荃(1880—1975)少时家贫,得教会资助就学，1906年东渡日本，1911年返国进清华留美学堂讲授英语，后赴美留学，在芝加哥大学获得教育学硕士学位，又回到清华任教。那时同住清华园南院的有王国维、陈寅恪和赵元任。王元化的童年在清华园度过。1937年7月7日，卢沟桥事变，8月8日，日军开进北平，王元化辗转到了上海。

我问："您在清华园长大，又生在一个信奉基督教的家庭，为什么十几岁就热情地投身革命？"王元化说："萧伯纳讲过：一个人在20岁时不左倾，就是没有出息的青年；如果他到25岁以后还是这样，也是没有出息的。二十世纪三十年代是一个左倾的时代，大批的知识分子都是向左转的，像罗曼·罗兰、鲁迅。萧伯纳是被列宁批评过的，也往左转。那时候我们在北平耳濡目染，觉得日本人的统治恶劣极了。日本兵横行霸道，我们从小就觉得这个国家是被另外一个国家所凌辱的，被如狼似虎地压迫。我当时在清华园，家里不愁吃，不愁穿，但是我出了清华园，到城里来，触目所见都是这类的现象。当时张学良在东北实行不抵抗政策。"

我接话："马君武还写诗讽刺过张学良。"王元化即刻能背出马诗："赵四风流朱五狂，翩翩蝴蝶正当行。温柔乡是英雄冢，那管东师入沈阳。""告急军书夜半来，开场弦管又相催。沈阳已陷休回顾，更抱佳人舞几回。"他感叹："我们那时候读了这些诗都觉得非常沉痛。

一二·九运动的时候,他们觉得我是一个从来不问政治的人,我要求去参加学生自治会,我说:你们要开会到我家里来,我家里很宽敞。这完全是一个时代的气氛。那时候像我们这一代的人,在党内会变成两种,一种是经过所谓延安整风,思想真正改造好,一种就是到老了还是理想主义者。"

当年王元化在江苏文委孙冶方、顾准等人领导下工作,主要在上海参加地下党的文化活动。而孙冶方、顾准日后被视为难得的学问家、思想家。王元化说:"这是很特殊的,是一个个案的问题,不能成一个典型。任何地方都很难找到的,我入党时,孙冶方是书记,顾准是副书记。我是吸取地下党文委的奶汁长大的,我那时才十几岁,他们做人行事的习惯,无形当中感染我。"

王元化年轻时写了一些文章,难免骄傲。他回忆:"他们可以用这个字——其实是不好的字——'整'了我一下,他们老不给我发表文章,说你的文字没过关,里面教条的东西很多,我当时气得不得了,又没有办法。我那时候也是一个很'左'的人,受苏联理论的影响,以为那就是马克思主义。我很苦闷,有差不多两年时间。后来上海的环境也变化了,好几年之后,他们看我的东西,说有点脱胎换骨了。所以,我觉得对年轻人严格要求没什么坏处。后来我在上海当地下党文委书记到抗战胜利,那时上海文委领导是刚从延安回来的一个老同志,他是经过延安整风和'三整三查',首先就点了我的名,我还不懂,参加小组会,让我下面的人来揭发我、批判我。我是对《在延安文艺座谈会上的讲话》提了一点意见,他们觉得我的思想不纯,那时候不能提一点怀疑的。把我撤掉以后,我到大学教书,在那里,我不得不很好地用功。"

三、重读古书

1946年至1948年,王元化在国立北平铁道管理学院任讲师,教授大一、大二基础国文。刚开始教书时,王元化自感基础差,有时备课到夜里一点多钟。有些学生觉得王元化的年龄跟他们差不多,不免轻视。王元化也很慌,讲话有点心里发抖,吃了很多苦头。他不得不埋首读书,忽然看到鲁迅的《摩罗诗力说》,有五次提到《文心雕龙》。王元化说:"《文心雕龙》有一篇《辨骚篇》,讲屈原的《离骚》,刘勰认为后世模仿《离骚》的作家可分为四类:'才高者菀其鸿裁,中巧者猎其艳辞,吟讽者衔其山川,童蒙者拾其香草。'鲁迅说屈原的后世模仿者:'皆着意外形,不涉内质,孤伟自死,社会依然,四语之中,函深哀焉。'他怎么可以看出这么深刻的道理,我怎么一窍都不通,这句话里怎么有'深哀'——深深的哀痛在里边呢?他是为了挽救社会而讲这些话。才高者是用屈原的体裁去模仿他的,真正对他思想内在的东西一点没有理解。他说刘勰讲这四句话时,有一种深深的哀痛在里边。"

　　王元化对古典的认识有一个曲折的过程。他原以为像鲁迅所说"中国古书滚他娘的,丢到茅厕里就算了"。后来觉得不对了。在孤岛时期,王元化的母亲曾请任铭善先生教他《庄子》《说文解字》《世说新语》。那时他并没有心思读,但是母亲叫他读,不得不读。后来,王元化向汪公岩先生请教《文心雕龙》《楚辞》《文选》,汪先生曾教过宣统,所涉及的古书,王元化一窍不通。汪先生说:"你不懂这些东西,没法懂中国文化。"王元化这才转过头来,重新审视传统名著。

　　从此,王元化将醉心于文学批评的精力转而潜心于《文心雕龙》的研究,其一生中最重要的学术著作《文心雕龙创作论》(后改名《文心雕龙讲疏》)中的某些观点即萌生于讲课之中。1959年底,王元化经历几乎精神崩溃的数年审查后,被定为胡风分子,开除党籍,行政降六级。1960年初,王元化被安置于上海作协文学研究所,重新致力《文心雕龙》研究,时任文研所所长的郭绍虞对他多有教益和提携。1979年,王元化积多年心血之作《文心雕龙创作论》由上海古籍出版社出版。

　　从1975年起,王元化开始写作长篇论文《韩非论稿》(后改名《韩非论》),1976年8月完成。当时的通行论点是,韩非是集法家之大成的人物。对此,王元化是有疑问的,他研究发现:韩非凭法、术、势所建立的太平盛世,是一个阴森森的社会。在这样的社会里,人民甚至不得互相往来,否则就有朋比为奸犯上作乱的嫌疑。人民也不得随便讲话、争辩是非,因为君主的话就是法令,除了重复法令的话之外,愚者不敢言,智者不须言。他的朋友看了这篇文章,偷偷跟他讲:"你还要拿给人看,还不快收起来,这要杀头的!"

四、但开风气不为师

1977年6月,王元化撰成长篇论文《龚自珍思想笔谈》(后改名《龚自珍论》),此前,龚自珍被尊为法家,王元化不能容忍政治强加于学术的虚伪,力求还历史本源:龚自珍是一个"歌泣无端字字真"的性情中人,从不懂得曲学阿世。王元化的太太张可亲手以娟秀小楷抄写了这部文稿。

龚自珍生前,已有"程龚""龚魏"之称,先与程春庐,后与魏源齐名,受到时人的瞩目。但是时人对龚自珍并不怎样理解,大多把他目为言行怪诞、放荡不羁的狂士。王元化指出:"当时一般人把龚自珍看作是言行怪僻的狂士不是没有原因的。他的学问的确有点杂,既悖于传统的儒宗,又异于时流的考据训诂之学。他喜好百家之言,熟悉掌故,钻研佛法,通蒙古文,精于西北舆地,于塞外部落、世系、风俗、山川形势、源流合分,尤役心力。他还关心科学。"

王元化认为龚自珍著作中个性解放的呼声是震破漫漫长夜的第一声春雷。龚自珍所处的时代已现衰世景象。"在这种情况下,不仅不能产生才相、才史、才将、才士、才民、才工、才商,甚至也不会出现才偷、才驵、才盗。他宛如置身荒凉的墓地,怀着沉痛的心情,写下了那首有'九州生气恃风雷'之句的著名诗篇。他感到时代脉搏在激烈地跳动,渴望看到坚强的性格、充沛的精力、巨大的气魄,可是他的四周只有不足道的侏儒:庸俗、卑吝、委琐。"

对于龚自珍"但开风气不为师",王元化说:"他的学问是可以为师的。但是章太炎批评他好像说梦话一样,文章狗屁不行的。鲁迅也从来不提龚自珍的,是受章太炎影响。我觉得很奇怪,他是最早的讽刺家,是他们的前辈。他的一些文章一定是很犀利的杂文,我怀疑魏源都删过了。他所讲的话毫无顾忌,我也觉得很奇怪。他的诗句'避席畏闻文字狱,著书都为稻粱谋。田横五百人安在,难道归来尽列侯?'他们那一代人的思想是很犀利的,我喜欢龚自珍远远超过喜欢康有为,我不喜欢康有为的东西。"王元化特别留意广东学者朱杰勤在战前出过龚自珍的评传。后来王元化的文章发表了,朱杰勤很高兴。可谓龚自珍的后世相知。

在《龚自珍论》中,王元化写道:"但是,他的名士风流的结习,总是当时读书人的一种缺点、一种坏脾气,我们只能把这归咎于他的时代风习和他的思想局限。看人论事,须取大节,既不必有意回护,也不必刻意苛求,我们只要知道这个在当时做出了新贡献的人物也是有局限有缺点的人就行了。"当我笑着提出不太同意王元化的这一观点时,王元化即刻道:"我爱人的哥哥满涛也批评我这个观点,他那个时候讲,《十日谈》里就有很多涉及到性的问题,龚自珍只是表示一种文人雅事。你看我们五四的时候,刘半农写文章还要红袖添香夜读书,陈独秀还去逛八大胡同。我也是受基督教的影响,所以我在某些地方好像比较保守,我不太赞同性解放。我觉得这没有伤害龚自珍的整个精神。《龚自珍全集》我读了很多遍,很坦白讲,有一些我也不一定能读懂。这个人的思想、文字都是很复杂的,很难懂。他喜欢用怪癖的古字,我也找一些注释。"

而龚自珍非常难得的是,在那个时代已经开始接受外来的思想,眼界开阔。王元化说:"龚自珍跟林则徐是很好的朋友。谢晋拍《鸦片战争》,我就说他跟《林则徐》没有什么区别了。林则徐去禁烟,已经是非常有思想的人。龚自珍都想帮林则徐了,他们都有满腔的爱国热情。那时对外国了解得还是不多,但是今天看起来已经不大容易,后来林则徐觉得要了解对方,那时候澳门有很多人懂英文或其他外语,他就找来编了一系列书,把国外的事情弄清楚,越弄越觉得不是简单的事情。那么,魏源就根据这些材料,写了一部《海国图志》,那是了解世界地理历史的书。日本的明治维新受了两部书的影响,是中国传去的,一本就是《海国图志》,还有一本就是徐光启翻译的欧几里德的《几何》。因为几何学跟形式逻辑很有关系,爱因斯坦就讲过,形式逻辑是要以几何学为基础的。东方的天文历史很发达,但几何学发展很晚,到了明末,徐光启才把欧几里德的《几何》引进来,马上就传到日本去。"

龚自珍和他所结识的朋友冲破"万马齐喑"的局面,给学术界吹进了新鲜空气,林则徐和魏源可以说是后来向西方寻找真理的先驱。王元化不无惋惜地写道:"龚自珍在介绍西学方面没有做出贡献,这是因为他不幸早逝。鸦片战争爆发不久,他就暴卒了,传说他死于仇家之手。如果他不是突遭意外的变故,可以推断,他会像林则徐、魏源一样,为了抵抗侵略,探访夷情,而去认真研究西学的。龚自珍对于后世的影响,主要是那批判性的讽刺诗文。在这方面,他远远驾凌同辈之上,为我国近代思想史放出一道耀目的异彩。"

五、"五四的儿子"

从20世纪80年代初起,王元化结合切身体会,写出一批在思想界深具影响的思辨文章。在《和而不同群而不党》一文中,他认为:长期以来,在学术思想领域里散播了过多的仇恨,这不仅仅是"阶级斗争一抓就灵"之类所产生的政治影响,在学术领域里也存在着问题。"我觉得我们还缺少一些宽容精神。我觉得前人有两句话很值得我们注意,这就是'和而不同'和'群而不党'。这种精神也许可以消除一些拉帮结派党同伐异的无原则纠纷。"

我说:"您提出'和而不同,群而不党',应该是有切肤之痛,这样的观点是您几十年来自身经历的一个非常痛心的反思。"王元化说:"你说得对。中国所谓的宗派思想是很厉害,所以我说'和而不同,群而不党'。东北有一个学者,他写中国的帮派,我说你应该把帮派的历史根源、社会根源进行理性的挖掘,不是反对就完了。为什么它传在我们思想的血脉里面?在胡风事件的时候,周扬有宗派思想,胡风的宗派思想也很厉害,当然胡风是一个弱势者、被压者,很值得同情,我自己甚至为这吃了大苦。但是要承认胡风是有很多缺点的,贾植芳先生曾经讲过,胡风要是做了周扬,比周扬还要周扬。他不仅要执行上面的意见,还要加上自己的一种情绪的东西。当然大家都会同情一个受迫害、污辱的人。但是如果我们跳过这个历史本身感情的激浪当中,用理性的眼光来总结这段历史,我觉得确实是'和而不同,群而不党'。有人讲,王元化也不一定读了很多书,他的思想往往是跟他的切身经历,跟他的遭遇联系起来的,我觉得这是'知我者也'。我没有什么太了不得的学问,读书也很有限,我觉得能跟我的经历有一点历史性的总结。假设我的话还有一点真实性,能够使人产生一点共鸣,是经过我的经验,甚至有些痛苦的背景得来的一些感触、思考。"

王元化常说自己是"五四的儿子",坚持对五四的重新思考,涉及到文化传统问题、政治哲学问题、中西思想比较问题、近现代思想人物评价问题等。对鲁迅和胡适等五四时期重要的思想人物,王元化晚年又有新的思考。

论二十世纪中国文化史,少不了要谈鲁迅和胡适。王元化说:"我年轻时也是一个鲁迅的崇拜者。抗战爆发后我逃难出来,眼镜钢笔都不能带,书更不必提,我偷偷地带了两本《海上述林》,还有一张我按照鲁迅的照片画的像。鲁迅当然是很伟大的,在二十世纪能够传的人恐怕也不多,鲁迅一定可以传,但是我们应该实事求是讲,鲁迅有一个很曲折的道路。从对鲁迅带有浓厚崇拜色彩冷静下来,对我们认识鲁迅、尊重鲁迅有好处。我觉得他在《二心集》《三闲集》之后,一直到《且介亭杂文》,他的作品好的就不太多了,晚年又出现一些重现他思想光芒的东西，可惜没过多久就去世了。"

王元化提起一则趣事："胡绳、余英时讨论起胡适来，一个说胡适的思想学术很好，但是为人上面很差，一个认为胡适是为人是很好的，但是学术上没有太多可传的，我同意后者的意见。"

王元化认为："从五四以来，胡适对自己的批评，我觉得比较冷静。他也是很重身后名的，我举几个例子，他写信是留底稿的，他写日记，那是留下很重要的文献资料，对中国现代的思想史、文化史很有参考价值。我小时候在清华园，赵元任先生是我的父执辈，赵元任说过一句话：'胡适的日记是写给别人看，我的日记是写给自己看的。'赵元任先生的日记中有很多符号、音符、拼音文字，有很多只有他懂的记号。这说明胡适对他身后的东西是很重视的。他有一句引用龚自珍的话：'但开风气不为师。'他的确是开风气，比如他的《中国哲学史大纲》上卷，那是第一次用西方的方法、观点来写中国的哲学史。当时很受推崇，像蔡元培先生就很推崇，但是而今安在呢？他研究《红楼梦》，写了许多文章，但是他跟苏雪林的谈话里说：我虽然写过这么多字，我认为《红楼梦》还不如《海上花列传》。他对文学艺术的鉴赏方面有些问题，当然不能从一个孤证来论断。他在日记里论到《哈姆雷特》《奥赛罗》，觉得那是很蹩脚的剧本，他没看懂。那是在他名噪一时的时候，他看恐怕是看的，但是文学的鉴赏力不太高的。胡适在学术上推荐崔东壁，主张疑古派，崔东壁的遗著甚多，顾颉刚用了十年的时间把崔东壁的著作整理出来。其实是没有太大道理的，崔东壁就是受了日本的影响，有一种怀疑的精神。胡适大胆地怀疑，小心地求证，他是受过杜威或者美国百科全书的影响，同时受影响的是中国的崔东壁。顾颉刚以为除了《诗经》以外，什么《左传》《尚书》都是伪作，结果这么多年来经过发掘证明都不是伪书。这种观点统治了当时研究古书几乎是二十多年。我在学术上很多地方不同意胡适，他站不住。但是从他的人格来讲，确实是值得我们尊重的。"

六、梦回清园

王元化自署"清园"，一生对清华园梦魂牵挂。童年时他在清华园与王国维、陈寅恪为邻，实际并不太懂他们，然而，越到晚年，他常常提到这些人的名字。清华园中，陈寅恪为王国维的纪念碑所撰"独立之精神、自由之思想"，王元化认为是中国现代思想神圣的灵魂。

聊起学界前辈，王元化有独到的见解。"王国维自杀前，他的学生姜亮夫去看他，就发现他的书案上有德文的《资本论》。他们看书绝不像我们这么狭窄，这么偏。陈寅恪的东西当然很难，我曾做里面的批注，后来我眼睛坏了，没法做批注，读起来很慢。他的东西太深了，弄得跟猜谜似的，非常奥涩，但是的确很有深意。"王元化说，"不要太迷信钱锺书。我写了一篇谈他解释《文赋》的文章，开头的几句，他是兴之所致，不像王国维、陈寅恪真正很有功底的。他有一点喜欢炫耀自己的博学，东抓西引的，让大家觉得他读书很多。我很客气地指出钱锺书的问题，毕竟他是我的前辈。在他逝世的时候，他们来访问我，我说他是一个博闻强记的学者，没有人可以代替，并不真正是很有学问的。但这话发表在某一报刊上，已经变了一变，说他是一个跟王国维、陈寅恪一样的学者。我说他绝对不可以和两个人比的。"

王元化感慨："王国维和陈寅恪的确是二十世纪可以传下去的学者。那是大学者，跟我们这种是不能比的。我感觉很悲哀，中国传统的东西一代不如一代，我不行，在国学、西学的学养都不够，已经差很远了，不是差一点点了。我的学生跟我又有一点距离了，学生的学生又有距离了。真正要研究中国的思想史是要花很多力气的。"

王元化：1920—2008年，祖籍湖北江陵。随父母在北京清华园度过童年，在北京城内读中学，抗战后流亡上海。先后在震旦大学、复旦大学、华东师范大学等校任教。曾任中共上海市委宣传部部长。著有《文心雕龙讲疏》《文学沉思录》《思辨随笔》《清园夜读》《清园近思录》《清园近作集》《九十年代反思录》《九十年代日记》《人物·书话·纪事》等。

本文参考书目：

《清园近作集》，王元化著，文汇出版社2004年8月版。

《文心雕龙讲疏》，广西师范大学出版社2004年11月版。

《人物·书话·纪事》，王元化著，人民文学出版社2006年1月版。

《清园自述》，王元化著，广西师范大学出版社2010年8月版。

王世襄：玩出学问

一、美食家的晚餐

老友们念念不忘王世襄的芳嘉园小院。那座本属王家的私人院落，曾一度庇护了黄苗子、张光宇等落难朋友的家庭，后来被政府安排成多家混居的大杂院，洋铁工人成天敲敲打打，往日安宁不复在。王世襄最后不得不选择离

郭延冰 摄

开芳嘉园，搬到城外住公寓楼房了。

2005年8月15日下午，当我和摄影记者一同前往王世襄先生的公寓，进屋后赫然见到门后贴了纸条："请勿照相，阻止莫怪。"王世襄解释："这是针对家具店的，因为他们照了相，放大后成为他们的广告。我说我要争取保护肖像权，让他们把摊子撤掉，否则我就找律师了，说了几次，他们才撤掉了摊子。以后我就干脆写了一个'请勿照相'在这里摆着，凡是跟文物有关系的家具店、古玩店，我一律不让照相。"

客厅很宽敞，四处摆放着王世襄的各类收藏品，外人看不出其中的章法。厅中挂着王世襄的妻子袁荃猷的遗像。2003年10月，和王世襄相濡以沫的袁荃猷病逝。谈起三联书店刚出版的王世襄新作《锦灰三堆》，他取出一封三联书店前总经理范用刚寄来的信，信的大意是："三联书店送来《锦灰三堆》，十分欣喜。我告诉三联，《锦灰堆》是他们出书中最有价值的著作，可谓空前绝后之作。《告荃猷》十四首，感人至深。希望兄能够想得开，保重身体。嘱安。"《告荃猷》十四首收入书中"畅安吟哦"部分，其三为："我病累君病，我愈君不起。知君不我怨，我痛无时已。"

王世襄的精神很好，他告诉我，自己左眼已失明十多年。晚年，每天早晨下楼散步，基本上不出门参加任何社会活动。每谈到他钟情的鸽文化不为世人重视时，老人家不时感叹："现代人全跑去赚钱，把中国传统的东西丢了，太得不偿失了！"

我不时提起老人家的故知好友，当无意聊起一些朋友的趣事时，老人家妙语连珠。谈到冯亦代、黄宗英的情书《纯爱》，他问我："你知道黄裳吧？黄宗英以前是甜姐儿，他的名字跟黄宗英有关系，说是黄宗英的衣裳。钱锺书还写过一个对子，说黄裳与黄宗英的事情。"我马上接话，念出钱锺书那个著名的对子："遍求善本痴婆子，难得佳人甜姐儿。"老人家笑了。我又提起董桥喜欢收藏文物，新作中多次提到王世襄，钦佩之情跃然纸上。老人家说："他买的有些文物不对，不真也拿来当真的。"

临走时，老人家突然提起自己的孙子："十四岁，写了一本半文言文武侠小说《双飞录》，现在又改写短篇散文。他看的书很广，法律、历史、宗教什么都看，金庸等的小说都看了，古书能看《文心雕龙》。在学校，老师不喜欢中文比他好的学生，处处为难他，因此退学了。我们的教育制度有问题，有特长的也需要培养。"

不知不觉谈到晚饭时间，我们告辞前，家中保姆取出王世襄的晚餐，没想到一代美食家的晚餐，竟是肯德基的汉堡！

二、"自珍"

王世襄出身书香门第，少年已是玩主儿，自述："我自幼及壮，从小学到大学，始终是玩物丧志，业荒于嬉。"在燕京大学读书时，有一次王世襄揣着蛐蛐葫芦上邓之诚先生的课，在邓先生讲得兴致勃勃之际，王世襄怀里的蛐蛐响了，邓先生很不高兴，把他赶出了课堂。

1941年，王世襄毕业于燕京大学研究院，获硕士学位。1943年，王世襄完成《中国画论研究》后，赴重庆寻求工作。是年冬去川西李庄任中国营造学社助理研究员，跟从梁思成研究中国古代建筑。

第一份工作就能和梁思成、林徽因共事，受益匪浅。王世襄深情地回忆："我在四川李庄中国营造学社与梁思成共事近两年。本来我想到历史语言研究所工作，当时所长是傅斯年。梁思成带我去见他，傅斯年对我说：'燕京大学毕业的学生，不配到我们这儿来。'梁思成便收留我参加中国营造学社。在李庄，我们就住在一个院子。我们所有人的吃、喝、住、工作全在里边，我与梁思成、林徽因他们也是天天见面。梁先生考察过不少地方的古建筑。我去得晚，只有两篇稿子收入手书石印的《中国营造学社会刊》。1945年日本投降，我就回北京了。"

抗战胜利后，王世襄受命奔走调查，收回被夺重要文物、善本图书两三千件，其中不乏国宝，由故宫博物院等机构接收保管。这是他自认为一生中最重要的工作："当时我们运回来的105箱善本书，从日本运到上海。溥仪从故宫携出的细软，纳粹德侨收集的重要青铜器，现都在故宫博物院，都是我那时候追回来的。其实，当时我人微言轻，办不成这些事情，多亏朱启钤敦促宋子文出面，有当时行政院办事处人员参加才办成的。"

正当王世襄踌躇满志，准备为国出力时，世情很快就变幻了。追回国宝的这段经历使王世襄受到残酷打击："三反"冤案、故宫除名、"五七"扣帽的厄运接踵而至。

他回忆："到了'三反'，把我关在东岳庙。他们不调查研究，也不问我，就是逼迫我，昼夜逼供，穷追猛打，疲劳轰炸。不说我偷什么东西，只是要让我交代，关了四个月的时间。出来之后，又在公安局手铐脚镣十个月。朱家溍因为是国民党的缘故，被关押的时间更长。我不是党员，跟教育部的人也不认识。就是因为在梁思成那里工作，还有马衡推荐我去文物清理损失委员会。我肯干、肯跑、全力以赴追回几批重要文物，光是溥仪的就有一千多件，里边有商代的玉器、宋元手卷。这些东西一直运到故宫里头打开箱子，我才看到东西，才登账，登完账就进库房了，根本没有经过我手。但是他们不调查，详细述说又不信。一帮打虎将是乌合之众，不知从哪里找来的。从语言行动显然看出没有受过多少教育，只会猛拍桌子猛喊。后来被释放，没有任何结论。我拿到一个通知，说故宫博物院已经把我除名了，让我去劳动局登记自谋生活。我曾去北海团城找当时的文物局局长郑振铎，为什么我有功无罪反而被开除，我把通知给他看，他半天说不出话来。他眼睛看着外边的白皮松。我心想，这个决定可能不是他做的，甚至可能做这个决定的时候他还不知道。他也没有力量更改这个决定，我跟他谈也没有什么效果。于是，我把通知要回来就走了。通知一直保存到'文革'，抄家的时候才没有了。"

那时候，中国博物馆界有三位馆长自杀。王世襄置之度外，经历过风起云落之后，他终于可以自豪地说："以我的经历，他们可能要自杀十次。我很坚强，蒸不熟、煮不烂，我就是我，我有一定之规，一不自寻短见，二不铤而走险，全力著书立说，做对祖国文化有益的工作。我写了一本书，叫《自珍集》，就是那个时候早就想好了。所谓'自珍'，就是堂堂正正、规规矩矩做人，但是光这样还不行。这样就无补于事、虚度此生，我思考我还能做什么，什么是有益的。那个时候我认为有益的，如编《清代匠作则例汇编》，都被打击、贴大字报、批判。很多东西就被打断了，直到现在成为重要题目了。所以，我就认为要埋头苦干，十年、二十年、三十年总会为世人知晓。我做到了，我笑到最后了。"

三、师友问学

在厄运里,王世襄有自己的选择:玩!

也许别人看来,不得志的王世襄成了"边缘人"。他却不这么想,反正有的是时间,何不将自己童年的爱好一一拾起?明式家具、古琴、蟋蟀、鸽哨、葫芦、竹刻、鹰、犬、文玩,王世襄无不玩得入迷。

虽然是玩,但王世襄玩出了境界。他曾经痴爱的明式家具,多少年后成国宝,现在安放在上海博物馆专设的陈列馆中。他说:"我整天弄一个车,车后边有一个大架子。大桌子、椅子我都骑车子载回来。全北京城我到处跑,春节我还跑到京东宝坻县。大年三十晚上,在小店里睡觉。小店里很冷,没有火。我拿两只鞋鞋底对鞋底一扣,放到炕沿上当枕头。只有这样才能买到极便宜的物件。那时候这些东西没有人要,当破烂,很便宜。并且贵的东西我买不起,我都是买便宜的东西。买回来,我请人修,恭恭敬敬请教,从中学到很多东西。"

因为志趣相投,王世襄结识了许多文艺界的朋友,留下不少佳话。大收藏家张伯驹和王世襄相交不久,一听他在潜心研究书画,竟让他将陆机《平复贴》这样的稀世之宝带回家研究。这种机缘现在看来不可思议。王世襄笑道:"这还给我很大的负担,我找了一个盒子拿回家,那个月我都提心吊胆，每天都看有没有丢失。"

张伯驹后来把《平复贴》等一批价值连城的国宝捐给了国家。没想到也是厄运连连，王世襄叹了一声，回忆起这位前辈："张伯驹最倒霉的时候是在吉林。'文革'时期博物馆关门，把他'轰'出去到农村插队。到了舒兰县，村民说自己的粮食不够吃，还分来两个不能干体力活的人白吃我们的粮食，他们不收。没有办法了，张伯驹回到北京，但成了'黑人'，没有粮票。于是大家都给他凑粮票，帮他过活。后来，陈毅追悼会上，张伯驹送陈毅的挽联受到毛泽东赞赏，就给他安排在文史馆工作，一个月70元钱，才有了粮票，但之前做了两年的'黑人'。黄永玉画过一张《大家张伯驹先生印象》，画了他在莫斯科餐厅怎么吃饭，真是力透纸背。"

晚年，张伯驹住院，八个人住一个大房间，环境太差，家人提出能不能换一个单间。医院答复："张伯驹不够级别，不能住单间。"张伯驹去世的时候，他的朋友说："张伯驹捐给国家的东西，足够买下整座医院。"

在苦难中，王世襄竭尽所能为朋友找一个安身之处。"反右"后，黄苗子、张光宇两家没有住处，王世襄毅然让他们住进了芳嘉园小院。在二十世纪五六十年代的京城文化圈，芳嘉园小院成了不可多得的文人聚会场所。

院子里除了黄苗子、张光宇这些落难的朋友，启功也是芳嘉园小院的常客。启功九十岁时，王世襄送去一幅寿联:"自古难兼德学寿,当今独擅画诗书。"启功去世时,王世襄写了一幅挽联:"师多于友,痛不能言。"王世襄解释:"我十几岁的时候就认识启先生了,我们确实是很好的朋友,但是我很多地方都请教他。他给我改过文章,我的很多文章都请他看过,我不懂的问题他都告诉我。我写《中国画论研究》时,常与他切磋,比如南北宗的看法,我本来写的不是那样,看了他的文章我又改了。所以,我们的关系在师友之间,他和我虽然是朋友,但是老师的成分多于朋友的成分。"

四、味道全变了

曾是王世襄芳嘉园邻居的郁风回忆:"王世襄不但每天买菜是行家,哪家铺子能买到最好的作料也是行家。不但吃的品味高,做菜的手艺也是超一流。"

黄永玉最津津乐道的故事是:有一次,几个朋友在一家会餐,规定每人备料去表演一个菜。王世襄来了,提了一捆葱。他做了一个菜:焖葱。结果把所有的菜压下去了。这一说法还被汪曾祺写进了《学人谈吃》的序中,汪曾祺说:"学人中真正精于烹调的,据我所知,当推北京王世襄。"

对此,王世襄谦虚地说:"我当时经常去朋友家里做饭。汪曾祺给我写文章,还问我叫什么菜系。我说我只是外行,可以叫'外行菜'。古代画家有'行家'和'戾家'之别,戾家就是非专业之意,所以不妨叫'外行菜'或'戾家菜'。现在北京有个不好的风气,各式名目起得好听,菜却坏透了,整天就是一桌,外国人跑去吃,贵得要命,讨厌至极。"

我请教王世襄:"有一个理论说,人的味蕾有记忆功能,一个人小时候吃的好东西都在十几岁之前有记忆保存下来。以后吃的东西,都是按照以前的记忆来分辨好坏的。"王世襄感叹:"但是吃的东西变质了。以前的葱,除去外边两层皮,里边是鲜嫩的,现在的葱剥到里边,还是硬的,炸也炸不熟,吃到嘴里不化,有渣滓,根本不是味道。比如你做一个菜:葱烧海参,一定要好葱。以前我有一个很出名的菜:焖葱,但是用现在的葱做不出来。"

我好奇地问:"您为什么不专门写一本关于美食的书?"王世襄又叹了一声,答道:"我写过很多有关美食的文章,但是没有想过专门写一本书。因为现在吃饭就是填饱肚子,没有什么可吃的了。现在的东西味道全变了,鱼不是鱼、肉不是肉、鸡不是鸡、鸭不是鸭,蔬菜什么的全变了味道。我从前很喜欢做饭,有时候还专门跑去别人家做饭。我经常去范用家里做饭,因为当时范用住得跟李一氓先生比较近,我经常去那里。可是,现在我自己买的原料都不对了,我也做不出原来的味道了。现在的原料都变了,肥料不同了,生产方法不同了,整个都跟饲料肥料有关，再加上诸如灌水肉等等。我已经觉不到有什么可吃的了。只有晚生的一辈人最幸福，没有吃过以前的东西，什么都能接受。吃过原来东西的人就会觉得索然无味。"

五、爱鸽入迷

晚年的王世襄对一些玩意儿觉得索然无味，但对鸽子却情有独钟。

早在北京美侨小学读书时，王世襄一连数周英文作文，篇篇言鸽，教师怒而掷还作业，斥责他如再不改换题目，不论写得好坏，一律评差。后来读燕京大学时，在刘盼遂先生的"文选"课上，王世襄故态复萌，"习作呈卷"题为《鸽铃赋》。年过九十，王世襄最大的爱好是鸽子，在《北京晚报》上发表系列文章宣传鸽文化，并千方百计呼吁社会各界重视鸽文化："如绝种，太可惜了。不保护传统文化就是罪人！"

在我面前提起他的至爱鸽子，王世襄眼神一亮，滔滔不绝地谈着鸽子的种种可爱处。此情此景，让我恍觉像多年前静听一位好友倾诉对心仪之人的相思之情。王世襄说："我不是迷鸽子，我只迷对鸽子的抢救保护，千万别灭绝。我曾多次问青年人见过几种鸽子，回答只见过两种：信鸽和白色的所谓和平鸽，其实是美国培育的食用鸽。中国传统观赏鸽，对不起，没有见过。这就是严重的危机。"

王世襄介绍，养信鸽是一种变相的赌博，还有很多歪门邪道钻空子。说白了，就是一个"洋"东西，发展得俗不可耐的东西。现在信息发达，虽然完全不用信鸽，但变成了一个赌博工具。谁的鸽子放飞回来可以"得奖"，而且奖弄得很大，台湾赌得更凶。白色和平鸽是食用鸽，实际上是美国培育出来的落地王，繁殖快、肉质鲜嫩，适宜食用，一两个月的时间就可以长成，可是现在一般人都给这种食用鸽一个美丽的名字。他痛心地说："中央一台过去每日早晨的《东方时空》，升国旗、奏国歌，大好河山，然后演到长城，很远处飞来一个鸽子，近处一看长嘴巴，就是美国的落地王！播出的不是中国的观赏鸽，而是播了美国的食用鸽，这对于我们了解鸽子的人来说，是莫大的耻辱，伤害我们的自尊心，我们接受不了。"

王世襄深情地回忆起儿时北京观赏鸽的盛况：每一个胡同里都有几家养鸽子，上到达官贵人，下到卖苦力、小商贩，从七八十岁的老者到年轻人，都有养鸽子的，上空都有鸽哨传来。鸽哨成为上辈人对北京的一种印象。很多以前居住在北京的外国人，如今回到北京发觉，早晨醒来鸽哨已经消失了，就在日记中写道：少了鸽哨，就感觉这不是北京了，充满了失落感。

在研究中，王世襄发现明末清初广东屈大均的名著《广东新语》中，记载明清之际赛鸽赌博在广东已很盛行,这是导致观赏鸽绝灭的原因:"信鸽影响观赏鸽生存,广东是全国的前车之鉴。"

王世襄分析人们不了解观赏鸽的原因:"这其中还有一个城市拆迁的问题,很多养鸽子的人住的平房、四合院,房子一拆,就要跟鸽子挥泪告别。因为搬到楼房住宅以后,不允许养鸽子。观赏鸽不像信鸽在阳台上也可养,或者可以送进鸽棚。观赏鸽需要在平房饲养,因此就没有存身之地了。很多以前养过观赏鸽的人,想到观赏鸽上百种的花色、诸多讲究,有些业已失传,就觉得扼腕叹息。"

现在电影、电视、广告上,观赏鸽都没有机会露面,王世襄便写了《务必给观赏鸽亮相》。他认为:"多数人不知道中国传统观赏鸽是全世界最好看的,因为花色最多,而且历史渊源悠久,有上千年历史。有史书记载,有诗词歌赋赞美,有名画家写生,还有专门著作仔细研究。"面对观赏鸽的危机,王世襄七十岁的时候,想编一部鸽谱图册。他邀请了一个摄影师,到所有的鸽市去拍鸽子。结果大为失望,看不到可以入谱的鸽子,危机感就更为加重了。

1994年,王世襄八十岁时,发现故宫藏有宫廷画家用郎世宁画法的四部鸽谱,从康熙到清末,共有180幅。王世襄便利用画谱编成《明代鸽经清宫鸽谱》一书,成为中国最早一本有观赏鸽彩图的书。此后,他兴致未减:"虽然我活到九十多岁了，但还是有一个极沉重的责任感，要让下一代年轻人知道：只有观赏鸽能够真正代表中国文化。这是中国传统的国宝，无论如何都要保留下来，一旦消失就无法恢复。"

2003年4月8日，王世襄上书北京市及奥组委领导，希望"2008年奥运会要放我们中国自己的观赏鸽，戴上我们的鸽哨，这是我们中国的景观，代表我们的民族。"然而，这件事石沉大海。王世襄又把两本鸽子书托人转交给温家宝。"没有想到过两天，文史馆特地派人来，温总理给我写了亲笔信，连信封都是他亲笔书写。他叫我世襄老，说我送的书他收到了，说我致力很勤，对历史、文化很有研究。温总理是搞地质、搞科学的，他也懂这其中的意思，因为在地质方面就有很多珍贵的化石都被外国偷走了。温总理说他看了这两本书得到不少知识，说我过了九十岁身体依然很好，感觉很高兴。很简单的一封信。之后，对于事情怎么处理，我一概不问。"王世襄悠悠地说，心中似有无限向往。"我知道鸽子的情形，如果不呼吁，断绝了就太可惜了。我有这个责任感。"

王世襄：1914—2009年，号畅安，生于北京，兴趣广泛，喜爱古诗词，曾从事音乐、绘画、家具、古琴、竹刻、传统工艺、民间游艺等多方面的研究，均有论述，著有《锦灰堆》等数十种著作。

本文参考书目：

《锦灰堆》，王世襄著，三联书店1999年8月版。
《锦灰二堆》，王世襄著，三联书店2003年8月版。
《锦灰三堆》，王世襄著，三联书店2005年7月版。
《锦灰不成堆》，王世襄著，三联书店2007年7月版。

王钟翰：烟酒熏陶

一、清朝戏是戏说

2005年8月25日下午,我来到中央民族大学的校园,进入家属院,一问王钟翰教授的住处,院子里的人都知道。王钟翰先生穿着运动鞋,动作轻便,谈吐轻松。家中的摆设很简朴,书架里放满了各类史学著作,其中有一格是日

郭延冰 摄

文版的清史专著。茶几上放着何炳棣著作《读史阅世六十年》，王钟翰那些天正在看，他说："何炳棣有豪气。"不久后，我读到王钟翰对《读史阅世六十年》的书评，称此书为研究近代知识分子不可多得的著作。

我称王钟翰是清史研究的权威，他马上说："不是。我就是一个明清历史的研究人员，算不上是权威。"提起当年在燕京大学和哈佛大学的师友，王钟翰闲谈了许多有趣的小故事，他笑道："以前的事情我记得很清楚，但是越近几年的我越记不清楚了。"后来我在王钟翰自选集《清心集》上看到一个趣事：当年王钟翰未能获得哈佛大学的博士学位，1995年，他的长女王湘云获得哈佛大学历史博士学位，并留在美国执教。

在中央民族大学任教，王钟翰最有名的同事是吴文藻——作家冰心的丈夫。"冰心比吴文藻的名气更大一点。以前冰心在美国威尔斯利女子大学，吴文藻在哥伦比亚大学，追求冰心的人很多，但是因为吴文藻老实可靠，她才嫁给了他，这是冰心亲口跟我说的。他们一直到晚年都很恩爱。"王钟翰说，"'反右'时，我和吴文藻合写过一张大字报，一起被打成'右派'。"

晚年，王钟翰的生活比较规律，诸事喜欢定时定量。一般晚上九点钟上床，看看书，差不多十点钟就睡着了，早晨七点半起床，九点钟出去遛一圈。然后看看书，写写东西。我请教这位清史专家对现在电视剧充斥着清朝戏的看法，王钟翰说："都是戏说，很多所谓的正史也是乱七八糟。我不看这些东西，但是我都知道他们的观点，反对或者赞颂我都清楚。"

谈到当年喝酒抽烟的旧事，王钟翰笑着告诉我，以前经常跟学生一起喝酒，好几个学生都很能喝酒。现在不抽烟了，顶多喝一两酒。不知不觉谈到晚饭时间，家人问他晚饭想吃什么，他想了想说："中午吃了面条，晚上就吃饺子吧。"

二、与日本宪兵队长斗酒

1934年，王钟翰在长沙雅礼中学毕业后，考入燕京大学历史系，当时历史系全系师生加起来，也不过三十来人，老师和学生人数相当，却颇有名气。王钟翰的老师是邓之诚、洪业和顾颉刚。

燕京大学使他念念不忘的是喝酒畅谈的岁月。王钟翰回忆："当时海淀同和居餐厅有一点小名气，从西直门到颐和园都种海淀稻，用这个酿酒最好，酿出来的酒就叫'莲花白'。酒很甜，因为度数不高，就会多喝，也就容易醉。我当时在读硕士，是助教，工资是107元，也没有成家，起码每两个星期我就请同学去同和居。在当时的燕大里，住着几位外国老太太，每个周五晚上她们都到临湖轩跟司徒雷登聊天，向司徒雷登汇报一些学校里的'小道消息'。有一次,我在同和居喝醉了酒,过马路的时候摔倒在马路旁边,被那几个老太太看到了。她们添油加醋地跟司徒雷登讲述了一番,并提议取消我的奖学金。司徒雷登就找到了我的老师洪业先生,洪先生说:'这好办,王钟翰最听邓之诚先生的话,我告诉邓先生,让邓先生处理他。'邓先生听到这件事,打电话到我的宿舍里,让我去他家里。我'嗯'了一声,并不说话,心想这下要挨批了。结果到邓先生家,他在桌子上准备了一小杯白干,一两不到,问我:'你昨天喝酒啦?那再喝一杯!'然后说:'你如果想喝酒,我家里有的是,你随时都可以来喝酒嘛!'意思就是我不要去外边喝醉。我喝完那杯酒,邓先生说:'好了,你回去吧。'我就走了。"

从此,王钟翰在燕京大学里更是"酒名远扬"。王钟翰说:"以前日本统治华北,日本的军队没有驻在北京。但是日本宪兵队在北京的总部在颐和园那个地方。那时候,司徒雷登是燕京大学校长,学校里到处挂着美国小红旗,日本宪兵队不敢进去燕京大学。日本的宪兵队长叫华田,平时穿着便服,枪掖在衣服里,经常到燕京大学'访问参观',司徒雷登不得不留下他们吃便饭,就在临湖轩——未名湖南畔。日本人爱喝酒,华田提出来要跟燕京大学的老师比赛喝酒,当时在座也有洪业先生,你想这些学者怎么喝得过当兵的。正好我也在学校,司徒雷登就让洪业先生叫我去陪酒。宪兵队长华田也讲中国话,说今天比酒,全用瓶子喝啤酒,每个人喝10瓶。我觉得啤酒醉不了,就跟他比。结果对方喝了9瓶酒就掉到桌子底下去了,我喝了10瓶还没有什么事。我上中学的时候就看中国人跟中国人比喝酒,我还记得以前在《良友》杂志看过,有一个大胖子喝了32瓶啤酒,我就知道喝10瓶啤酒不会醉。当时北京的一家报纸还登了一条一二百字的新闻《王钟翰怒斗倭寇》。后来,日本偷袭珍珠港,燕京大学的师生都去游行抗日了。日本宪兵开着大卡车,逮捕了10多个教授,把洪业先生、邓之诚先生都带去了。但是我没有被带去,他们就开玩笑说,宪兵队长华田怕再次看到我,所以就没有捉我去。我估计也有这样的原因。"

司徒雷登因《别了,司徒雷登》一文而名扬中国。在燕京大学的学生眼里,司徒雷登是什么样的人呢?王钟翰回忆:"我觉得他是个很有学问的人,但是也等于政治家,说话很有技巧。不多说,巧说,不该说的不说,该说的才说。他的记忆力也很好,教授、活跃一点的同学都记得。——我记得以前有一个同学是外交部的官员的女儿,她来上学,提着一个皮箱,里边不是衣服,都是高跟鞋,一箱子高跟鞋。——我在燕京大学得过好几次司徒雷登奖学金。他的奖学金比较高,200元,一年的学费、生活费都差不多够了。后来划我'右派'的罪名竟是:我得过司徒雷登奖学金,对司徒雷登有感情。"

三、转益多师

王钟翰在燕京大学的老师,邓之诚、洪业、顾颉刚三人风格迥然不同,但关系很融洽。王钟翰向邓之诚请教学习的门径时,邓之诚告诉他,有两部书要反复读,百读不倦,一部是顾炎武的《日知录》,一部是司马光的《资治通鉴》,二书都经世致用、治学严谨。洪业曾留学美国,眼界开阔,治学善于中西对比,致力建立历史学科的规范,培养一批掌握现代史学方法的新型历史学家。顾颉刚的"疑古"精神对王钟翰后来致力清史研究产生了极大的影响。抗战时期,王钟翰有幸成为陈寅恪的助手。数位名师的风范,影响了王钟翰一生。

邓之诚有《骨董琐记》《清诗纪事初编》等学术名著问世。王钟翰回忆:"邓先生是世家子弟,叔曾祖是曾任闽浙总督的邓廷桢,曾经协助林则徐查禁鸦片。他年轻时很热情地参加辛亥革命,到处宣传革命。他没有念过大学,但是国学底子深,记性很好,思想也活,作诗作词写文章。我认为他的文章是'桐城派',没有过多的之乎者也,叙事简练有起伏,很不错。他作派比较旧式,在燕大的时候还有一个姨太太,以前本来是他的侍女,帮她生了儿子,成了姨太太。所以,那些外国老太太借这个理由去向司徒雷登告状,说:'这像话吗?都是自由恋爱的时代了。燕京大学里边还有姨太太。'司徒雷登后来找到洪业先生。洪先生就说:'他是中国的士大夫,中国士大夫都有姨太太,宋朝明朝士大夫请吃饭,每一个人都有姨太太、艺妓陪酒。日本、韩国也是这样。'他还告诉司徒雷登先生,邓先生人品好、学问好,有个姨太太是私生活,不要去管。邓先生常常讽刺胡适、傅斯年,那时他讲课中间就问我们:'同学们,你们知不知道现在有两个人,一个姓胡名适,一个姓傅名斯年。他们搞什么学问?胡适就是胡说八道,傅斯年就是附会。'后来,年龄大了,邓先生就不这么说了。"

邓之诚晚景并不如意。王钟翰说:"你想想他能如意么?解放后,翦伯赞请一批学者开会,本来邓先生不想去,我就邀他一起去参加,起码表示我们追求进步,不是对国家的事情不闻不问。所以,我搀扶着他一起去开会。翦伯赞当时比较权威,邓先生不说话。翦伯赞就说:'有些人自恃有些旧学底子,就对抗思想改造。我奉劝某些人,不要自视过高,这些"国学"知识都是封建糟粕,将来都没有用。'邓先生听了就很不舒服,他也知道翦伯赞是针对他的,但是他没有当场说。开会回来,我搀着他。过了几天,我去看他,邓先生就说他想辞职了。我说不行,辞职了就没有地方住了,又没有钱买新房子。后来又过了大概几个月,邓先生跟我说:'我虽然比不上孔夫子,三千弟子,七十二贤人,我七十三岁也过了,比孔夫子长,学生选中国通史的也不只是三千了。如果我给每个学生写一封信,让每个人出5元钱养老，就够了。'我说这样不好，如果有钱的可能55元也出得起，但是没有钱的人很多，这样反而不好。1960年，邓先生黯然逝世，我当时已定为'右派'，下放到沈阳，竟不能见上邓先生最后一面。"

洪业在燕京大学教书声名颇震。王钟翰回忆："洪先生不讲课则已，一讲课就会引人入胜。他上课说：'你们睡觉吧！'但是一个人也睡不着。他声音大，经常穿插小故事，小笑话，教室里经常哄堂大笑。洪业先生是比较西式派头，上课时西装革履，叼着烟斗，邓先生则是旧式派头。以前他们出身差不多，都是世家子弟。洪先生到美国留学，会拉丁文、英文、法文等好几种语言。他有一个学生，在洪先生去世之前给他写了《洪业传》，但是洪先生表示，在他去世以后才可以出版这本书。洪先生说，这些传记不是骂他就是捧他，他在世的时候看到都不好，所以要等到洪先生去世以后才发表。洪先生去世以后，哈佛大学出版了，台湾马上翻译成中文，最后北京大学侯仁之和我修改了台湾的中文版再发表，修改了一些错误，因为台湾版的翻译太死板。"

王钟翰在燕京大学发表的第一篇学术论文是《辨纪晓岚（昀）手稿简明目录》，由洪业指导。王钟翰说："1936年，中国营造学社印行《钦定四库全书简明目录》，认为那是清代大儒纪晓岚的手迹。洪先生看了之后感觉从字体及印文上看，并非纪晓岚之作。我看了也觉得不是纪晓岚的笔迹。所以洪先生让我写一篇文章'辨别'。洪先生已经构思好一篇文章,要'辨',他自己不写,而是交给学生写,最后他过目修改。我按照洪先生的思路,拿印行的《钦定四库全书简明目录》与纪氏审定的《四库全书总目提要》一一对照,发现疑点竟然多达100多处。我将这些发现一一整理成文,洪先生把文章推荐到《大公报》上发表。我记得当时稿费是27元,算是很高。我很高兴,就请同学吃一顿。后来,我把文章拿给邓之诚先生,希望邓先生说几句好话。结果被泼了冷水,邓先生说:'写那么长干什么,几百字就完了嘛。找几条够硬的材料就完了,干什么写两三千字啊?'后来,我知道了原因,是因为写法不一样。因为洪先生不但是旧式的考据,同时吸取了英、美、法的方法。邓先生还是旧式的方法。邓先生在写《清诗纪事初编》的时候,节衣缩食买了大量诗集,凡是清朝的诗文集他都收集,今天可能买了一部顺治年间的,明天可能收集到一部乾隆年间的,精心筛选了几百部最好版本的诗文,但是他写文章很精练,就是写他最推崇的顾炎武,也不过是两千字。"

王钟翰读书时代和顾颉刚接触并不多,但印象深刻:"我选过他的课,春秋史、战国史。他因为口吃,所以上课不讲课,只写黑板。他的字写得很漂亮,从上课开始就写,一直写到下课铃响,大概来回写四五遍黑板。他在黑板上写的一条条,都是他平时读书的心得,因为他思考,所以会发现问题，并且有根有据的。"

抗战时，王钟翰在成都燕京大学当讲师，才有机会和陈寅恪交往。王钟翰说："开始我没有听过陈先生的课，抗战时我在成都燕京大学受聘为历史系讲师，主讲'中国通史'和'中国史学史'。陈先生先在西南联大当教授，后来被特聘到燕大，同时受聘来的还有吴宓先生。我在成都燕大，不仅学问上可以直接聆听陈先生的教诲，而且在工作上还得到他的大力支持。当时大学设有训导处，主要任务是控制学生的思想活动，任职的都是国民党员。我不是国民党员，学校又想让我兼任学生生活指导员，我当时就表示，如果必须加入国民党才能任学生生活指导员，我就坚决不兼任此职。学校答应了我的条件，但是我后来和训导长关系不好。我受不了这份闲气，当时铭贤中学托人和我联系，答应待遇和燕大相同，请我去教高中历史，我当然同意。临行前我去向陈寅恪先生辞行，陈先生一听很惊奇，问起原由，我如实说了。陈先生对我说：'你不能走，做学问还是大学里有条件，适合你。如果是因为训导处的原因，你就更不必走，这事由我来处理好了。'陈先生当即给校长写一封信，说我适于大学任教，校方应该挽留，又帮我解脱了训导处的干系。"

没多久，校方考虑陈寅恪的身体，派王钟翰做陈先生的助手，并照顾陈先生全家的生活。在《柳如是别传》问世之前，陈先生并不是以治明清史闻名，但是陈先生当时不仅对清代掌故非常熟悉，而且对明清史上的一些重大问题有深入的思考。陈先生对清史的研究有一个特点，就是从民族文化体系出发，注重种族、民族问题、士人阶层、社会集团，这对王钟翰后来研究清史很有启发。抗战胜利后，王钟翰获得哈佛燕京学社奖学金，将赴哈佛大学留学。陈先生正住在成都同仁医院治疗眼疾，王钟翰将喜讯告诉了他，他听了，闭着双眼说："你是搞清史的，搞中国史的到美国去能学到些什么呢？当然，哈佛是世界著名大学，语言确实不错，去了多学点语言，或许还有不少用处。"

四、哈佛岁月

1946年，王钟翰赴美国哈佛大学攻读博士学位，此时，他在燕京大学的老师洪业已在哈佛大学任研究员。王钟翰说："在哈佛我没有跟洪业先生念书，但是最后半年我还是听了他的课。我在听叶理绥教授的课时出了一个事，叶理绥本来是俄国贵族出身，十月革命逃到日本读大学，后来哈佛研究所他当头。我并没有很尊重他，我觉得他汉文差，日文很好，他用的课本《项羽本纪》全篇，其中项羽的叔叔项梁写信营救的一段，翻译成日文的时候丢了一个字。可能不是他丢的，是翻译成日文时丢了，他却没有看出来。上课的时候，我就当面指出来，因为我觉得哈佛这样的学校不应该用有错误的教材。当场他就脸红了，回答不出来，下课了。第二天他说：Mr Wang说的对。他承认错了。他管哈佛研究院的奖学金，就选了一个美国人讲清史，那个美国人讲清史不是从明末满族努尔哈赤讲起，而从隋唐讲起，说隋唐有印刷，有道教书籍传播，中国了不起，已经发明刻字印刷。宋朝更加不得了，活字版传到欧洲，对欧洲文明起到很大的影响作用。结果话锋又一转，讲清朝鸦片战争打败了，是因为中国人笨。我就觉得很不舒服，怎么可以这样分析啊，说一个中国人笨可以，怎么可以说当时两亿中国人都笨？我就对老师以及主任的印象都不大好。后来，让我们写一篇论文，我是按照中国式的写法，是考据式的。他们按照外国人的写法，点论结合要分析。他们就说，我写的东西以后怎么能写博士论文？哈佛研究主任结果就取消了我的奖学金。洪业先生就对他们说：'本来就是因为王钟翰的西方素质不够，所以才送他到这里来学习。你们应该留下他。'他们于是给洪先生一个面子，第二天就叫我过去，让我第二个学期不要选课了，写一篇论文，就发给我硕士学位。我说：'硕士学位我有了，燕京大学的硕士学位不一定就比哈佛的低，甚至比你们的还好，我不要。'"

　　王钟翰私下也跟洪业探讨过此事："洪先生觉得我不应该当面指出叶理绥的错误。其实我想错误不在他，而是在于日本人翻译的错误。但是老师都看不出来，让他有点下不了台。洪先生说应该是下课以后再告诉他，上课的时候说有点不好。洪先生告诉我,当年他也发现汉学大师伯希和著述中有一个错误,洪先生没有当面提出来,而是请他吃饭,在吃饭的时候提出来的,伯希和非常感谢。所以,我没有坏意,但是方法不对,光是讲理不成。我在美国读了两年书,就回国了,先到燕京大学,院系调整就到了民族大学。回国后与洪业先生通信联系,我也希望他回来,但是他没有回来。"

后来洪业年龄大了,回不了国,就写信给王钟翰:以前家在燕南园的房子有祖父的画像。让王钟翰去找,但是没有找到,因为洪业走后,有两三家人都去住过。后来,洪业让王钟翰帮他将藏书捐给图书馆,并且是那种爱护书籍比较好的图书馆。最后捐给了中央民族大学,王钟翰说:"我的意思是中央民族大学是56个民族学生的家。并且不像清华、北大的图书馆藏书多,这些书对于他们来说不算什么,但是对于我们民族大学来说可能有些作用。"

在哈佛大学时,洪业送过一个烟斗给王钟翰。王钟翰笑道:"是我从哈佛回来的时候,洪先生让我抽烟斗,意思是让我抽烟不喝酒。因为当时既抽烟又喝酒的人不多。一直到1960年代,我老伴就说我,不让我既抽烟又喝酒。再加上当时条件不好,三个孩子要读书,还请保姆。所以,我就选一样,我想:抽烟是抽出去的,喝酒是喝进肚子,所以我就不抽烟了。到现在我也不抽烟,喝酒不多,一般二两。后来有人传说,考王钟翰的研究生就要会喝酒，不会喝酒的考不上。这也纯粹是巧合，开玩笑的。"

王钟翰的同窗在大变局中命运迥然。周一良在燕京大学毕业后，到哈佛大学留学。王钟翰说："周一良是我燕京大学的校友，他很佩服陈寅恪先生，他早知道陈先生在清华上课的时间，就从燕大去清华听陈先生的课。当时上课不大点名，而且有名的教授也不点名。他后来考上燕京大学研究院读研究生，又考到哈佛大学读博士。后来，日本侵略中国，他差点回不了国，在哈佛待得最久。他的爱人邓懿也去了，邓懿中文很好，是燕京大学国文系毕业的。周一良教中文，也教日文，邓懿帮赵元任在哈佛大学教中文。当时美国人跟日本打起来了，美国人很少念中文，所以周一良、邓懿就在美国推广中国话。日本打仗封锁，我们去不了哈佛。等到日本投降了，燕京大学保送我去哈佛大学，正好他们回来。别人问邓懿为什么要从美国回来？她用俗话说，美国虽然好像天堂，中国好像地狱，但是愿在地狱而不愿意在天堂。周一良在'文革'的时候进入'梁效'，主要是因为江青。"

瞿同祖的经历更为特别，是在1965年回到中国。王钟翰说："瞿同祖也是燕京大学的，是政治系的，我跟瞿同祖很熟。他是我的湖南老乡，他的爷爷是清朝末年的军机大臣。瞿同祖的中文底子很好，当时家在长沙，受到的教育比我们高得多。他本来在国外待遇很高，但是他说中国人受了很高的教育，应该回到中国。结果他1965年回来，

1966年就'文革'了，回来不凑巧。后来瞿同祖跟我说：他很后悔，本来他想选历史，但是念了政治、社会，就没有发挥他的所长。"

当年杨联陞与周一良被师辈认为是难得的读书种子。王钟翰回忆："周一良和杨联陞都比我高了几届，都有过一些交往。我刚到哈佛大学时，杨联陞刚获得博士学位，将去联合国工作，我们同去一家酒吧喝啤酒。他问我：'你这番来美国，是想来求学问呢，还是来拿学位？'我听了十分奇怪，问他：'求学问和拿学位难道还有什么区别吗？'他说：'要拿学位，就得攒够学分，因而选课要多，应当选容易学的，有了足够的学分，才谈得上做论文，所以要想在这里拿学位就得做长期准备。至于求学问，那就得根据你自己的需要了。'后来，哈佛大学东方语言文化系请杨联陞回来。他的办公室在三楼下面，两张桌子对着摆。我去找他，他就请我喝啤酒，说：'我不请你吃饭，咱们喝啤酒！'他的柜子里有啤酒。他看书多了，就在办公室休息。一般的朋友他不拿啤酒，但是他知道我喝酒，就给我拿出啤酒。我记得好像是美国的啤酒，他就像喝水一样，弄一点花生米，聊天。"

1948年夏，王钟翰结束了留学生涯，虽然没有拿到学位，但他对自己在哈佛大学的学习还是满意的，特别是语言学上的一点初步训练，对他后来从事清史、满族史研究帮助颇大。王钟翰回国后，成为研究清史和民族史的名家。

王钟翰：1913—2007年，湖南省东安县人，1934年考入燕京大学历史系，1940年硕士毕业后留校任教，1946年赴哈佛大学留学。1952年院系调整后调入中央民族学院，后为中央民族大学终身教授。清史、满族史专家，著有《清史杂考》《清史新考》《清史续考》《清史余考》等。

本文参考书目：

《清心集》，王钟翰著，新世界出版社2002年8月版。

周辅成：燃灯者言

一、久笑一生乐无穷

2007年3月12日下午，我来到周辅成先生位于北京大学朗润园的家访问。房中挂着周先生手书的条幅，其中有一幅引自《孟子》："居天下之广居，立天下之正位，行天下之大道，得志与民由之，不得志独行其道。富贵不能

郭延冰 摄

淫，贫贱不能移，威武不能屈。此之谓大丈夫。"写字台的玻璃下压着两张纸，其一为："如何应对危难？伏尔泰：'一笑置之。'卢骚：'无动于衷。'耶苏：'不用忧愁。'孔子：'道不行，乘桴游于海。'孟子：'泰山崩于前，而色不变。'"周辅成讲话略带四川乡音，笑着解释："这些是随便写来玩玩的。"

周辅成与辛亥革命同年，除了步行不便外，神采奕奕，讲话中气十足。他自称"病夫"，退休以后"写点文章，说点俏皮话"，自命名为《老残留言》。在《朗润呓语》中，他写了许多旧体诗，其中《笑》为："一笑能消万古愁，多笑朋友喜相投；常笑除病还增寿，久笑一生乐无穷。"九十一岁时，周辅成写了《〈吴宓诗集〉吟诵记》一文，对这位当年在清华园的老师，周辅成认为："吴先生并不是好斗的勇士。他并不想作贵族派、顽古派的诗人；他只是看到新派诗人中，有人竟把作诗看成就是说话，不讲究形式、韵律和格律，认为有律就是有拘束，就得求解放。这种口号或见解，不但不重'意境'，而且连诗所依赖的音乐成分、绘画成分，一概视为外来的因素，这样子的诗，等于取消诗的存在。吴先生不赞成这样的文学改良。要为旧诗、古文争口气。"

家中藏书甚丰，唐君毅的著作占了一角，谈起这位昔日好友，周辅成颇多感慨，专门取出2006年底写的《向唐君毅先生致敬》："唐先生对人类，爱其生，悲其苦，一生依靠一只手,一支笔,表达他的善意。他对自己'进取'而又'有所不为';片刻不忘求仁取义;慎思、慎言、慎行。"谈起抗战期间和唐君毅创办《理想与文化》的经历,周辅成让我拉开抽屉一格一格地翻找,最后找出一叠《理想与文化》的旧刊,他哈哈大笑,仔细地解释当年办刊的情形。

二、困苦的青年,快乐的青年

周辅成1911年生于四川省江津县李市镇。先入读成都大学预科两年、本科两年,后经考试转入清华大学哲学系三年级。对于转学,周辅成回忆:"我在读成都大学预科时,整个四川乃至整个中国都进入'白色恐怖'中。我刚进校不久,就遇到成都军阀响应蒋介石的镇压政策。有一天早晨,天刚亮时,成都大学和成都高等师范学校的学生宿舍里就被抓走了几十名学生,其中有6名成都大学的进步学生被枪毙,中午之后,还把这6名学生的尸体运到成都大学校门口地上。有的同学看见后回到宿舍,放声大哭,顿足捶胸。我在少年时代受到吴稚晖的思想影响:'中国五十年后是共产主义社会,五百年后是无政府社会。'在成都大学预科两年,本科两年,我很想专学哲学,但没有适当的老师,也没有适当的朋友,更没有充足的书籍。平时我也关心社会大事,常常写文章。我和王宜昌等几个同学在成都几种报纸上办了两三个每周一次的专刊,联系实际,批判了学校和社会中的具体事件。时间久了,学校迫于国民党当局压力,不得不找我们谈话。当时成都大学的校长是张澜,他还是爱护学生的,把我们叫到办公室训话,要我们认错。我说:'说话总要凭良心。'他急忙插口:'你们年轻人不用谈什么良心!'我也赶紧争辩:'我们就是要学凭良心。现在大人物做事说话,不凭良心的,还多得很呢!'他沉默了,隔一会儿,缓声地说:'我要是把你和王宜昌提到校务会上,没有一个人不主张开除你们。'我听了,也沉默了。第二天,学校布告栏出现一张布告,说:王宜昌、周辅成等在报纸上散布荒谬言论,伤及学校,毁损校誉,着王宜昌、周辅成各记大过两次,其余同学各记小记一次。从此,我们几个同学先后离开成都。后来我就到北京考清华大学,转入三年级,1933年毕业。后来我再读了三年研究生,在清华大学待了五年。王宜昌去上海,在有名的'中国社会史'论战中,成为最得力的干将。"

在清华大学读书期间,周辅成曾任《清华周刊》的编辑,常在报刊发表文章,《歌德与斯宾诺莎》1932年发表在北京《晨报》副刊,《格林道德哲学》1933年发表在《清华周刊》哲学专号,《伦理学上的自然主义与理想主义》1933年发表在中华书局出版的《新中华》。

我好奇他当年在清华大学的生活。周辅成说:"我在清华大学读书,是光荣的时代,大家都很爱国。社会上的背景,是日本在华北侵略,从'九一八'沈阳事变到卢沟桥事变前夕。我个人的生活十分艰苦,但心境却很快乐。我来北京,是靠我父亲仅有200元存款动身的。当时清华大学每个月伙食费也不过六七元,200元也度过了不短的时间,后来我就写文章投稿。我和同学李长之等人在北京《晨报》副刊常发表文章,当时的稿费每千字有一到二元,每个月就有一二十元的收入。社会的风潮,在学校里表现出来,其中有很进步的人,也有很反动的人。我和乔冠华是同班同学,他是搞马克思、黑格尔的。当时清华大学老师很少,全靠自己读书。好在学风很好,清华大学远离城区,大家没有时间浪费在别的地方。不像北京大学,那时候北京大学是在城里面,那里学生有些是很有钱的。钱,真很害人哪!一些不用功的学生,在城里面花天酒地,逛八大胡同。甚至个别教师也喜欢去八大胡同。所以,那时候,北京大学,好的很好,坏的很坏,有的什么也没有学到。"

周辅成曾经写文章谈吴宓的人生观和道德理想。他说:"吴宓先生跟我很熟。我很佩服他,听过他一年的英语课,那时候英语课跟现在不一样,全是用英文讲的。吴宓先生是陕西人,说话慢吞吞的,英语不错。"

我问:"陈寅恪先生上课是什么样的?"周辅成说:"陈寅恪先生的课我听过,讲中国中古哲学史。那个课,胡适之没有办法讲，所以他的《中国哲学史大纲》只写了上部，但是陈寅恪就能讲下去。当时，冯友兰是清华大学文学院院长，他专门派他的助教来听陈先生的课，录下陈先生讲课，备他写中哲史之用。陈先生的课，刚开始很多人来听，后来就变成我和冯友兰的助教、还有另外一个人听这个课程了。陈寅恪上课，并没有条理，也没有形成讲稿，他手拿一个书夹子，里面装一些条子，是读书的时候记下来的，根本就没有形成文章。常常风一吹，把条子吹走了，他在地下到处找，所以他教书不在行。那时候的学风，跟现在不一样，教师讲课很随便的，但是跟有学问的老师谈一阵，却可以得到不少学问。求学问，主要还是靠自己，不是靠老师。"

贺麟曾称周辅成的《康德的审美哲学》为国内最早研究康德美学思想的文章。周辅成说："贺麟是我做研究生的时候从国外回来的，我听过他的课，他讲当代哲学。贺麟是清华送出国去的。贺麟、陈寅恪、汤用彤都在国外待过，都是美国哈佛大学的留学生，现在都成了大名人了。"

周辅成对清华大学图书馆印象深刻："清华的图书馆门一开，就挤一大批人进去。只要把借书证摆在书库前的小桌上，就可以让你到书库里随便找书。书库里有很多小桌子，设在窗户下，很多人拿了书就在那里用功。书库里备有充足的茶水，如果你带了食物，可以一整天都在书库里，一直到晚上关门才出来。清华图书馆里有很多外国版本的书，很多人都是靠图书馆自学成才的。现在却没有这个条件了。"

回顾大学生活，周辅成说："说句实在话，我以前在大学时对孔夫子这一套不大相信，相信社会主义、共产主义。我希望将来成为一个革命家，也希望专门做学问。但是也有一些人读书，心中并没有什么理想和目的，就是想升官发财。所以，那时候也有些学生是很坏的。这是当时的时代情况。我在上大学时还做过《清华周刊》的编辑。那时候年轻人都奋发有为。我是困苦的青年，也是快乐的青年。"

三、孤灯下著书立说

从清华大学研究院毕业后，周辅成去了上海。他笑道："我的女朋友在上海复旦大学外文系读书。我就在复旦大学旁边租了一间房子，这都是一般的故事。第二年抗战爆发，我先逃到南京，后来到重庆，最后到成都。先在中学里教书，之后才到成都金陵大学教书，金陵大学还是相信清华大学的招牌的。"

抗战期间，周辅成辗转各地，后来在成都金陵大学、四川大学、华西大学任教。周辅成回忆："抗战初期，国民党政府也不敢不振作，到了重庆不久，就打击发国难财的家伙，枪决了重庆市长和教育厅长。当时听到这个消息，人心大振，我和女朋友结婚，也在这时。我们拥挤到成都，她在找不到糊口工作的时候，还和一些妇女到街头为前线战士募捐。成绩还真不错，每天大批大批地收到金银珠宝、寒衣布鞋。当时知识分子演戏、讲演、办刊物，是在后方抗战。有一些年纪较长的师友，自办了一个刊物叫《重光》，按照'有钱出钱，有力出力'的原则，蒙文通是出钱出力的，我和唐君毅等人则属于仅仅出力，写文章的。"

1941年，周辅成的《哲学大纲》由上海正中书局出版。周辅成还与唐君毅等朋友创办《理想与文化》杂志，邀请了一批文化人发表文章。周辅成的《论莎士比亚的人格与性格》1942年就发表在《理想与文化》上。

周辅成和唐君毅在抗战前就熟识了。他说："我家里是很穷的，到北京去，要生存，很不容易，就完全靠写文章赚稿费。好在有几个刊物还很愿意登我的文章。唐君毅也常在刊物上发表文章，我看他的文章，他看我的文章，由朋友介绍，这样我们就熟悉了。唐君毅对我很好，对牟宗三也很好。"他们办《理想与文化》的钱完全是捐来的。唐君毅的《道德自我之建立》逐章在刊物上发表，还尽其可能地请师友写文章。梁漱溟的《中国文化要义》都是逐章在这里发表的。牟宗三也十分热情撰稿。这个刊物团结了一批朋友。

忆及抗战期间的学术气氛，周辅成说："当时各种人都有，学术气氛很自由。那时候发表文章是东方不亮西方亮，那个刊物不登，这个刊物登。不少大学生是靠稿费养活自己。我在大学不但写文章，还出书呢。有些刊物还是很看重我们这帮人，所以后来我们自己办了刊物。"

抗战胜利后的变化，周辅成颇有感触："抗战八年，尽管遭受苦难，但还是民心振奋，再大的苦，也能忍受。发国难财者，虽然大有人在，但在众目睽睽之下，还不敢明目张胆地为非作歹。但抗战胜利之后，那些复员大官、接收大员们的行径，就让老百姓的心，由喜变恨了。内战爆发后，知识分子起初大多抱观望的态度，接着就变成失望的态度了。这时候，我在武汉大学教书。"

周辅成在武汉大学时曾经写文章在《大公报》上揭露军警打死学生的情况：1947年，全国学生和进步知识分子反饥饿、反内战。1947年6月1日，天刚刚亮，整个武汉大学就被军警包围了，他们在学生宿舍惨杀了5名学生，在教师住宅抓走了4位教授。此事史称"六一惨案"。周辅成说："我回到住处，立刻写了武大惨案的详情与感想，航寄给上海《大公报》的王芸生，第三天在报上刊出。随即就有陌生人来我的住处查询，似乎在查我有什么背景。幸好早就有人告诉我要小心。"

时局变幻中，周辅成的朋友唐君毅、牟宗三离开了大陆。周辅成说："牟宗三首先从浙江大学去了台湾。唐君毅原来在南京中央大学,却和无锡江南大学的钱穆一起到广州,接着去了香港。唐君毅和钱穆在香港的生活十分艰苦。我后来才知道他们在香港最初的几年,几乎每晚都睡在一所中学里学生下课后的桌椅上,后来创办私立的新亚书院,稍为有改善,最后并入香港政府办的中文大学。他们在那里勤奋地写阐发中华文化的著作。后来,牟宗三也到了香港,他们三人的大部分著作,都是在香港的孤灯下写成的。而就在那时候,我们大陆在大搞'文化大革命'。现代的学者称他们为'新儒家',这个'新'字,就在于他们的知识范围,古今中外都精通,这和过去那些只在旧国学圈子内打转的人,大不相同。他们也为今后国学指出一条出路:不开放,不放眼世界,必定无出路。但他们更重要的贡献,恐怕还在于能比较了解中国的文化传统及其精神,对中华民族、对孔夫子有深切的尊重。"

四、"没有学问的人满天飞舞"

1952年,全国高校院系调整,周辅成从武汉大学调到北京大学。周辅成的《戴震的哲学》1956年发表于《哲学研究》,《论董仲舒的思想》1961年由上海人民出版社出版,《淮南子的哲学思想》1962年发表于《安徽历史学报》。

"反右"时,周辅成见证了历史:"我本不是一个爱提意见的人。'反右'前,我没有说什么怪话。在'反右'当中,我的舅父在家乡一所中学任教,与党支部书记意见不和,后来被划为右派,连子女也不敢接近,孤独至死。在1957年一个中国哲学史讨论会上,临到午餐休会时候,在延安时期著名的理论家何思敬忽然起立说:'目前阶级敌人地主资产阶级已消灭,是否可以少提阶级斗争或不提阶级斗争?'事隔不到几天,'反右'运动展开,何思敬因此就成为他所在的单位中国人民大学的全校'大右派'。过了两三年,我在路上见到他时,听到他语无伦次,疑心他是精神失常了。"

周辅成自认在"文化大革命"时算是比较"幸运":"没有把我拉去公开批斗过。很多人都被贴了大字报,我也有一份大字报,说我过去写过'大和民族也是了不起的民族'这句话,是漏网右派。那是我在抗战之前中日关系很好时期写的,他们抓住这句话,说我替日本人讲话。但是,我没有做过坏事,也没有占过什么便宜,所以毫不介意。"

周辅成在伦理学研究上成就斐然,著有《论人和人的解放》等。1980年代,北京大学第一批提倡退休时,周辅成即办手续。

晚年,周辅成依然关注学术界的新现象。他有感而作:"现在不仅是有一些学生,还有一些老师,脑子里都是:名、利、权。有了权,就有名有利。一些人有了权，就升为教授、博士生导师，就有几十万、上百万的课题研究费。有的人连文章都不会写，领了一个题目，找几个学生来写。写完之后，一个学生拿一、二万元，余下大部分的钱，则归了他自己的腰包。书出版时，他利用权力署上自己的名字。作为该书著作者，又省心、又省力、又得名、又得利，蒙骗多少不明真相的读者。当今社会对这些人真没有好办法，一般人不敢反这个潮流，如果反了，就没有饭吃。还有，现在的畅销书中，不少是有毒的，是低级趣味。一些这样的书竟也推销了几百万册，败坏社会风气，毒害年轻人，是罪责难逃。没有学问的人满天飞舞。"

2009年5月22日，周辅成先生逝世。

周辅成：1911—2009年，四川江津人。1933年毕业于清华大学哲学系，1936年毕业于清华大学研究院。北京大学哲学系教授，伦理学家。著有《哲学大纲》《戴震的哲学》《论董仲舒的思想》《论人和人的解放》等。

本文参考周辅成先生所赠自印文稿。

汤一介：返本开新

一、"汤、乐"合璧

我在三十岁左右时，乐此不疲地采访老先生，目光投注于九十岁左右的文化人。当时每想起汤一介和乐黛云夫妇，第一反应是"太年轻"。2007年3月，汤一介先生刚过了八十岁。我到了北京后和他通电话，深为他的儒雅气息所

郭延冰 摄

感染，脱口而出："汤先生，我们做个采访吧！"汤先生爽快地答应了，并约好几天后见面的时间。当我到北京大学朗润园汤家的楼下，按了门铃，竟没回应，再打电话，也没人接。我随即给汤先生的至友庞朴先生打了电话，庞先生说，如果汤家没人，汤先生夫妇可能是到郊外的另一个地方去小住了。于是，我写了一张字条并留下手机号码，放在汤家的信箱，信步从北大到圆明园去逛了一个下午。这种经历在我的访问生涯中可以说绝无仅有，因此至今难忘。

几天后，我接到汤先生的电话，彼此互相道歉，都说自己记错了时间。我提到3月15日刚在陈乐民和资中筠夫妇家谈得很畅快，建议汤先生和乐黛云老师一起接受我的访问。汤先生说："我们和陈乐民、资中筠夫妇是好朋友，好久没有见面了。"电话里听到他跟乐黛云老师商量了几句，马上就听到乐老师爽朗的笑声。3月17日，我如约来到他们家。汤一介理性，乐黛云感性，张弛之间形成有趣的组合。两人的谈话风格迥然不同，乐黛云健谈，但在访谈中主动让丈夫多讲一点，只在适当的时候补充。

汤一介提到自己刚刚度过八十岁生日："我一生走过来也不大容易，很多运动。八十岁时我讲了三点：第一点，我做一个哲学家的基础不够，中外基础都不够。我虽然考虑一些问题，但所有这些问题我都没有做完。第二点，做中国哲学一定要对西方哲学有非常好的了解，才能做好，因为这样才有一个很好的参照系，特别是现在这个全球化的时代。第三点,我现在做《儒藏》,对我也是一个考验,因为我原来是做哲学的,不是做古籍整理的,所以我现在是非常小心,战战兢兢地来做。"

回忆北京大学当年的学风,胡适、汤用彤、冯友兰、金岳霖、沈从文一代的风采恍如隔世。再结合当下的学风,汤一介有感而发:"他们的基础比我们后来的好得多。像我父亲这一代小时候读私塾,背了四书五经的,然后又到国外去待了五六年甚至更长的时间,对西方当时的学术思想都非常清楚,所以这两方面基础比我们好得多。我们没有原来背四书五经的国学基础,因为我们是新式学堂出来的,又没有机会到国外待五六年。他们这两个基础都比我们好,所以做出成绩来。我们这一代包括下一代再下一代都没有机会,现在出去留学的人可以在国外待五六年甚至更长时间,但是他们国学基础并不好。你研究外国的东西研究得再好,也不会比外国人自己研究得更好,可是研究中国的东西,基础又不够,大师还是出不来。"

我发现他们夫妇视野很开阔,曾都多次到海外学术交流,也十分关注海外学者。汤一介说起从杨联陞到余英时、林毓生、张灏、杜维明等学者,交往的故事中,依稀有老北大的作派。

乐黛云介绍夫妇的生活习惯:上午工作,然后一起散步,下午接待各种各样的人。当时她还在北外招了几个研究生。汤一介则致力《儒藏》的工作。

那次访谈以后，我不时和乐老师通电邮，常向他们请教问题。拙著《访问历史》收了他们的访谈稿，我寄了样书给他们。2009年11月14日清早，我接到汤一介先生的电话，原来他的学生很喜欢《访问历史》一书，到他们家纷纷借阅，此书已被学生取走，他想再要一本。我马上又给他寄去了。

2011年4月，得知汤一介先生主持的《儒藏》出版后，我打了一个电话到汤先生家道贺，电话竟不通。我随即打电话到北大哲学系，哲学系老师说，汤家最近怕电话干扰，为了汤先生身体考虑，把电话停了。我便给乐黛云老师写了一个电邮，希望就《儒藏》一事给汤先生做个电话采访。乐老师即回信："老汤说很愿意和你谈，但他最近有病，希望你15日后再联系。"随后告诉了他们家的新电话。不久又来一信："老汤说，他最近先将一些材料寄给你，请你先看一下，5月8日我们从乡下回来再约谈好吗？他最近心肾都不大好，医嘱静养，还望见谅。"并托学生给我快递了厚厚一批关于《儒藏》的材料。

2011年5月12日，我和汤一介先生通电话，感觉他的思路清晰，对《儒藏》的问题胸有成竹，颇有出口成章之妙。一个小时的通话，整理出来便是洋洋洒洒六七千字。以后再也没有机会跟汤先生电话长谈，一般都和乐黛云老师通电邮，她的签名常是简洁的"汤、乐"。

2014年9月9日，汤一介先生逝世。

二、"左倾"学生

汤一介的父亲汤用彤是著名学者，曾任北京大学副校长。1947年，汤一介进入北京大学哲学系，1948年，乐黛云进入北京大学中文系。汤一介1946年进入北大先修班，1947年才进哲学系，在学习的同时也参加学生运动。1946年底，"沈崇事件"发生。他说："先修班有个国文课，两个班合并上课，沈崇是跟我一个班上课。但是我不认识她，她也不会认识我。"

我问："'沈崇事件'在当时是怎么回事？"汤一介说："她是北大的学生，'沈崇事件'应该说是大规模的学生运动的导火线。她被美国兵强奸了，因为她是我们北大四院的学生，我们就非常气愤，动员起来向美国抗议，当然是地下党组织的，没有问题。我们开始游行，慢慢地各个学校都参加了。那些美国兵是驻扎在东单广场那一带，我们就集中在东单广场，要求美国兵撤出中国。本来没有大规模的学生运动，就是从那开始大规模运动了。我们四院的学生就把美国的国歌变成了反对美国的歌曲了。1947年元旦，胡适给我父亲写了一封信，他要到南京去，说'沈崇事件'已经决定由法律来解决。这封信正好是我看到了，因为我父亲当然不会给我看这封信，我偷看以后，赶紧找了一个会拍照的同学拍下来，所以这封信就保存下来。"

1947年,学界已然左转。汤一介认为"左"倾是从西南联大时就开始了。"从联大教授队伍来看,就有些分化。因为抗战是跟'建国'联系起来的,国民党提的也是'建国',所以也有一部分教授参加了国民党,另外一部分教授参加了民盟。参加国民党的有冯友兰先生、贺麟先生,他们都是当时联大的当权派,还有一些人像闻一多、吴晗参加了民盟,当然大部分学者也不是倾向于哪一派。梁漱溟从重庆来找我父亲,他们从小就是同学了,劝他参加民盟,我父亲说:'不行,我是学者,不参加党派。'"不过,汤一介感觉蔡元培先生的"兼容并包"之风在北大犹在,学术比较自由。"贺麟是训导长,是国民党党员,但是他还是很爱护学生,学生被抓了,他常常要到中南海李宗仁的行辕找他,把学生救出来。"

1948年,乐黛云在贵州考取了好几个大学,可是她只想读北大。她父亲不愿意她北上,以为将来的局面是以长江为界,南北分治,如果她在南京的中央大学读书,回家方便一点。而乐黛云向往革命,搭上运盐的"黄鱼"车,从贵阳到柳州,再从柳州坐火车一路北上,唱着《解放区的天》一类歌曲到了北大。

很快北平围城了。乐黛云是民主青年同盟成员,那是地下党的外围组织。当年乐黛云进北大是想考英文系的,据说沈从文看了她的那篇作文,让她到中文系读,而她的大一国文是沈从文教的。所以,组织专门派乐黛云到沈从文家做思想工作,跟他讲:不要走,不会有什么很大的危险。沈从文听了乐黛云的一番话,笑一笑,说:"好吧,我再想一想。"乐黛云回忆:"最后决定不走,应该不是我的工作,他自己想清楚了。"

地下党来找汤一介,问他父亲愿不愿意去解放区?如果愿意去,他们可以保护他父亲去到解放区。当时胡适给了汤用彤飞机票,他们全家都可以南下,汤用彤让妻子准备了两口箱子,装了东西放在中央研究院历史语言研究所。而汤一介表示自己坚决不走。"我母亲就觉得我的哥哥、我的妹妹都在抗日战争中的昆明死掉了。如果他们南下,把我留在北平,就等于丢了三个孩子了,这样恐怕不行,就说:'我们不走吧。'我父亲本来就动摇了,他也不一定想走,就留下来了。我估计他不想走,但是他跟胡适、傅斯年的关系都非常好,因为他到北大教书,是胡适找他来的,他跟傅斯年通信很多,主要是谈聘任教授的事。所以胡适、傅斯年动员,他也是动摇。"

当时汤用彤一家住在中央研究院历史语言研究所的房子,傅斯年也住在里面,胡适则住在旁边东厂胡同一号的房子,两个门相通。胡适有时候过来找汤用彤。汤一介回忆:"从左派学生看,当然觉得胡适帮国民党说话,而且批评学生运动,他有一篇文章是批评学生运动的,所以当时大家对他不是很满意。但是当时他有些主张我觉得还是有意义的,他觉得国民党不应该在北京大学里!我觉得这一点是很有眼光的,学校就是学校。"

乐黛云则对胡适的印象相当好。1948年暑假以后她入学,"反饥饿"已经过去了,学生运动就是"争温饱"。"我们从远方来,都没有钱,到了冬天,吃饭也成问题,穿衣服连棉袄都没

郭延冰　摄

有,后来我们一两百人就在校内游行,游到胡适办公的地方。胡适亲自出来接见我们,他说:大家都很辛苦,我一定帮你们想办法。后来都给我们每人一件棉袄,那件棉袄我穿了四年。最低的伙食费也给我们包下来了。所以当时我们对他的印象还很不错,他很和气,他穿个黑颜色的大棉袍,对人很温和的,好像很有亲和力的感觉。我父亲当年考北大英文系,笔试考过了,面试是胡适亲自给他面试的,他说:你的英文口音太重了,念的英文不像英文,你补习两年再来考。所以我父亲一直在北大旁听。我觉得胡适对学生还是挺严格的。"

三、"革命"爱情

在如火如荼的运动中,汤一介和乐黛云都积极参与,从相识而相爱。

汤一介回忆:"我觉得关系更密切的时候可能跟抗美援朝有关系。当时朝鲜那边打起来,因为我们都是团干部了,团中央号召团员干部参军,我们就带头组织了好几个同学给团中央书记写了一封信,说我们要参军打美国佬。我们是爱国主义非常强的青年。这时候关系就更接近了。她是做北大抗美援朝的小报编辑,每天要出小报,我是组织学生队伍到街头去宣传。她可能不记得了,我的办公室离她的办公室并不远,我常常跑到编小报的办公室去看她。她是很忙很忙,没多少时间理我。"

乐黛云马上接话:"你这说得不太准确。我觉得更早一点,就是1950年的五六月间,派我代表北京市的学生到捷克去开世界学生大会。当然我们原来相处就比较好,去之前就促进了我们关系的发展。我过两天要走了,有一天晚上他带了他家里的很多唱片,就在我们总支办公室放了柴可夫斯基的音乐,我很喜欢,他也很喜欢。听了一夜,听到天亮的时候,我们当时在红楼靠街的一面,就听见手推车卖东西的声音,才知道天亮了。我们什么都没说,反正是听了一夜的音乐,也没有别的什么,我不知道他怎么样,我已经有以心相许的感觉。后来到了捷克,团的领导要我们留下,去上莫斯科大学,我的俄文还可以,可是他们怎么说,我也不愿意留,当然一方面我是怕在那个地方老是搞政治,另外觉得有那么一个人在那儿等我,我怎么能不回去呢?"汤一介说:"我也怕你不回来!"

郭延冰 摄

1952年9月13日,乐黛云一毕业就和汤一介结婚,请了还没有离校的同班学生参加他们的新式婚礼。

婚礼就在汤家的院子里,大家吃点糖和水果。婚礼上,乐黛云发表了一番充满革命豪情的讲话。汤一介说:"她在会上发表的讲话,应该说是非常糟糕的。"乐黛云说:"那时候很革命嘛,我的'左'倾幼稚病特别严重。什么都以革命为上,我说:我最重要的是要和你们这个资产阶级家庭划清界限,我到了你们家,一定不会被资产阶级腐蚀的。他父亲脾气挺好的,什么话也没说,他妈妈也是什么话没说,他们脾气好得不得了,而且是特别仁厚的人。一般人都觉得这个媳妇怎么这么野?他们没有,他妈妈一直对我都很好。"

第二天,汤用彤觉得长子结婚应该宴请亲朋,就在一个比较高级的餐馆请了两桌客。可是,汤一介和乐黛云并没有参加,他们觉得这是和资产阶级划清界限的第一步。乐黛云回忆:"当时我们觉得不去,就是划清界限的第一步,如果去了就是投降。后来对这件事情我一直非常后悔,很不应该,很伤老人的心。他们很看重这些东西,可是我们一点不体会他们的感情。这是很不对的。太傻了!"

四、"哲学工作者"

汤一介1951年毕业后,分配到北京市委党校做教员,乐黛云1952年毕业后留校。

1954年,《人民日报》开批判胡适的会,点名汤用彤参加,而且要他发言。汤一介并没有参加,听了张岱年讲批判会的情形。"我估计他心情一定很矛盾,他又非批判胡适不可,他心里还是有想法,脑溢血了。"汤用彤在会后喝了酒,把酒杯打倒了,送回家以后,当天晚上就神志不清了,有接近一个月的时间处在昏迷状态。当时马寅初是北大校长,对他很关心,去找了卫生部长,请苏联专家帮着在协和医院给他治病。治了一个多月后,汤用彤苏醒,之后就半身不遂了。汤一介说:"这对他也有好处,就是1954年以后的活动，他全没有参加了。因为他是政协委员，又是人大代表，这些会他都不出席了，学校的活动他也不参加了，就挂一个副校长的名字，可是他都待在家里。我记得他病的过程中，除了到医院，只出外三次：一次是熊十力从上海到北京来，因为他跟熊十力关系很好，去到民族饭店看过一次熊十力；另外一次是陈毅在政协礼堂开新闻招待会，请他去，他跟陈毅谈了一段话，那是我陪他；第三次是1963年他身体好一点，到天安门看放烟花，我和孩子陪他去，刚一上天安门就碰见周总理，总理一下就认出他：'你怎么跑来了？'我父亲说：'我现在好一点，来看看。'总理说：'主席在这儿，我带你去看主席吧。'主席问他：'你身体怎么样？'我父亲说：'好一点。'主席说：'你身体不好，就写短文吧，不要写长文。'我们说：'好好好。'就完了。1964年初，他的身体又坏了，住在医院里，就去世了。所以基本上没有参加政治运动，对他有好处。"

1956年，汤一介调回北京大学哲学系。当年北大哲学系有20多个教授，冯友兰、金岳霖、周辅成、贺麟，都是"资产阶级唯心主义学者"。为了让这些教授学习马列主义，上面请了胡绳、艾思奇来讲课，还请苏联专家来讲课。

乐黛云从学生时代就喜欢现代文学，她的老师是王瑶。乐黛云去找王瑶："我要跟你学现代文学。"他很反对:"为什么要学现代文学?现代文学是很不好学的,你说哪个作家有点缺点有点毛病,他马上就跳起来跟你争论,所以很难写现代文学史。"王瑶原来是研究中古文学的,对魏晋南北朝的文学深有研究。他对乐黛云说:"你最好是学古典的,古代的人不会从棺材里爬起来,跟你说你评论他评得很不对。"乐黛云反问他:"你怎么放下中古文学来做现代文学?"王瑶也没说话,笑一下。于是,乐黛云就跟他学现代文学。

对这一选择,汤一介解释:"我觉得是分配给王瑶的,要他做。因为我记得后来周一良讲他自己,周一良也是研究魏晋南北朝的历史,非常有成绩,大家都说他将来可以成为'陈寅恪第二'。可是一来就让他搞世界历史去了,因为他的外文非常好,等于把他原来的基础丢掉。所以都是分配任务,并不是他的专长。在这一点上,对人才的爱惜是非常差的,没有爱惜这一批知识分子,没照顾特长,而且都把他们看成是资产阶级知识分子,都是需要改造的,都是需要批判的。从而使中国的学术有一个非常长时间的断层,从冯友兰开始,要不是1980年以后他搞了一点东西,他后面就没有什么东西了。朱光潜早年的东西比他晚年好得多了。曹禺这些作家越来越不行了。这是一个大问题,可是我们觉悟都是非常晚的。我们都是在'文化大革命'以后才觉悟了,不能再那么干了,再干就越干越糟了。"

1957年"反右"运动中,乐黛云被划为"右派","双开":开除党籍,开除公职。汤一介坚信乐黛云不是右派,受到严重警告。乐黛云说:"划不清界限。他打电话给中文系党总支说:'乐黛云绝对不是右派!'他就是搞不通,我原来挺左,怎么会变成右派了呢?后来我下放了,他多次写信,称我是'乐黛云同志',让人家看见了,就告上来了,他还是那么写,后来说他又划不清界限,又受到批判。"

五、"梁效"成员

"文化大革命"爆发后,汤一介被打成"黑帮分子",关在哲学楼,乐黛云每天晚上坐在哲学楼楼梯上等他回家。1973年,著名的"梁效"写作班子成立,汤一介受邀加入,在其中搞资料工作,后来也写了一些文章。

我问:"'梁效'是怎么回事?"汤一介说:"1973年,'梁效'就是'两校':北大和清华。其中有冯友兰、周一良、林庚、魏建功、吴小如和我……"乐黛云说:"反正有点名气,有点才气的都给弄进去了。"汤一介说:"都是学问不错的人,才找去的。我就躲过反右倾回潮这个关了,否则肯定又是挨批判了。我就很高兴地参加了'梁效'。"乐黛云说:"那时候还有一些人想参加呢,想向里挤。"

汤一介说,在"梁效",一开始编"林彪与孔孟之道",1974年中央一号文件就是"林彪与孔孟之道"。汤一介在资料上多出些力,还有一些人主要是写批判文章的。后来汤一介也参与写文章。"林彪与孔孟之道"作为文件发了之后,全国掀起批判林彪与孔孟的高潮。周一良和汤一介都负责编,上面常常要他们去讲解材料。"编完之后就要我们编'林彪与孔孟之道'之二,但是这材料编好了之后没有公开。而且让我们到林彪住的地方去,林彪的藏书很多,有7万多册,让我们去看他的藏书里面有什么问题。我做了比较多资料。"

对于"梁效",汤一介说:"我觉得我错了,我是认账的。我今天还是认账的,并不是说我没有错。但是这里头的问题非常复杂。当然我自己觉悟不高,没有看清楚这里头的问题。所以,在1976年,我头一个想到的问题就是:今后我听谁的?得了一个结论:今后只能听自己的。不能听别人的,听别人的,你犯了错误还不知道怎么办呢?说也说不清楚。"

当汤一介在"梁效"的时候,乐黛云在中文系不能教书,就在资料室替那些讲诗、讲古文的老师做注释。"他们有些人古典文学的基础不是太好,我的古典文学的基础也不是太好,倒是有两年的时间重新打下古文的基础,要翻各种书,不能注解错了。他在'梁效'的时候,我带着工农兵学员到处走,到《河北日报》《北京日报》去实习,到草棚大学,都是胡搞,也没有图书馆,也没有实验室,还带学生到井冈山去写革命故事。从1971年起,我一共带了三届工农兵学员。"

"文化大革命"结束后，汤一介经过一年多的检查，恢复了教学和研究。汤一介说："'文化大革命'结束以后，我们'梁效'受过一段批判，把我们集中起来做检查，搞了一年多。到1978年才把我们解放了。"对此，袁伟时先生告诉我："汤一介后面有一个军师，叫孙长江。孙长江为人很好，点子多，热心肠。汤一介要是没有他，就麻烦了。'文革'时要汤一介去'梁效'，那是不去都不行的，上面点名让你去，你敢不去啊？孙长江就给他出点子：你在那里做什么，悄悄地记录下来，而且最好争取管那些杂务。'文革'结束后，汤一介如实地讲自己做了什么，很快解决问题了。听到'四人帮'抓起来了，孙长江连夜蹬自行车到北大告诉汤一介。很难得的热心人。"

六、天人合一

1981年，乐黛云到哈佛大学做访问学者，致力于比较文学的研究。

1983年，汤一介第一次出国到哈佛大学做访问学者，与海外学者交流中国哲学研究。回国后，汤一介写了《论中国传统哲学中的真善美问题》和《再论中国传统哲学中的真善美问题》。"我把中西作了比较，把孔子和康德作比较，老子和黑格尔作比较，庄子和谢林作比较，说中西哲学有一个非常大的不同，就是西方哲学家都想建立一个知识的体系，而中国哲学家的思考是要追求一种人生境界，找到一个安身立命的境界。"汤一介说，"后来我考虑的问题就是受余英时启发，余英时提出中国哲学和西方哲学有一个不同，西方哲学是外在超越，我们是内在超越。我觉得他这个想法不错，西方的外在超越是容易建立政治法律制度的，中国哲学讲心性之学，是靠个人的修养。我就想，西方的外在超越有一个好处，可以建立一个外在的标准。我就设想建立一套把外在超越和内在超越放在一起的哲学体系。我把问题提出来，但是我没有完成它，我没法做，因为有很多限制，对外国哲学了解得还很差。所以我就没有再继续做下去了。"

在新时期，夫妇都非常怀念老北大的学术精神。汤一介说："当年不仅是西方的不同流派可以进来，中国的不同流派也可以进来。什么学术都可以在这里讲，才是真正的兼容并包、学术自由的空气。政治上可以有指导思想，但是学术上不能有指导思想，如果有指导思想就没有办法发展学术了。"

1980年代末，汤一介思考中国哲学中"和谐"的观念，到1990年代则提出建立中国诠释学的体系。1990年，汤一介六十三岁，想做《儒藏》工程。在他看来，中国已经有《佛藏》《道藏》，可一直没有《儒藏》，明清两代有些学者就提出要做《儒藏》，最终没有实行。中国传统

"儒、释、道"三家并称，儒家作为主流思想反而没有集大成的著作，似乎和中国传统文化的地位不相称。汤一介说："一个学者到了晚年的时候，要出非常多新的思想是有点困难。因此我考虑做一些带有资料性又有用的东西，就选择了《儒藏》工作。同时，我有机会更多地接触儒家的著作。"《儒藏》编纂与研究工程2003年12月31日立项，汤一介任首席专家。

早在1970年代末，日本大学者岛田虔次就对中国的"批儒批孔"提出批评："你们要知道，孔子的儒家思想不仅仅是中国的精神文明，也是东亚的精神文明。"这句话给汤一介留下了深刻的印象。2006年，汤一介到日本访问，特别地去找著名的儒学家户川芳郎交流，他非常同意岛田虔次的这句话。因此，汤一介带领中国、日本、韩国、越南近四百名学者参加《儒藏》工程，用繁体竖排的排印并有简明校勘记的形式出版。

汤一介写过多篇文章讨论普世价值的问题。他说："我想，各个民族文化中应该都有普世价值意义的因素，那么，儒家思想中间到底有没有普世价值的因素呢？我从这个问题开始考虑，写了一些文章，讲中国儒家思想里面的普世价值。1993年，在美国芝加哥开的世界宗教大会发表了一个全球伦理宣言，就认为'己所不欲，勿施于人'是道德金律，等于承认'己所不欲，勿施于人'具有普世价值，这当然是儒家思想。我后来也发现，在佛教、基督教的经典里，都有类似于'己所不欲，勿施于人'的说法。"

汤一介认为《儒藏》中的儒家著作所包含的思想中确有某些普世价值的思想资源，如"天人合一"的思想。"当今环境污染十分严重，所以我们就特别重视'天人合一'的思想，也就是说要调整好'人'和'自然'的关系。其实不仅我们重视'天人合一'的思想，现在西方也提出来类似于我们的这种思想，比方说过程哲学和近日出现的建构性的后现代主义等。后现代主义有一个发展的过程，原来的后现代主义是'解构的后现代主义'，就是把现代性进行解构，现代社会到底有哪些问题？要把它揭露出来。这是有重要意义的，可是发展到现在，有的主张后现代主义的学者提出来，光是揭露现代社会的问题是不够的，恐怕还应该建构一个能有助于人类社会和谐发展的后现代社会的学说。他们的后现代社会理论根据的是在二十世纪二三十年代西方已经流行的'过程哲学'——process philosophy，过程哲学的主要人物就是怀德海，他提出的主要思想'人和自然是一个生命共同体'，这个思想跟'天人合一'是非常接近的。建构性的后现代主义就是来源于怀特海的思想，后现代不仅只是'解构性的后现代'，而且是一个建构性的后现代，根据怀德海的哲学，他们就提出一套宇宙观，叫作'整体有机的宇宙观'，这和《易经》的思想有相同的地方。而且，他们还提出一个口号：第一次启蒙运动是'解放个人'，那么，现在我们应该接着第一次启蒙运动进行第二次启蒙运动，就是'关心他者',这就是人和他人之间的问题了,而不是个人的问题,是一个社会问题了。而这样一个问题恰恰也跟儒家思想有若干的关系,先秦儒家,特别讲一个观念就是'礼',礼是讲人和人之间的关系。孔子有一句说'克己复礼',费孝通的解释很有意义,他认为'克己'是讲你自己的修养,'礼'是讲你和他人的关系,你个人修养不管怎么好,都要进入社会,就有一个和他人的关系。那么,他人关系的问题,就是'礼'的问题了,所以在先秦的时候,讲'礼'都是讲人与人之间的一种相对应的关系。比方讲父亲跟儿子,应该怎么相处,就应该'父慈子孝',不应该只有一方面的权利和义务,而没有另外一方面的权利和义务,就是双方都有权利和义务,'父'必须是'慈',那'子'才有'孝',或者必须是'子孝',那'父'才是'慈',它们是对应的关系。比方讲'君义臣忠','君'讲'义',讲道义,臣子'忠'才有意义。比方讲'兄友弟恭',这都是讲对应的关系。在《礼记》中讲对人与人之间的关系,都是一种对应的关系。现在西方也有人注意到'礼'的意义,夏威夷大学的安乐哲(Roger T. Ames)就注意到,他有一本书叫《通过孔子而思》,认为不仅仅要了解中国的著作,还要从里面看到对今天社会有帮助的东西,他认为'礼'就有帮助,因为儒家是从社会的观念来定义'人'的,不是从个人的观念来定义'人',是从关系来定义,就是从'父慈子孝'等等的关系来讲人,不是就个人讲'人'。"

晚年主持《儒藏》工程，汤一介的出发点是，任何一个民族，民族要复兴，必须找到自己文化的根。因此，编纂《儒藏》为从源头上研究儒学及其历代的发展提供基础。"西方有一位大学者雅斯贝尔斯，提出'轴心观念'的思想。他认为在公元前五百年前后，在世界不同的地方，出现了伟大的思想家，比方在古希腊出现了苏格拉底、柏拉图，在印度就出现了释迦牟尼，在中国出现老子、孔子这样的思想家，但是他们之间没有互相影响，以后两千多年来，人类文明的发展都是靠他们来推动的，当然他们之间就慢慢互相有影响了，形成了人类文明的宝库。因此，每一次文化的复兴，往往都要回归去考查自己文化的源头，比方说，文艺复兴就回到古希腊，考查它的文化源头，而中国的宋明理学就回到先秦，返回到'六经'，就是孔孟的思想。那么，今天中华民族要复兴的话，就要考查自己的文化源头，所以我认为当前中国文化，应该'返本开新'，就是要返回到自己文化的源头，找到文化发展的根子，'开新'必须'返本'，但是'返本'是为了'开新'，'返本'更重要的是为了'开新'，不能不'返本'就'开新'，不找自己文化的根子想开出一个新的东西来，那是根本不可能的。现在，我们正处在这样的一个历史阶段，要很好地了解自己的文化源头是怎么发展过来的，把这个作为创建新文化的起点。如果割断了这个根子，自己就没有生命力。"

汤一介：1927—2014年，生于天津。1951年毕业于北京大学哲学系。北京大学哲学系教授，中国哲学与文化研究所名誉所长，中国文化书院创院院长。著有《郭象与魏晋玄学》《魏晋南北朝时期的道教》《中国传统文化中的儒道释》《儒道释与内在超越问题》等。

本文参考书目：

《新轴心时代与中国文化的建构》，汤一介著，江西人民出版社2007年1月版。

赵俪生：一生负气

一、闲不住的人

我最早留意赵俪生，是读到《哈佛遗墨——杨联陞诗文简》，书中收有谢泳《杨联陞为什么生气》与周一良《〈杨联陞为什么生气〉一文质疑》两篇文章，讲的是赵俪生与杨联陞1987年4月在哈佛电话中吵架的公案。后来我

李怀宇　摄

和上海的王勉先生（鲲西）谈起赵俪生，王先生说："赵俪生是我在清华园的同学，你可以去兰州访问他。"王先生随即将赵俪生家的电话给了我。我打通了，接电话的是赵俪生的女儿赵绛，她说：父亲的身体近来不好，最好等妹妹赵结冬天从美国回到兰州，父亲最喜欢赵结，有她在旁，谈兴会更浓。于是我们相约2006年冬天在兰州见面。

2006年12月16日，兰州下过一场雪。清晨八点半，天渐渐变亮，兰州大学一片白茫茫，穿过校园时不免格外留心地下。到了赵俪生先生的家中，赵先生和他的两个女儿早在等候，宾主开始这个一月前已经约好的访谈。

赵俪生的女儿赵结刚从美国回来探亲，姐姐学理，她学文，有她在旁，方便解释我们之间的谈话。赵俪生开口就说："我是一个典型的北方人，优点缺点都在这里。"望着赵太太高昭一的遗像，他说："我爱人9月（2006年）走了。我自己的身体已大不如从前。4月（2006年）以后，我就没有写过一个字。是不是份额已经用完了呢？"

赵俪生情绪高昂，说话抑扬顿挫，略带山东口音，才谈了一会，他就说："我说起话来就高兴了！"这种感觉，很像他的学生写他当年上课时的情形：像京剧舞台上的"威武大将军"。谈兴浓时，他突然冒出几句："我对现在这个社会有点意见，我觉得商业资本发展得太厉害了。这些广告、人的风格都不好，喜欢骗人，喜欢杀人，还一家一家地杀。"而在品评一些不喜欢的人物时，口无遮拦，引得赵结在一旁又是向他劝说，又是向我解释。

谈起在清华园的旧人旧事，赵俪生对"一二·九"运动的经过详细解释。他说："我觉得这一辈子受这个运动影响很重。我参加了左派，虽然我后来被划为右派，但那是历史的误会，我实际上一直是一个左翼的成员。我这一辈子都是认为贫富不应当太悬殊，贵贱不应当太悬殊。"问起我已采访过他的清华老同学——上海的王勉、北京的王永兴近况，又提起何兆武："他比我晚，是西南联大的，他的《上学记》里的人跟我写的有类似。我不认识他，但是我很佩服他。"

赵俪生谈到自己经历起伏时，不无感慨地说："我是中人以上的资质。我一辈子的特点就是勤奋，我是一个闲不住的人，我是一个勤奋而又勤奋的人，在勤奋上我不一定能得100分，但是也差不多。"而对那些在历次政治运动中"整"他的人，赵俪生的嬉笑怒骂引得在座者相顾一笑。

可惜赵俪生身体不佳，在谈过他在美国和杨联陞通电话之事后，骤然结束了谈话，由女儿扶进里屋。老人家休息后，我和他的两个女儿又谈了好一会儿话。赵结告诉我，她在美国读余英时的研究生，并介绍了在普林斯顿跟余先生念书的情况，使我不禁心向往之。

二、少数派

1934年,赵俪生进入清华大学外语系。我问赵先生:"当年您考大学时,北京大学和清华大学同时录取了,为什么选清华大学?"赵俪生说:"当时我看了清华大学,觉得搞得很洋气,就读了清华。那时候选择专业的能力还是比较差,清华大学外语系那么有名,可是我读到三年级就后悔了,就连钱锺书也是这么说,我们那些老外教师都是在外国混不下去,到中国来混饭吃的。"话虽如此,当年清华大学可谓名师云集,我特别提到闻一多先生。赵俪生便说:"闻一多先生那时刚进去,他是后来打出名头来的,我一直很敬佩他。"

我问:"您在清华园读书用功吗?"赵俪生说:"在清华园时,我不是一个好学生。我很不喜欢在清华读书,那么我就混,譬如说,好多同学都是很喜欢体育运动,我不喜欢。我就从事翻译工作,有两年时间,我就和同学合作翻译第三国际办的《国际文学》,在国内可以发表,有时候一篇文章的稿费有一百块钱,那就够半年的饭费了。王瑶当时不翻译,他就搞文艺理论。"

我接话:"当时人家叫王瑶是'小胡风'?"赵俪生说:"是的,他是搞左派理论的。我是搞翻译的。那些乱七八糟的课我就去听一听,那些老外教师是一点学问也没有的。有人叫钱锺书考清华外语系的研究生,钱锺书就说:清华外语系的老师没有一个配当我的老师。可见他也知道那些人都是混饭吃的。我去听中文系的课,也听冯友兰的课。"

我说:"冯友兰很欣赏冯契?"赵俪生笑了:"冯友兰口吃,讲到很精彩的地方,就说:'密密密斯忒儿冯冯冯宝麟(冯契字宝麟),你你有什么意见?'我们才知道一百多人听他的课,他就看上一个冯宝麟,我们就很不愉快。但是他很器重冯宝麟。冯宝麟是我们那一班考第二的,考第一的没有来报到,冯宝麟就是我们班上的状元,其实这个人也没有什么。"

在清华园,赵俪生参加了左翼作家联盟和中华民族解放先锋队,当过清华文学会的主席。他回忆:"我从高中考上大学,变化很大,眼界就开了。特别是清华的中文阅览室和外文阅览室,我就看到了世界上许多东西。因为那时候我表现比较好,写写文章,开会发发宣言,和我一块活动最有名的女同学就是韦君宜,男同学就是王瑶,我们这几个人都是笔杆子。但是我对一个组织原则不赞成,就是'少数服从多数',我觉得有的时候多数并不代表真理。我在许多运动里亲眼看到整我的那些积极分子,实际上是地主分子、特务分子,他们是为了保护自己才假装积极的。苏联也是这样,就把少数派搞死,或者送到西伯利亚,这不是很好的办法,所以我一直就保持少数,也一直吃这个亏。"

后来清华大学地下党的书记蒋南翔专门找赵俪生谈话："一个人的热情是革命热情，是靠不住的，必须有组织的保证。"赵俪生知道蒋要他参加组织了。赵俪生说："蒋南翔同学，我念列宁的书，里头谈到当时在俄国有一个叫马尔托夫的人，这个人主张知识分子可以邀请到党内作为党的宾客。我很欣赏这个。结果列宁是大批马尔托夫，但是当肃反要收拾马尔托夫的时候，列宁弄来一张火车票叫女秘书送去，叫他赶紧到西欧去吧，于是马尔托夫就跑到西欧了。列宁后来想起马尔托夫来，就说：多么精致的知识分子啊！"赵俪生那时候很欣赏马尔托夫，所以大家开玩笑就叫他"马尔托夫主义者"。

1935年12月9日，"一二·九"运动爆发，赵俪生积极参与，站在运动的前列。赵俪生回忆："五四运动发生在1919年，我已经赶不上了，我是受五四运动影响长大的。我在高中的时候就开始读鲁迅的《呐喊》《彷徨》，周作人的《雨天的书》，开始走上新文艺的道路，这就间接地受到五四运动的影响。'一二·九'运动比五四运动晚16年，这两个运动都是中国近代史上重要的运动，但是也有差别。'一二·九'一共有6次活动，第6次叫'一二·一二'，我们一直闹到半夜才回到清华大学。现在，我们当年参加'一二·九'运动的人差不多都死掉了。"

我问："当年您和韦君宜在清华园熟悉吗？"赵俪生说："韦君宜是一个个子不高的女学生，很左，有很多女同学对她印象不好。但是她很会写东西，倚马可待。我在学校里是清华文学会的主席，她是清华文学会的会员，她没有看得上我，我也没有看得上她。后来多少年了，她成了大人物，我在兰州大学，她忽然来了一封信，说是他们有一批人，凑到一块，在蒋南翔的领导下组织了一个班子，写了一个'一二·九学生运动史'，给我寄来一本，要我写一篇文章，她拿去刊登。于是，我就觉得这个大人物居然还看上我了，我看'一二·九'史看得很顺畅，对这些人、这些事熟得很。其中谈到一些当时慢慢分裂出去的人，他们就把这些人叫作'右倾投降主义'，列了一节。我很不同意，写了文章，说对这一节保留意见。那时候韦君宜还是很左，她就说：'那你就不要写了，因为这本书不是我一个人的专著，这是我们集体创作，我们是代表组织的。'好家伙，这就是左派的味道出来了，她代表组织又怎么样？她叫我不写，我就不写了，后来她用自己'韦君宜'的名字写了登在《光明日报》上了，说的都是好的。我跟她只打了这么一个交道。她后来的丈夫杨述又叫杨德基，这个人是一个理想主义者，我和他的关系非常好。后来他也挨整了，被打得拐着个腿，不久就死了。"

三、到松散的地方去干革命

1937年抗战爆发，尚未毕业的赵俪生毅然投身山西抗日队伍。在那里，他认识了高昭一，后结为夫妇。赵俪生写出了《战斗在王老婆山上》和《中条山的梦》等反映抗战前线的报告文学和小说。

赵俪生到山西参加抗日队伍的原因，他这么解释："因为当时在全国要抗日只有到山西，那里搞了一个第二战区总动员委员会，简称'动委会'，我就去参加'动委会'。那时候，我爱人从她的老家河北石家庄到了'动委会'，我们俩就是在'动委会'碰到，结合了68年，现在她老人家走了。"当时赵俪生只是清华大学三年级的学生，他说："我从来没有毕过业，我也不在乎。我也没有到西南联大把学位读完。"

在山西"动委会"，赵俪生编报，和高昭一合作办农民救国会。他回忆："我们两个去办农民救国会，结果慢慢地就结合在一块了。结合在一块很重要，我现在才感觉到，当时还不觉得。在抗日战争兵荒马乱之中，假如一个人死了，家里人不知道，我好几个同学就是这样。可是我有下落，我爱人还有下落，我们两个互相陪伴。"

赵俪生夫妇一度到过延安。赵俪生说："延安，一直到现在，人家说它是圣地，当然它比起反动派的地区来，确实是个圣地,但是,它有没有缺点?我们亲自到那里,就感觉到有缺点,我特别感受很深的就是王实味,王实味写了一篇《野百合花》,就受批判,最后就抓起来,带到河边'嘣'的一枪就枪毙了。"

至于在延安的见闻,赵俪生回忆:"我在延安就住在招待所里,我到各个机关里去看。陕北公学好像就是党外群众入党的地方,他们都把入党看得很重,现在我老了,也懂得入党问题很重,但是我当时看得很轻,我觉得没有必要。尤其是当时王实味已经受批判,我就跟我老婆说:'假如我在延安待下去,我一定是第二个王实味。'她也同意。我说:'我们干革命,可以到集中的地方去干,也可以到松散的地方去干,我们还是到松散的地方去干吧。'这是当时的思想,就拿着介绍信到西安,又转关系到济南。我从那时候起就被发现是一把讲课的好手,就在柳树底下给当兵的讲课,我讲课很受群众的欢迎。后来阎锡山变了,要放弃新军,依靠旧军,甚至于开始使用旧军来杀新军的干部了。这个时候我正好在西安,我们部队的一个政委在西安八路军办事处,他请我们两人到湖南饭馆吃了个饭,他说:你暂时不要回去,在这儿等一等吧。于是我就开始教书了,当中学教员,前后在四个中学待了八年,抗日战争胜利了,我就往开封,开始进大学。"

四、"威武大将军"

抗战胜利后，赵俪生任教河南大学、东北师范大学、山东大学等多所高校。他发表的第一篇史学论文是关于清初山陕学者交游事迹考，赵俪生说："我的第一篇史学论文在《大公报》上发表，胡适很重视。版面排的第一篇是胡适的，第二篇是陈垣的，第三篇是赵俪生的，我一个无名小卒，居然跟这两个大历史学家登在同一个版面，我就有点受宠若惊了。那时候我教的是英语，我觉得这个英语没有前途，就在西安的古书店里买了许多明清山陕学者的文集，在家里经常看，做笔记，这是我进入史学研究的开始。"

我问："在那个年代，您怎么看胡适？"赵俪生说："当年我当然比较左，曾经写过一篇文章批判胡适，但批得不厉害，所以我也没有什么对不起胡适的地方。但是，最近这些年来，受了这些影响以后，我对胡适的印象还是比较好。季羡林当然是另外一种看法，他是清华比我高五班的。他们那些人是另一代人了，我进学校的时候，他们已经毕业了。"

从此，赵俪生就从教英语转入史学研究。他说："教英语只是我的职业，我教英语还是不错的，我很会教语法。关于史学，我是一个门外汉。我自学，从清初山陕学者交游这个小题目做起,越做越大,做到明代思想史,到了山东大学又搞农民战争史和土地制度史,到了兰州大学又搞先秦思想史。我一共搞了很多范围,一个范围搞一阵子就走掉了。我所涉及的面比那些窄而又窄的学者要宽得多。我开始做史学研究时,正是考据派占绝对地位的时候。有学者是以一部年谱起家的,瞧不起我,认为我是一个搞马列主义的,于是我就做了一部《王山史年谱》,我也做一部年谱给他们看看。我的年谱水平也并不坏,我写的看起来是王山史的年谱,实际上是表达明清之际知识分子奔走抗清的运动,不是随便的一个年谱,所以他们也不敢随便地瞧不起我。后来他们也就慢慢地转化了,譬如说,像周一良之类的人就对我非常好了。"

我好奇:"为什么研究农民战争史和土地制度史?"赵俪生说:"这个不是我自己的意志。那时候不是有'五朵金花'用马列主义来研究历史嘛,其中第一个就写了农民战争史。山东大学起点比较低,不服北京大学,所以要独出心裁,要搞专门化,于是我们就搞农民战争史和土地制度史。可是,当时提出:在旧社会里,农民起义是推动社会发展的唯一动力。这个唯一动力可厉害了,你要违反这个定律,就是反革命了。后来我跟老太太两个人商量的结果,就把农民战争史放下了,我不敢去碰这些东西。胡乔木曾经提出,政治不要过分地干预学术。那么,我后来搞土地制度史也有一个目的,就是郭沫若讲得不合适,例如郭沫若讲西周就是奴隶社会，他就完全按照希腊罗马的那种。不是那么回事，西周是一个农民公社的时期，有奴隶，奴隶是属于公社的奴隶，间接地说，是属于贵族的奴隶，没有那么绝对化。"

1957年，赵俪生由高教部从山东大学调至兰州大学，后被打成"右派"。"文化大革命"期间，赵俪生进过"牛棚"。1978年，赵俪生开始在兰州大学招收土地制度史与农民战争史的研究生，学生中有秦晖。秦晖后来回忆："读研究生的时候，我在一个地方钻得比较深，赵先生曾经说我：'你用功是没有问题的，但是就是怕你的格局不够大。'意思是说我眼界太狭窄，有点钻牛角尖的味道。赵先生觉得我们插队的这一代人不管搞什么专业，对于社会还是比较敏感的，因为我们的经历跟社会变迁一直是紧密联系的，当时我跟赵先生所学的专业——农民战争史、土地制度史——本身也是跟社会紧密关联的。"金雁则回忆赵俪生上课的风采："听他的课时我脑子总会闪过一个风马牛不相及的名词：很像京剧舞台上的'威武大将军'。坐在我旁边的一位女生说：'听了赵先生的课我会爱上赵先生、爱上中国史的。'我们私下里都称先生为'最有魅力的导师'，我认为这是我这一辈子听过最精彩的课。后来我们总结了赵先生上课有'五绝'：一绝是板书，二绝是文献，三绝是外语，四绝是理论，五绝是博而通，这几大因素综合在一起，才能驰骋史域如入无人之

境。"（金雁《"威武大将军"》）

我问："您给学生上课有什么独到的经验？"赵俪生说："我上课是理论派和考据派的折中使用。我教课的特点是，每教一段，先对这一段历史作一个总述，这个很重要，我在备这一段总述的时候，要花很大的工夫，有时候要翻二十四史里的很多东西，把脉络理清楚，学生最欢迎这个东西。许多考据派的老师一上来，就先写材料，那就很没有意思，我在学校里就最烦这个。我一上来，先写一个概括，用力很大，而且这个概括里有我自己的理论。但是光写概括，学生就要说你是理论派，于是在这个中间就发现一些历史细节的纠缠，有人说是这样，有人说是那样，在这些纠缠的点上就使用上考据了。我也会通过考据来解决问题，既有考据又有理论，学生很喜欢。"

我提起秦晖曾公开说赵俪生对他启发很大。赵俪生说："我讲课的启发的力量很大，哪里来的？我不知道。听我的课的学生没有左顾右盼、看小说的。听课主要是受启发，笔记都不大记。秦晖就是受我的启发，他是一个毛孩子，也没有上过什么学，来考学校的时候，他有一只眼睛不好，所以兰州大学有几次说不要取他，我几次到评议会上大呼小叫。我说：这是个人才，不管他是独眼龙，我们在这个条件上要妥协让步。结果录取了他。他生活上也不太检点，据他的同房说，他有时候夜里睡着睡着就起来用功，打扰别人，有时候把水洒在地上。但这几年我就不知道了,他很少回来了。他可能比我要伟大得多了。现在他已经成为大人物了。跟他同时的几个研究生都很厉害。"

据秦晖回忆,赵俪生当时说:"如果不招秦晖,我就一个都不招了。"后来秦晖的很多同学都说:"幸亏招了你,否则我们都没戏了。"对此,赵俪生说:"我好像说过这样的话,可见我还是有点认识,那时候他还是一个毛孩子,但是我已经看到他的能量了。我给他的启发很重要。我会教学生,这倒是真的,谁给我的本事,我不知道。"

五、电话公案

1987年4月,赵俪生应邀赴美访问。遇到困难时,美方人员问他在美国还有什么认识的人,赵俪生想到在清华大学的同学杨联陞,美方人员告诉他,杨联陞在哈佛大学的学术地位非常高,是哈佛学术委员会的委员。美方人员听了赵俪生的介绍,打通杨联陞家的电话,向杨联陞说明情况后,由赵俪生和杨联陞直接通话。在电话中,赵与杨的对话成了学术史上的一段公案。

我忍不住当面向赵俪生问起这段公案。赵俪生对我说的原话如下:

我到美国去，接待我的人一直不见面，派他一个女研究生来跟我说：老师很忙，现在旧太太要打官司，新太太马上要生孩子了，假如生孩子而没有父亲的执照的话，那教会的人不给他做祈祷，所以必须立刻有新的婚姻关系，现在要解除旧的婚姻关系来完成新的婚姻，他很忙，不能来。说了半天，怎么办呢？说你跟杨联陞认识吗？我说："认得，在清华大学我们都住一个院，见面点头，他没有到过我的房子，我没有到过他的房子，就这么一个关系。"于是就打电话给杨联陞了。

杨联陞就说："我听说你来了，但是我要告诉你，第一我不能到旅馆里看你，第二我不能请你到家里来吃饭，因为现在美国的史学年会要在哈佛召开，我的许多学生回来，都要看我，而我现在有病，我一律挡了驾，我挡了别人的驾，不好接待你。"

我说："好，但是我一直跟哈佛的人接不上头，这件事我也很麻烦。我住在旅馆里，钱花得很多。另外，我也不会打美国的电话，也不会吃美国的西餐，我每天吃饭就是到百货公司里买一瓶牛奶、两片面包、几块香肠。我的日子不好过，你赶快给我解决。"

他说："你不会打美国电话，你不会吃西餐，你到我们美国来干嘛来了？只能一个解释就是：你来给中国人丢人。"这个话厉害了。

我说："杨联陞同学，'丢人'两字是你先开口的，你既然已经开口了，我就该说了。咱们两个人当年在清华的时候，我去打日本，你可给美国的侵华军师当了狗军师，咱俩谁丢人？"这个时候，电话那边没有声音了，也没有挂上。

赵俪生的这番话，我后来检索他的回忆录，发现大意相近。而为此事，谢泳撰文《杨联陞为什么生气》；后又有多人撰文分析。赵俪生说："后来那个谢泳，就是秦晖的朋友，还辩护，说是到美国也不丢人，你到山西打日本也不见得光荣。这就没有是非了。谢泳后来还对秦晖说：赵俪生6本文集出来，不到半年，我要写书评。到现在已经四五年了，也没见，可见他是吹牛皮。"

我说："周一良的文章说，杨联陞患有精神病，犯病后脑子活动无法控制。周一良还专门让杨联陞的孙子在美国查阅祖父的日记，认为当时杨联陞很可能尚在病中，或者大病初愈。"听了此话，赵俪生大声道："唉呀，我挨了杨联陞的骂。他有精神病，这我不知道。"说罢，我们的访谈出乎意料地结束了。

2007年深秋，我赴美访问。有一晚，余英时先生夫妇带我到林培瑞先生（Perry Link）家餐叙。当谈起我访问学者的趣事，坐在我身边的林培瑞太太说："那你一定访问过赵俪生了？"原来，就在餐叙的前几天，赵俪生于2007年11月27日逝世了。林培瑞太太问道："赵俪生的回忆录在学界影响大吗？"我说："影响较大的部分可能是他和杨联陞在哈佛大学电话中吵架的事吧。"

缘于我访美的经验，当我重读赵俪生的回忆录时，特别留意他的《游美日记》。关于赵和杨电话中吵架的事，见于赵俪生1987年4月9日的日记。而周一良在2000年5月14日口授由研究生笔录的《〈杨联陞为什么生气〉一文质疑》则说："今年4月中旬，恰巧道申同志的儿子华岳赴美留学，于是叫他到祖母那里查阅他祖父的日记。华岳电话报告说，1987年4月9日这一天的日记是：'不知所云的某君由旅馆来电（七十一岁，可能认识蒋浮萃），不能吃外国饭，旅馆七十五元一天太贵，应来三个月，已去（华岳注：英文，猜可能是地名），想退款回去，想去（华岳注：英文，可能也是地名）。认识山东大学某公（华岳注：有半句看不清），乞一女士照应不力。'日记一侧有'爱莫能助'四字，字体、墨迹与当日日记不同，显然是日后加上去的。"

在《游美日记》中，赵俪生似乎有一路受气之感，并有提前回国之念。1987年5月3日的日记中，赵俪生写道："无论在美国，甚至在中国，我的人缘都很差，这才是我一生到处碰壁的最根本原因。"读至此句，我脑中的第一闪念是陈寅恪的诗句："一生负气成今日，四海无人对夕阳。"

赵俪生：1917—2007年，山东安丘人，1934年入清华大学外语系读书。曾任教河南大学、东北师范大学、山东大学等。兰州大学历史系教授。著有《中国农民战争史论文集》《中国土地制度史》《篱槿堂自叙》《赵俪生文集》等。

本文参考书目：

《哈佛遗墨——杨联陞诗文简》，杨联陞著，蒋力编，商务印书馆2004年12月版。

《赵俪生高昭一夫妇回忆录》，赵俪生、高昭一著，山西人民出版社2010年9月版。

黄永年：填空补白

一、好树新义

读《黄永年先生编年事辑》，内文第一页的注竟是引自我对黄永年的采访录《做学问不赶时髦，写文章要补空白》。2006年12月7日采访黄永年先生，是我访问生涯中的一件奇事，当时黄先生的身体已经很差。一个多月后，当

李怀宇 摄

我正在上海任溶溶先生家里采访时，突然接到西安好友张渝的电话，方知黄永年先生于2007年1月16日逝世。

我对黄永年的最初印象是：好树新义，尤喜与陈寅恪商榷。黄永年在《树新义室笔谈》的自序中就说："先是在80年代初，就有位比我年长的教授警告我，叫我不要再写和寅恪先生立异同的文章。近年还听到一些嘀嘀咕咕的议论，好像寅恪先生成了谁都不准触犯的绝对权威，对寅恪先生也得讲两个'凡是'似的。其实这些教授先生们认为我说得不对，尽可写文章来批驳，何必玩这种文章以外的小动作呢？至于我，自然不会因此而敛手搁笔，所以在这本拙著里仍把我和寅恪先生的异同之处一一写进去，让读者来评判是非曲直。"这本书的责编是上海书店出版社的完颜绍元先生，当时我和他通过一个电话，请他引荐我去西安采访黄永年先生。完颜绍元和我在电话里聊得十分畅快，将黄家的电话号码给了我。我随即致电黄家，接电话的是黄永年的儿子黄寿成，聊了许久，黄寿成不敢作主，请黄永年直接和我通话，没想到三言两语便约好采访。

那是我第一次到西安，一到汉唐故都便着手采访。2006年12月7日，农历大雪。西安的早晨很冷，进入黄永年先生的家，顿觉一室皆春气也。

黄永年先生的声音很微弱，有些谈话需要他的儿子黄寿成在一旁解释才能听清。谈起童年旧年，似有无限向往。对自己的学术成就,则只是轻轻带过。偶尔谈及学界中看不起的人事,言语顿显锋芒。谈得最多的是昔日师友,那些现代文化史上响当当的人物,尽在追思里。

在黄永年看来,吕思勉是"我生平第一次遇到的好老师,是把我真正引进学问之门的导师"。他专门提到自己的新著《学苑与书林》(上海书店出版社2006年1月版)的第一篇:《吕思勉先生〈古文观止〉评讲录》。这份看似平常的评讲录,在黄永年心中并不平常。"我记得上第一堂'国文'课,吕先生就宣布用《古文观止》作教本。我当时听了大吃一惊。《古文观止》我在十三四岁时就选读过,不久买到姚鼐的《古文辞类纂》,又有了点文学史的知识,早薄《古文观止》为村塾陋籍。何以吕先生这位大学者忽然要用这种陋籍作教本呢?可是接着吕先生就作解释了,吕先生说:所以用这部书,正是因为它选得坏。"经吕思勉一一评讲,黄永年有茅塞顿开之感,因而在几十年后,还把当年的讲课笔记印出。

对"疑古派"创导者顾颉刚,倒未及细谈,黄永年只说:"顾先生是我的老师,他的学问我很佩服。"后来我检索《顾颉刚日记》,多次记有"黄永年来,留饭",可见师生感情颇深。而对有学者提出"走出疑古时代",黄永年颇不以为然,痛骂那位大名鼎鼎的学者。

童书业是黄永年的岳父。黄永年的回忆文章里曾有妙笔:"有一次我和他到光华大学宿舍去看吕思勉先生,走到半路他突然叫起来,原来裤带断了,我一看,已烂得无法接,好在不在大马路上,赶快到附近小杂货店买了一条给他换上。不过他对我却还关心,我每次去看他,谈到中午,总是请工友从附近饭馆里买一客茄汁牛肉饭给我当午餐。每次都不变,因为他爱吃茄汁牛肉,以为我一定也爱吃。"黄永年也谈起启功:"启功和童书业是朋友,我称他为世叔,他总是把我当成朋友,所以我请他题什么东西都很方便。"边说边取出启功题签的《文史探微》。

晚年,黄永年很少出门,每天在家看闲书,最爱看回忆录。生活上不讲究,喜欢吃点北方食品,尤其是面食。我望着家里珍贵的古书问:"这些书以后怎么办?"他淡淡地说:"不考虑。我的儿子也是搞这种东西,他还可以用。"

黄永年善书法,爱刻印。他说:"书法是小时候学起,到了中年,看看清朝人的字,能写几笔文人字,不难看。刻印是小时候刻着玩的,又向郭则豫先生学习,后来出了《黄永年印存》。"黄永年买书有一习惯,不想让服务员在书上盖图章,他笑道:"像在猪肉上盖图章一样。"

我在西安结识了多位书画家、篆刻家。朋友们闲谈时提及黄永年,皆对其印艺大加赞赏。唐吟方《雀巢语屑》则记:"甲申冬仲,夏谷贤兄从江阴来,赏饭于王府井大饭店,席次问及黄永年先生,告以黄先生乃江阴人氏,童书业婿，以治中古史及版本著称，今任教陕西师大古籍所。学术外，尚精凿技，中华书局出有《黄永年印存》，虽为余绪，亦炬然可观。其印师黄牧甫，不多作而通神，置之当代印林，于时人无多让，可称印林之隐者，不名而高。孙晓林女士与黄先生素有鱼雁相问，闻余好黄先生篆刻，以先生所赠印书求题名，因得黄先生手书印存。黄翁今年八十一，无精力作小楷，以钢笔相代，署名'年'字竖划写歪，以刀片刮去重书，并附笺说明。老辈行事一丝不苟，实堪典范，今一书一笺俱归余。"（《雀巢语屑》第131—132页）唐吟方、孙晓林皆与我相识，读来倍觉亲切，事后我又听二位提到此事。

黄永年家中珍藏吕思勉为他所书"录梁任公语"对联："夙夜强学以待问，疏通知远而不诬。"黄永年视之为治学的座右铭，笑谈之间，挥毫为我书写此联，笔力苍劲，使我感念不已。

二、拍做官人的马屁，不要脸！

黄永年童年在常州读书。他说："我是江阴人，从小在常州长大。常州比较大，原来是一个府。我家在农村，属于江阴。我老家也可以讲两句，中国过去是封建地主，不是领主，欧洲过去是封建领主，是世袭的，中国的封建地主是经常变的。我出世的时候，祖父已经归天了。

据说,他在太平天国时是没有财富的,只有一头牛,他牵着牛逃走,也不参加革命。太平天国被平定以后,他变成三千亩的大地主。有种种传说,有一种说法是,我祖父是'鲨鱼精'转世,他是经营江边的沙田,这当然是胡说八道。还有一种说法是,他挖到太平军留下的金银财宝,这个也有可能。"

黄永年接受的完全是新式的教育。"和一般的小朋友一样,不读古书的。后来请了一位懂古文的先生,那位先生可能是中过秀才,就开始读《孟子》,对古书感兴趣。"

十二岁时,抗战爆发。黄永年说:"当时是小孩,最恨的就是东洋鬼子,跟现在不一样,现在好像提到东洋鬼子没有什么仇恨了。我们当时提到东洋鬼子是深仇大恨。沦陷以后,我就逃难到家乡农村,在一个江心沙洲。后来到常州城里安定下来。东洋鬼子一占领是杀人放火的,但也不能天天杀人放火,他们自己也收刮民脂民膏,要吃饭,就平定下来。我就回来念书,当然那些学校都是在东洋鬼子控制之下,但是学校里没有一个老师说汉奸话。"当时学校里唯一不同的是加了一门日语,"日语老师是中国人,到日本留过学,他要我们知己知彼,反对日本也要了解日本,所以我学日语倒是认认真真的。学校是东洋鬼子统治的,但是实际上东洋鬼子也管不了。这些老师从现在的角度来讲,还是不错的。我自己还是用功看书的。"

抗战之初,黄永年在常州地摊上买到吕思勉的著作《经子解题》,大受启发。他回忆:"看吕先生的书是在常州城里稍为平静了,当然还是东洋鬼子统治的,那是上初中一二年级的时候。我是在地摊上买到《经子解题》,5分钱,一看,做学问应该这样做。这以后,就看张之洞的《书目答问》。这时候就知道要读些什么书。自己看了不少古书。这些古书不是从头到尾读,但是至少要翻一翻,所以我买的古书都翻过的。眼光比较开阔。"

初中读书时,黄永年找些古书,学做文言文,高中二年级时考入苏州中学常州分校。太平洋战争爆发的第二年,吕思勉到常州教书。黄永年有幸听了吕思勉讲授的国文、中国史、中国文化史、国学概论四门课,等于上了一次大学:"吕先生给我们整整讲了一学年。后来才知道在大学里也很难有机会听名教授讲那么多钟点。"到了改革开放之初,黄永年执教陕西师范大学,他感慨:"现在,我也是五十好几的人,已接近当年吕先生给我们讲课时的年龄了,也勉强在大学里带着几位唐史专业研究生。可是抚心自问,在学问上固不如吕先生的万一,在为人处世上也深感吕先生之不易企及。"(《回忆我的老师吕诚之(思勉)先生》)

我问:"吕思勉先生上课的风度如何?"黄永年说:"我听吕先生的课,简直是一种学问上的享受。吕先生当时已经五十几岁了,但是在课堂上从来不坐着,总是站着在黑板上写一段,然后从容不迫地边踱方步边讲课。他没有叫我们买教科书,也没有专门印发讲义,但把每次写在黑板上的内容抄下来,就是一部好讲义。"

师从吕思勉后,黄永年在闲谈时向吕思勉请教:"《古史辨》这本书怎样?"原来此前黄永年听说《古史辨》把治水的圣人大禹说成一条虫。不料吕思勉却回答:"此书颇有道理。"并说此书的第七册是他和童书业合编的。黄永年马上向母亲要了钱,寄往上海,托人到开明书店买了《古史辨》第七册来细读。

黄永年后来认识童书业,执弟子礼。"我一个在念劬中学读书的老同学介绍的,童先生在那儿教过书。我在家里请他吃过饭,这以后,我就称他为老师,他也称我为学生。就在这时候,我把《古史辨》看了。现在有些人把'三皇五帝'抬出来,是反动的,拍做官人的马屁,不要脸!我对赶时髦的东西从来没有说过一句好话。"黄永年回忆:"童先生有个习惯,喜欢把自己的研究心得讲给别人听,虽然有时不择对象,不管人家爱听不爱听,但我认为总比某些人喜欢在学问上、资料上留一手好得多。"

黄永年读大学经历了一番曲折。本来他并不想读大学,认为大学有些东西不见得高明。"原来有人给我介绍工作,很抱歉,只有高中文凭,不行。高中文凭只能当助理员,去助理谁呢?老子不干!后来去读大学,本来想读北大。结果没有去,只读了一段时期的中央大学。"

内战爆发，黄永年只好选择到上海："我妈妈只有我一个儿子，不放心。我想读光华大学，因为吕思勉先生在那里当系主任，光华大学是私立学校，贵得不得了。有人问我为什么不去考复旦大学呢？我说复旦算什么。以前我妈妈她们讲到复旦大学是非常鄙视的，因为复旦大学抗战前是私立学校，说它是野鸡大学。光华的学费很贵，我妈妈借了点钱，东拼西凑。人家跟我说：复旦大学现在是国立大学，不收学费。我一听，这还不错。所以读了复旦大学。"

1946年，黄永年入读复旦大学后，时常向童书业问学，后来更有缘分："在解放的前一年，他托当时已在博物馆工作的承名世兄作媒把他的大女儿教宁介绍给我。我和教宁没见过面，但马上表示同意，不过说要请示母亲。童先生就在抽斗里翻了半天，翻出一张教宁十二三岁小姑娘时候的照片，让我寄到常州给我母亲看，我母亲也居然回信满口同意。解放后不久，我们结了婚。从此童先生和我除师生外又加上一层翁婿关系。他没有儿子，所以后来还把我当亲儿子看待。"（《记童书业先生》）

这门亲事是童书业在1949年初主动提出来的，当时黄永年在上大学三年级，童教宁在上苏州女子师范学校。童教宁1929年在芜湖出生，小字"完白"，安徽简称"皖"，拆开便是"完白"。黄永年有诗《寄完白（卅八年三月十九日）》：

别时容易见时难,白裕春衫泪未干。最恨鹃啼斜阳里,不堪孤馆闭春寒。

平江小路新桥头,多少离人起客愁。无限相思秋雨后,流将春梦过苏州。

1950年,两人结婚。

三、从来不看电影

黄永年1950年从复旦大学历史系毕业,服从统一分配至上海交通大学任政治课助教。1956年随校迁至西安,第二年被划为"右派",1962年安排在校图书馆工作并摘帽。

黄永年的职业选择,似乎常常不大如意。到上海交通大学教书,黄永年解释:"是统一分配的,教政治课,当时当然不愿意干,但是没有办法。当时的情况跟现在不一样,不服从分配是不行的。教了几年,打成'右派',就不叫我教了。"

而从上海迁到西安,黄永年说:"到西安来,我是很赞同的,因为对上海也没有什么留恋。上海有什么好?都是玩的地方,而这些地方我是从来不玩的。我到现在不会跳交际舞,对电影也没有什么兴趣,上海还有什么呢?"

我随即接话:"但是1950年起在上海买了很多古

书?"黄永年笑道:"这倒是,当时古书实在便宜。当时我一个月80多块,我记得在学生食堂吃很好的饭,一个月才12块钱。所以可以买书,一本明版书三五块就可以买。我看着实在便宜,买着玩。当时几块钱的书现在涨到几万块了。当时没有做生意的头脑,如果有的话,现在发大财了。现在这点书也不卖,留着玩玩吧。"我问:"这些书对您后来研究有没有影响?"黄永年说:"没有关系,买这些是玩的。"

黄永年的生活方式确与常人不同。据他的学生辛德勇回忆:"路上经过放映电影的露天场地,我好奇地自言自语说:'哦,怎么会是这样看电影?'先生听到后,皱了皱眉,有些不耐烦地说:'管它干什么,反正我从来不看电影。'业精于勤,荒于嬉,史念海先生刚刚要求我们要勤奋读书,我却首先关注起怎样看电影,话刚一出口,就有几分自责,可是听到黄永年先生说他从来不看电影,还是让我大吃一惊,我以为这是对我的间接训斥。随后经过浴池,我想洗澡总是人所必为的事情,这不会犯什么忌讳,便又自语道:'原来是在这里洗澡。'孰不料先生同样皱着眉头说:'管它干什么,反正我从来不洗澡。'说罢,带着我们直奔图书馆而去。"(《黄永年先生编年事辑》第127页)

1957年打成"右派",使黄永年命运颇为不平。"当时有一些学生、教师闹着要回去了。我是不主张回上海的,明明是'左派',最后把我打成'右派',当时没有道理好讲的。"黄永年说，"我到农村去劳动改造。他们说，老黄不是坏人，是好人。前前后后劳动了四年，先是在农村改造了两年，回来以后在学校当工人，干了两年。后来放到图书馆，自己偷偷摸摸看书。"

1978年，黄永年调入陕西师范大学。1979年起，黄永年招收中国古代史唐史方向硕士生，1982年起，招收历史文献学硕士生，先后开设目录学、版本学、碑刻学、文史工具书简介、古籍整理概论、唐史史料学、旧唐书研究、太平广记研究、吴梅村诗研究等课程。他认为："这些课程和学问都不是当年哪位老师直接传授的，而是凭多年自学而自行建立体系的。"在学术研究上，他主张："人活着总得干点有益的事情"；研究历史主要得把史实弄清楚，在此基础上能找出点规律性的东西自更好，而哗众取宠或卖论求荣者终将经受不起时间的考验。

我问黄永年："'文革'结束以后到陕西师范大学开设了那么多方向的课程，这些学问从何而来？"黄永年答："学问是自己弄的，一个是靠吕思勉先生的引导，第二是靠自学。我在图书馆工作到改革开放，从西安交通大学调到陕西师范大学，当时西安交通大学还不放呢。来到陕西师范大学以后，史念海先生和我合招唐史研究生。"

我又问："您在学术研究上的重点是什么？"黄永年答："我有几个东西可以成为代表作的：《文史探微》《六至九世纪中国政治史》《学苑零拾》。重点是研究六至九世纪中国政治史,因为人家研究有很多错误。另外有一点是版本目录,这个完全不是老师教出来的,完全是泡书店泡出来的。懂线装书的有两种人,一种是买书的,一种是卖书的,卖书的如果不懂,不到几个月就关门大吉了。买书的,太多钱不行,没有钱也不行,一定要稍微有一点钱,我就是这种人。"

1988年起,黄永年任第七届全国人民代表大会代表,直至1992年任期届满。据顾青《追忆黄永年先生》提到:"谈到自己当选全国人大代表,黄先生说:我在'文革'中挑河泥差点儿丢了小命,现在却当上了人大代表,第一次到人民大会堂开会,国歌一响,我的眼泪差点儿流出来……老子也有今天!"(《黄永年先生编年事辑》第198页,编者加了按语:"文革"中似乎应为"反右"后。)

四、海宁已死义宁老

黄永年的学术研究,以唐史名世。探其渊源,似可从1946年说起。这一年,黄永年在复旦大学选修了中文系教授蒋天枢所开的"大一国文"。黄永年说:"我为什么选他的课呢?因为我高中时看过他写的《全谢山先生年谱》。"而蒋天枢是陈寅恪的高足。

我问:"您在年轻时对陈寅恪先生的著作看得多吗?"黄永年说:"我买过陈先生的《唐代政治史述论

稿》《隋唐制度渊源略论稿》，当时读不懂。后来才慢慢领会。陈寅恪先生的书我都看，就是《柳如是别传》没看完，对那些东西不感兴趣。"

我又问："您为什么写与陈寅恪先生商榷的文章？"黄永年答："看了之后，有不同意见写文章商榷是很正常的。就是《读陈寅恪先生〈狐臭与胡臭〉兼论狐与胡之关系》，他有错误的地方。我写的东西有两个特点，一个是人家没有讲过，而那个东西又比较重要的，我填补空白；还有一个是人家讲错的，我加以纠正。如果是人家讲过的，我再讲一遍，不是等于公共汽车上当扒手吗？这种事情不能做。"

黄永年在自选集《文史探微》的代序《我和唐史以及齐周隋史》中说：

> 只是研究唐代文史的兴趣也在这时产生了，引导者即是陈寅恪先生的名著《唐代政治史述论稿》。这是1946年冬天在上海河南路商务印书馆买到的，同时还买到寅恪先生的另一册《隋唐制度渊源略论稿》，不过当时看不懂，看懂且引起兴趣的是这册《述论稿》。……原先我上高中时已看了《通鉴纪事本末》，是当章回小说那样看热闹的，读了寅恪先生的《唐代政治史述论稿》，才知道如何读史书、如何做研究的门道。

黄永年在复旦大学念书时所写的《读陈寅恪先生〈狐臭与胡臭〉兼论狐与胡之关系》，发表于上海《东南日报》（民国三十七年三月十日副刊）。见报后，黄永年将剪报寄给陈寅恪。那一年，陈寅恪五十九岁，名满学界，而患眼疾，请夫人代笔给黄永年回了信。黄永年回忆："头一封他就回了，我一看，是他夫人写的，字比他写得好。按现在做法，他本来可以置之不理，但是他回信，还送给我他在《清华学报》上发表的《长恨歌笺证》。"

我个人的阅读感觉，黄永年一生似乎有一种"陈寅恪情结"。黄永年在1998年的自述很值得玩味："由于我这一段的研究和陈寅恪先生异同处甚多，引起了北京某大学研究生们的议论。大意是：'黄永年先生的文章逻辑性极强，更像搞自然科学的，缺乏一种人文精神。大凡陈寅恪先生写什么，黄先生必有相同文章，题目都一样，而内容正相反，不知陈先生要建立的是整个文化体系，又何必拘于细处！'这说得自有些过头，并非寅恪先生有什么文章我必写相同文章与之立异，而且有的文章还很支持寅恪先生之说，如《论北齐的文化》。至于说我的文章逻辑性强像搞自然科学的，自是对我极大的夸奖。但认为建立整个文化体系就不必拘于细处，则仍可商榷。因为我所立异并非细处而多关涉大局，如这些地方成问题，则所建立的体系岂不有连带动摇的危险。"

黄永年"树新义室"的由来，则完全因陈寅恪而起。

他在《树新义室笔谈》的自序中说:"这所谓'树新义'者,还是抗战胜利之初从陈寅恪先生给陈垣先生《明季滇黔佛教考》写的序里看来的。序里说抗战时陈垣留在北京辅仁大学讲学,寅恪先生南迁执教于西南联大,'幸俱未树新义,以负如来',即俱保持民族气节之谓。我这里只是借用了这个本属中性的'树新义',用来说拙文都有些新东西,或本为人家未曾讲到,或人家讲得不对,我来加以纠正。我认为这二者是写学术文章的起码要求。否则重复人家讲过的东西,把人家的东西冒充自己的创见,那就形同盗窃。"

《黄永年先生编年事辑》中,涉及陈寅恪之处不少,如第186页中记黄永年与学生杂谈:"陈寅恪先生学问甚好,但文章实在不好,不是内容而是笔法,北大王先生是他这一路,但始终跳不出陈先生的圈子。"

1950年,黄永年在复旦大学完成《读〈秦妇吟〉札记》,颇有与陈寅恪《读秦妇吟》立异之处。黄永年并有《题〈秦妇吟〉札记六绝句》,其中有两首提及义宁(陈寅恪)之名,诗见于《黄永年先生编年事辑》,照录如下:

世遭乱离适乐乡,彭门阻绝走襄阳。商南古道遗文在,底事义宁说未详。

写遍当年石室书,纷纷执笔事笺疏。海宁已死义宁老,极目南天意未舒。

黄永年：1925—2007年，江苏江阴人。1950年毕业于复旦大学历史系。曾任陕西师范大学教授、古籍整理研究所所长。著有：《唐史史料学》《唐代史事考释》《文史探微》《古籍整理概论》《古籍版本学》《古文献学四讲》《学苑零拾》《树新义室笔谈》《六至九世纪中国政治史》等。

本文参考书目：

《文史探微》，黄永年著，中华书局2000年10月版。

《树新义室笔谈》，黄永年著，上海书店出版社2000年9月版。

《雀巢语屑》，唐吟方著，金城出版社2010年11月版。

《黄永年先生编年事辑》，曹旅宁撰，中华书局2013年7月版。

辛丰年:如是我闻

一、声音是史料

2006年8月22日下午,我第一次从南京坐汽车到南通采访辛丰年先生。当时辛丰年先生的忘年交严晓星同座,宾主相谈甚欢。辛丰年质朴的风采使我念念不忘。

初次见面,喝上辛丰年先生亲手沏的茶,一路劳顿消

李怀宇 摄

了一半。聊了一会，辛丰年微笑着说："你采访鲲西的文章，有广州的朋友剪下来寄给我了。"紧张心理消了一半。那一个下午的聊天，甚是投机。

辛丰年给我的第一印象是求知欲和好奇心极强，对我曾采访过的老先生，他毫无隔膜。虽然身在南通，心灵却与一些文化人高处相逢。这种境界源于好读书的习惯。对书人的品评，他自有见解：金克木可爱，《孔乙己外传》就是他的自传；喜欢赵元任文章的风格，赵太太杨步伟的自传很好。

我带去了采访贾植芳先生的文章，谈起舒芜与贾植芳各自回忆劫后再见时细节出入的问题。"恐怕是贾先生误记了。舒芜是被左得出奇的文学官僚强迫才这样做的。舒芜的包袱太重了，十字架一直没有甩开，"辛丰年说，"我们不能忘记的是那些制造冤案，而且后来还不忏悔的人。我几次见到贾先生，提到过去这些事情，他能够看得比较宽容。"

贾植芳是辛丰年的儿子严锋的博士生导师。有一次，辛丰年在贾家吃饭，贾植芳谈起贾师母为了他的冤案而被发配青海受难的一些往事，突然，辛丰年大流其泪，把大家弄得不知所措。这个细节出自严锋的名文《辛丰年其人》。辛丰年却告诉我："严锋的文章用了夸张的手法，不可信。"他们父子合写过一本书，名为《和而不同》。

在闲谈中，辛丰年不忘对声音的敏感："我特别想听到张爱玲的声音、鲁迅的声音。我有幸听了一下胡适的声音，觉得很高兴，虽然我不崇拜胡适，但很喜欢胡适。沈从文的声音我听到了，听不大懂，湖南口音。现在就是听不到金克木的声音。"又叮嘱我："你以后随身带一个录音机，见到哪些年纪很大的人，或者年纪不大但很难见到的人，录下来，将来就是很重要的史料。最好是动的影像，静止的已经不能满足。这样，声音笑貌能让后人知道。"

晚年，辛丰年很少出游，见客也不多，更多的时间是听音乐和读书，但对外面的世界充满了好奇。他感慨："南通过去小得有意思，张謇时代的南通很有味道。现在弄得乱糟糟的，毫无意思。这个城市的好多地方，我好多年没有兴趣、没有时间出去看了。"第二天，在严晓星带领下游览南通，所见与辛丰年所言大有出入：这是一个让人心醉的江滨小城。

2007年7月8日和9日，我又专程到南通拜访辛丰年先生，留下了美好的回忆。以后有时打电话给他，总聊得十分开心。而我寄去的书报，他偶尔会跟我谈谈读后感，不时碰撞出思想的火花。

二、梦想处处有音乐

辛丰年原名严格，父亲严春阳为孙传芳部下，曾任淞沪戒严司令兼警察厅长，"对于祖先，辛丰年有一种根深蒂固的羞耻感和赎罪心"。（严锋《辛丰年其人》）而关于严春阳，严锋有《我的爷爷严春阳》一文刊于《掌故》第一集（中华书局2016年6月版）。严锋利用《申报》数据库，发现严春阳政声不错。1926年，丁文江应孙传芳邀请，出任淞沪督办公署总办，相当于上海市长，与严春阳合作融洽。严春阳去世时，孙传芳送去挽联："呜咽听江涛，无限怅怀听噩耗；凋零感袍泽，不堪回首忆当年。"

辛丰年幼时曾在上海生活，家庭教师中有文化名家王蘧常先生。1937年抗战爆发后，辛丰年在家自学，当时他有一种想法："上学还不如自学，自学很自由，自己想怎么学就怎么学。我也不到外地上学了，也没有机会上大后方。当时觉得自学还是一个好办法，当然自学的结果就是不学无术。"辛丰年主要利用开明书店出版的自学讲义，可以补习到高中的程度。"但有些也就不用讲义，就是自己乱读书，杂览。另外就是自学英语，主要的想法是：为了多看书就要掌握英语，不懂英语的话，许多没有翻译过来的书就看不了。当时学英语是很困难的，学了几十年才能自己勉强看一些不太深奥的书，这也很可怜。但是后来参加工作了，也没有时间花在自学上了。但是我在部队里对工作不感兴趣，曾经要求：让我去上学吧，去学俄语。不允许。我就自学，自学的程度比英语差，但是也能够结结巴巴地看一些东西。这都是很遗憾的，如果过去能够把外语学好,多学几门,那么我也许可以多读一些书。后来,我看到金克木的书,他的几门外语都是自学的。他读书读通了,我很佩服他,我见了朋友就推荐金克木。"

原来在学校里,辛丰年对音乐课很烦:"每周有一课音乐,除了老师教我们唱一些歌以外,就是用商务印书馆的课本教大家学五线谱。学得很枯燥,也很慢。结果上了一年我们也不能读五线谱。当时我对这个是很反感的,觉得五线谱讨厌极了,对音乐毫无兴趣。后来我对音乐感兴趣以后,几个星期就把过去没学的东西都学了,而且学的还更多,还能应用。"

辛丰年在教科书中读到贝多芬的故事,从此迷上音乐。他回忆:"从上海逃难回到家乡,我是看了开明书店出的小学教科书,有一课是讲《月光曲》的故事,那个小学教科书是叶绍钧他们编的,而且是丰子恺用毛笔写的。这害得我大半生就把时间、精力花在音乐上了。当然也是一种享受。同时,也就是没有把精力用在更有用的地方上,音乐是没有用处的。我只是一个乐迷,要专业才能到学校里当个教师,或者当一个演奏家,那就有用了。唯一的用处是写文章拿到一点稿费。这也是很惭愧的。"

许多年以后,很多人读了辛丰年的《乐迷闲话》而慢慢喜欢上音乐。辛丰年却说:"我懂的很有限,除非他们自己再去认真地听,认真地学,否则也不可能得到很多。音乐这东西,你要认真才能学得很深,但是现在很多人就是当成一种娱乐,这是很糟糕的。所以我对这种时尚也是很失望。过去我就希望将来古典音乐能够越来越普及,社会上人的兴趣都提高了,这是很让人愉快的。现在完全怀疑了,不可能有这种事情,现在高雅音乐也变成商业的利润了。谈音乐的书也不过就是一种商品了。"

辛丰年当年的梦想是:"将来我们这个城市里到处都能听到好的音乐,公共场所、公园里都在播放贝多芬的音乐,这多好啊!"而到晚年,他说:"现在我就想,如果是这样的话,那就变成噪音了。想不到,这个世界变化太大了。"

1945年8月,辛丰年到苏中解放区参加了新四军,并把原来的名字改了,以示脱胎换骨之意。辛丰年说:"我自己当然是属于剥削阶级了,从小过着不劳而获的生活。这些都是教人觉得惭愧得不得了!这是一些因素,再加朋友的影响,结交了一些追求进步、爱好文学的朋友。"早在1943年,他就跟章品镇认识,后来正是随章从军的。

辛丰年的眼睛高度近视,几乎没有拿过枪,在军中主要从事文化工作。1949年参加渡江,后随部队到达福建,从此在福建军中工作。他回忆:"一开始我当个助理员,就是所谓干事,最后就是当了个小官——副科长。没有什么意思,幸亏没有当大的官,大的官在'文革'当中打击会大一点。大官要管的事情就多,就肯定要犯错误。"

1971年,辛丰年被打成反革命,发配回老家监督劳动。他在部队里自学过俄语，勉强能看一点比较通俗的俄文书，就带了几本俄文的书到乡下去劳动。苏联电影剧本中就有一部《夏伯阳》，有空时，辛丰年就把里面的故事讲给儿子严锋听。严锋很感兴趣，要父亲把它翻译出来，辛丰年便将这个不太深奥的电影文学剧本翻译出来给儿子。

在部队时，辛丰年也迷音乐，但是后来不能公开地听。他说："这是'封资修'中的'修'，但是在1960年代有一阵比较开放，进口好多唱片，我去买了好多，主要是苏联、东欧的，很贵，但是当时我已经有工资了，所以买得起，也不能公开地听。上班不能听，下了班回到宿舍里，周围都是同事，也不能大听。后来'文革'中还算这个账，那时候我已经把这些唱片都处理了，可是人家还拿这个当作一个罪名。但是，我还是尽量地打埋伏，有几张唱片舍不得扔掉，放在行李里，带到乡下去。唱机也带去了，但是到了乡下，也没有可能放。所以听音乐也是很艰苦的。"

1976年平反，53岁的辛丰年主动要求退休，在家带孩子、读书、听音乐。辛丰年退休后的第一件事是挑着扁担到新华书店去买马恩全集。他说："那时候还是真心想补看马恩全集。最主要还不是看理论，是想看马恩通信。因为我那时候已经对历史感兴趣了，我想看马恩通信当中反映出来的斗争的历史是怎么样的。看完之后没什么收获，理论是太深奥,特别是马克思的文章很难懂,恩格斯的不难懂,恩格斯的理论性也是很强的。但是从通信中知道他们一些交往的情况,也加深了对马克思主义的兴趣。"

三、落后的音乐爱好者

退休后的辛丰年沉浸在音乐的世界里,开始把心得写成文章。1987年,辛丰年的第一本音乐随笔《乐迷闲话》由三联书店出版,在乐迷中影响深远。辛丰年说:"那是朋友介绍的。董秀玉亲自责编,我还受宠若惊,她这个责编是很负责、很认真的,她批评我:你这部书前面写得很流畅,后面就弱了。我也没有办法再加工了。我后来有一部书就是沈昌文责编的。"

关于音乐的资料,辛丰年解释:"这个资料就等于'文抄公'了。也不是照抄了,主要是因为那时候我们有盗版书店——光华书店,不用买版权就能够影印外国书,大量地影印了音乐书和谱,后面印上'内部交流',怕外国人追究版权。我大开眼界,中国这方面的书太少了,我就尽量地买光华书店影印的书,也请朋友到浙江图书馆借英文原版的书。凡是有机会买到的英文原版书都买,国内的书当然是有什么都买。再加上乐谱,我的音乐知识就丰富了。我是经过这些东西来掌握资料,但有些还是要经过自己消化。原来我的书上都写在前面:本书资料取自哪里。我非常感谢那个短暂的盗版的春天,只恨那时候买的不够多。"

后来有些书买不起,辛丰年就托人到图书馆借书,特别是将上海音乐学院的音乐资料借来复印。有一些在外国打工的朋友,则帮他买一些外文旧书。他兴奋地说:"朋友以前寄来一本最新的《莫扎特传》,最近还寄来了一本英文的《贝多芬传》,这些都是好厚一本,看起来真教人高兴哪!我不怕资料多,只怕资料少。国内爱好音乐的人,能够接触的音乐资料太少了,因为我们出版的中文资料很有限。我做的工作假如可以算是音乐普及工作的话,就是从资料里'批发'出来,然后自己消化,尽量地'零卖'出去。自己必须有一些体会,否则的话也写不好的。恐怕和真正搞音乐的相比,那就是差远了。国内专业的人,他们又不肯搞这个工作,他们很忙,总是抽不出时间。外国的音乐大师,常常写一些普及性、启蒙性的书。要做一个有知识的乐迷很难的。"

至于那些音乐设备,辛丰年使用的都不是高级器材。在1980年代初期,他也听过韩国短波台播放的古典音乐。他说:"设备说起来也可笑的,直到现在我也享受不了那种最高级的设备,就是次高级的也享受不了。我对这些设备隔膜得很。有些人说顶级设备的效果怎么样好,我就始终没有机会去听,我也不去追求这些。因为我们很早听的都是很差的唱片,那些老唱片现在就不能入耳,录音的效果是很差的,就是靠那个东西得到了享受,而且现在我想起那些老唱片,都很留恋。但是人家还是愿意听那些老唱片,老唱片有当时的氛围,当时的风格。现在有些人欣赏音乐,也欣赏一些由老唱片翻过去的音乐。当时的唱片很贵,有些我也买不起,始终是跟不上时代的。我是一个落后的音乐爱好者。现在的音乐爱好者听现场的演奏,或者到外国听音乐会,最差的也有很高级的音响,我这些都没有。我就是听听唱片,而且差不多都是盗版的。"

辛丰年退休后凑钱买了一架英雄牌钢琴,下决心自学钢琴,几年后就能够"乱弹琴"。他说:"我也不好意思当着别人的面弹,弹起来还引起邻居的不满。辛辛苦苦地自得其乐。"在听音乐的时候,辛丰年绝对不做别的任何事情。"我看别人一边做什么事情,一边听音乐,我是很反对的。我自己听音乐的时候什么事情都不做,我就坐在那里,甚至是站在那里听。我就觉得很舒服。如果是有朋友来,也是爱好音乐的,我就请他听。现在假如有谁没兴趣听,我就不听,何必呢?假如是发现他在听的时候不太有兴趣,我就不听了。时髦的音乐我就不听,外国的流行音乐也不听,兴趣不大,也没有时间听。听古典音乐还不及呢。"

四、晚年最爱是读书

音乐之外,辛丰年最大的爱好是看书。"从前他什么书都看,六十岁以后,基本上只看历史方面的书。也许将来他会写一部有关历史的书。"(严锋《辛丰年其人》)

辛丰年为了看书,甚至把音乐戒掉了。"没有时间,时间用在看书上。我要补课的书太多了,有些书过去读了不求甚解,现在要重读,而且不是一次地重读。所以,不能耗费宝贵的时间在听音乐上。我就把音乐忍痛戒掉。他说:"现在我就多看书,因为看书可以对一些自己想不通的问题得到粗浅的解答。"

有时候看书累了,辛丰年就把一些最喜欢的音乐拿出来听一听。有时想到听贝多芬的《第九交响曲》至少要有一小时,而这一小时就少看几本书,他只好选择不听,就在脑子里想一想音乐,过过瘾。

辛丰年晚年主要读历史书。对一些口述历史和回忆录,辛丰年读得兴味盎然:"我现在主要读历史方面的书。文艺方面的书只是过去看过,没好好看,新的文艺书,不管国内也好,国外也好,很少看。除非有一些很畅销的书。当然有一些新书看了有兴趣的,我还是愿意再看。要重看的老书很多,比如《鲁迅全集》看过好几遍,我现在还想从头到尾好好再看一遍。特别是看了《假如鲁迅活到今天》之后，就更想把《鲁迅全集》再看一遍。当然我也不像过去一样把鲁迅变成一个神。"

我接话："有些人现在还是把鲁迅当成是神一样。"辛丰年说："他绝对不是神。鲁迅给很多人利用了。当然我过去读过的书也不是很多。有些我现在能够找到的，就找来读一下，但是有些就算了。有些过去体会不深，现在就想再看，比如陀思妥耶夫斯基的《罪与罚》我过去看过好多遍，包括中文的、英文的，俄文我学得很浅，不能读这样的书。我还想重读《罪与罚》的比较好的英译本。前几年，我特意请在美国的朋友到旧书店买莫泊桑短篇小说全集，中国也有莫泊桑短篇小说全集，但是不一定有人家的英译本好，因为欧洲的语言相近。英国的译本是很认真的，值得相信。"

我又问："历史方面的书主要读什么？"辛丰年说："二十四史里面全读也没有必要，也没有可能，就是《史记》《汉书》《后汉书》《三国志》这些最重要的。还有一些近代、现代人写的中国史，我主要读吕思勉，因为他比较可靠。我把他写的书全部买来，一部部地读，不过读起来很费劲，因为年纪大了，记不住。过去要上班，没有太多时间读书，现在就要补课，已经晚了。好的回忆录也读，像特克尔的《美国梦寻》，还有一些口述历史。"

我好奇："唐德刚做的口述历史看不看？"辛丰年说："也看，像他的《李宗仁回忆录》我就不是很满意，这当然要怪李宗仁讲得不是太满意了。我也在其中辨别一些到底可信不可信。"

我说:"唐德刚说,人的记忆有时也太不可靠了。"辛丰年随即说:"但也有些使人信服,当然也不能全信,其中有一些回忆的错误,还有本人的局限。有好多书要看,所以时间太紧了。"

我建议辛丰年多写回忆文章,并聊到钱锺书一个有趣的说法:"回忆是最靠不住的。一个人在创作时的想象力往往贫薄可怜,到回忆时,他的想象力常常丰富离奇得惊人。"辛丰年说:"他这话我非常相信。我自己现在要回忆,好多事情都搞错了。当然我不会去想象,写回忆录的人常会想象,这一点就要防备了。"

我说:"我倒是相信回忆的细节可能有出入,但感情是真的。"辛丰年感慨:"不过,历史当中细节是很重要的。常常细节比概括的回忆还要重要,一两个重要的细节就能够反映历史的真实。但是如果在细节上搞错了,而造成人家的误信,就不好了。好的回忆录是宝贵的。如果没有人记录下来,时代久远了就湮没,你要抢救一些。"

辛丰年：1923—2013年，原名严格，江苏南通人。1945年开始在军中从事文化工作，1976年退休。1980年代以来，为《读书》《音乐爱好者》《万象》等杂志撰写音乐随笔。著有《乐迷闲话》《如是我闻》《处处有音乐》等。

本文参考书目：

《和而不同》，辛丰年、严锋合著，岳麓书社2005年3月版。

《乐迷闲话》，辛丰年著，山东画报出版社2005年10月版。

《处处有音乐》，辛丰年著，山东画报出版社2006年1月版。

《如是我闻》，辛丰年著，山东画报出版社2007年5月版。

李育中:博雅妙人

一、泛舟书海纵横论

2013年6月28日,李育中先生在广州逝世,享年一百零三岁。拜别老先生的日子里,每每想起他,我心中涌起一种莫名的寂寞。

李育中先生的家与我家步行只有十几分钟的路程,

程永强 摄

我们一起吃过无数次的饭，聊过无数次的天。他是一位妙人，当过翻译、诗人、影评人、战地记者，晚年是著名的"藏书家"。他是博古通今的杂家，对书籍、电影、美术、书法、诗词样样涉猎。和他成为忘年交后，我常有"从公已觉十年迟"之感。

我在2006年3月16日初识李育中先生，由谭庭浩先生引荐。一进李家，但见窗边挂了一首自题诗："未因老去感蹉跎，不为闻歌唤奈何。我自吹笙倩人唱，一帘花影月婆娑。"这是李育中七十七岁时为退休而写的，诗成之后，学校又返聘了四年，退休之后，每天家里还是学生满座。等到老先生九十岁时，友人送了一首祝寿诗："九十诗翁眼未昏，泛舟书海纵横论。机锋妙射难平事，朗语春风破院门。"九十多岁时，老先生眼未昏，听力不减，行动灵便。

李育中先生的家中到处都是书，后来我和他交换过许多书。书是我们每次谈话的中心话题。他告诉我："我占有书的欲望很大，倒不是以藏书自居，根本不是什么'藏书家'。"他曾收集了不少孤本善本，做完研究之后，便公诸同好。多少年来，他陆续捐给华南师范大学的书刊有万册以上。晚年常在校内书店买书，每个星期还要出校门去买一次书，随便找一个学生同去，因每次买书一二十本，需请学生帮助提书。广州好几处买书的地方，老先生说起来如数家珍，他和许多书店的店员也成为朋友。

谈起电影,他兴致不减当年:"以前曾把看电影摆在第一位,写影评,用一句外国笑话讲是Second to none。1949年之前很多大学生喜欢写影评,但是不太了解电影的历史,看的片子也没有我这么多,外文也懂得不多。当时我看完电影马上写影评,同时也介绍外国电影的历史知识。"在他杂乱的书堆里,我见过一张《断背山》的影碟。有一次,听他笑着说喜欢林志玲。

李育中早年曾以新诗知名,抗战时期出过诗集《凯旋的拱门》。晚年,他和华南师范大学的退休教师也常常唱和,当了诗社社长,写的多是旧诗,其嬉笑怒骂文坛趣事的打油诗,读来有聂绀弩的味道。他曾不遗余力地向国内观众推介毕加索等当时"新潮"美术作品,也曾在市价便宜时收藏了不少岭南名家的画作,可惜"文革"抄家时被抄走了许多。在谈笑中,他曾经找出一本自制的画册,自称那是"一点小趣味":根据照片画了很多文化名人的画像,只为讨自己和朋友一笑。这点小趣味后来编成了《大家小画》一书。

李育中喜欢和年轻人吃饭,他很享受边吃饭边聊天的乐趣。华南师范大学附近大大小小的饭馆里,我曾陪他度过无数畅谈的时光。有一段时间,我还曾在他家"搭食",每天下班后便到他家吃晚饭。一百岁左右时,他还乐于出门吃饭,不过要他的公子李小中相伴。有一回晚饭后,他登楼造访我家,随手挥毫,写的是龚自珍的诗。

在李育中七十多岁时，电视台曾请他去讲健康之道，他笑称那时候胆量不够，三句话支吾了二十分钟，九十岁以后终于有胆量了："讲养生之道就妙哉。广州有句俗话叫'前松后紧'，'前松'是小便要畅顺，'后紧'是不要肚泻。一个人的生活习惯要'肠无积粪'，每日最好是定时畅通，不要影响血液等其他方面。一般人认为我这个人很乐观，没有什么忧愁，没有什么闷气。以前我们有位副校长是心理学家，他劝我：'年纪大了，万事莫理，别多事。'我刚刚相反，自嘲为'好事之徒'，我有三个关心，关心文坛、关心学坛、关心政坛。一个人该笑就笑，该哭就哭，不要束缚自己。我看见病态、恶劣的现象，就会很容易动情。我主张人要有正义感，做一士谔谔，不要做好好先生，即诺诺之士，应该有忧患感，关心现实。有一种人叫'愤青'，我可以说是一个'愤老'。"

二、"三朝元老"

1911年1月，李育中在香港出生，是经历了清朝、民国、共和国的"三朝元老"。童年在香港、澳门两地读书，学习中文、英文、葡萄牙文、俄文、世界语，另外还自学一些拉丁文和希腊文。1935年，香港大学给胡适一个博士学位，李育中去听演讲，"胡适的英文漂亮，讲话的姿态、语音都行。"

在香港，李育中读过很多英文著作，又喜欢看电影。二十二岁时，李育中看到根据海明威作品拍成的电影《战地春梦》，便到香港大会堂图书馆找到英文原著。1933年初，他将这部小说翻译成中文，在报纸上连载，直译作《诀别武器》。当时中文世界很少有人知道海明威，李育中说："海明威的文章风格明快，到现在还是站得住。"

李育中在香港第一人翻译了海明威的《诀别武器》。后来，他笑数人生的多个第一：1936年香港第一人被茅盾采录文章编入《中国的一日》；1938年第一人长文介绍马雅可夫斯基于《文艺阵地》上；1942年，用文学的形式为湘粤两份日报写战地通讯，报道缅甸远征，次年初出版战史《缅甸远征记》；1946年在南方第一个向国人介绍萨特和毕加索；新时期第一个介绍卡夫卡并且翻译其作品，把意识流写作手法源流登在《外国文学研究》。

1936年，高尔基逝世。茅盾学高尔基的《世界的一日》，在上海向全中国号召，出一本《中国的一日》：在同一天里，各地的人写文章，各挑选一篇汇集成一本书。当时李育中在香港《华侨日报》当编辑，他很讨厌蒋介石，晚上，有关蒋介石的消息来得迟，李育中就故意不登。第二天，老板发现蒋介石这么大的消息都不登，就开除了李育中。正是茅盾号召写《中国的一日》那一天，李育中就写自己失业的一天，文章被茅盾采录。上海沦陷后，茅盾去了香港。李育中办过香港的文学团体，接待南下文人，和茅盾一家人都熟悉。"茅盾以前没有留须，生得清癯。眼睛有些毛病，老是眨眼。他的浙江口音比较重。"李育中回忆，"郭沫若我也认识，我经常将他们两人进行比较，郭沫若是豪放的人，演讲很厉害，茅盾刚刚相反，郭沫若的四川口音还容易听，茅盾的浙江口音就很难听清楚了。他是语不惊人，文笔很不错。我写的文章，茅盾都给我发表，他最大的特点是从来不改我的文章，他很欣赏我写的新诗，我写了很多诗，也喜欢写报告文学。茅盾旧文学的基础不错，字也写得不错，我以前有很多他的信，后来失散了。"

1939年，李育中和郁风、刘火子从韶关回到香港住了一个多月，忘了是谁介绍的，他到香港大学和许地山谈了一个多小时，什么内容都不记得，只记得大热天，许地山给他冰镇的柠檬茶。"许地山是一个很淳朴、冷静、温和的人，穿中装，不穿西装。"

抗战爆发后，李育中从香港到了广州，曾任广州《救亡日报》社论委员，参加广东文化界抗敌协会，负责伤兵难民工作。广州沦陷后，到粤北从事新闻和教学工作，还创办两个团体：粤北青年记者学会与粤北文协分会。后从粤北转至桂林，一边教书，一边编《中国诗坛》等报刊，1941年，出版个人诗集《凯旋的拱门》。

香港学者也斯整理中国二十世纪三四十年代新诗历史时，重新发现了一些诗人诗集，写成论文《抗衡的美学：

中国新诗的现代性：1937—1949》，后来继续寻找一些诗人的下落，像广州的梁宗岱、欧外鸥、李育中。也斯说："我一直对香港和广州的关系很有兴趣。当年诗人李育中、欧外鸥、林英强、侯汝华、刘火子都跟香港有来往，办杂志，发表作品，或在港生活。以前有'省港澳'之说，粤剧的戏班很自然在省港澳演出，当时没有海关，大家交流顺畅。"

三、《缅甸远征记》

1940年春，李育中在桂林逸仙中学教书，同事中有李嘉人、陈残云、黄新波、廖冰兄等。李育中在广西认识了一位小学女教师，后来成了他的太太。

逸仙中学改组后换校长，很多老师走了，李育中看到有一份新办的大报纸要请很多编辑记者，就去应考，在100多人中考了第一名。他回忆："我开始错误估计，以为像传说中那样是李宗仁的老婆要办一份大型报纸。后来我到了杜聿明第五军办的小型报纸，杜聿明是黄埔军校第一期的，这个人是一个纯粹的军人，忠于蒋介石，是他的骁将，当时他比胡宗南还高一层。第五军是特殊的部队，是蒋介石最精锐的部队，唯一有坦克的部队。1942年春天，我就随军，应邀去做杜聿明的英文秘书，后来又是政治部代宣传科长。那时候刚刚结婚，便要上战场，很勇敢！"

李育中回忆抗战岁月：整个缅甸战争分两阶段，第一阶段杜聿明打了败仗，第二阶段孙立人反攻。太平洋战争爆发后，日军打完新加坡就打缅甸，缅甸是英军的领地，英军比较薄弱。"我记得指挥官叫亚历山大，是一个少将，要求中国支援。当时新开一条滇缅路，请中国部队由滇缅路入缅甸，中国就派了最精锐的第五军前去，其中包括孙立人的一个师，由杜聿明统领。第一场战由杜聿明指挥，发挥过威力，可惜英军无能，不会配合，打了败仗，就撤退；第二场战反攻，杜聿明没有参加，由孙立人指挥，有美军支持，便打胜仗。我参加了第一场战，战争很短，我还没有到过最前方，已经开始大撤退，我参加了大撤退。那次撤退很壮观，一支部队经过野人山到印度，野人山从来没有人走过，蚊虫野兽很多，天天下雨，几乎死了一半人，听说杜聿明的十个卫士死了八个。那时是雨季，没有地方睡觉，也没有东西吃。我跟的是另一支部队，由坦克团经滇缅路回来。我就在下关采访了很多军人，了解整个战争的情况，虽然打了败战，但是打得很壮烈，中国士兵能到国际上支持人家抗战，表现得不错。"李育中那时还有两个身份，分别是衡阳的《大刚报》和韶关的《大光报》的战地通讯员。因为那次战争很匆忙，还没有其他战地记者，李育中便写了一本《缅甸远征记》，这是唯一记录那次战争的书，很多人曾经引述这本书。这本书印了两版，1943年春在桂林印了土纸本，广州战后则出了白报纸本。

四、交游广阔

抗战胜利后，李育中到广州从事文艺与教学活动。在报界、电影界、学术界，他与梁宗岱、钟敬文、金应熙、黄谷柳、秦牧、廖冰兄等文化人均有交往。李育中熟悉广东文化界的掌故，曾撰写多篇文章回忆旧日知交，并与人合作专著《岭南现代文学史》。

1948年中国电影复员以来电影论坛第一次电影问题座谈会上，李育中和夏衍、丁聪、陈歌辛等人都参加了。李育中回忆："有一个富家破落子弟叫欧永祥，有些钱，就要搞电影杂志，请我帮助他搞电影论坛。开始在广州出，后来因为没有登记证，就去香港，一路赔了很多钱。因为这个电影论坛倾向进步，才请到夏衍、丁聪、陈歌辛、欧阳予倩这些人参加，其中多人我早就认识，高谈中国电影的发展前途。我和夏衍在《救亡日报》就已认识，并且一同撤退到桂林。丁聪和黄永玉很闲散穷困，黄永玉的老婆张梅溪是我在文艺学院的学生。我欣赏黄永玉早期的版画，他现在是最有钱的画家了，很有才华，但是那种味道就是有点怪诞。"

李育中与廖冰兄交情非浅，他觉得用广州话"直肠直肚"来形容廖冰兄最合适不过："廖冰兄的漫画政治性很强，打抱不平、伸张正义。他是穷家子弟，以前讲话百无禁忌。我也认识他妹妹，就叫廖冰，廖冰很高大，人又很豪爽，后来翻车死了。"

梁宗岱百年纪念时，李育中写过文章纪念。他回忆："梁宗岱不问政治，好饮酒，好打抱不平。他不肯戒酒，老是说越饮越高兴。听说，他在中山大学说过至少有70个第一的话，例如酒量第一、健康第一、业务第一。他长得高大结实，身体很好，平时穿短衫短裤，即使在冬天，他还穿着短衫短裤。有一次我和他去海陵岛，要坐船一个多钟头，那是8月大暑天，中午阳光很烈，他没戴帽子坐在船头，让太阳直晒。"

梁宗岱一生经历颇奇：受法国文艺的影响，爱好歌德，在欧洲留学时，结交了文坛名宿罗曼·罗兰和梵乐希，梵乐希曾经给他的诗文集写过序，这在中国人中恐怕是绝无仅有的。在梁宗岱家里，李育中看过一些罗曼·罗兰的信，"文化大革命"之后，那20多封罗曼·罗兰的亲笔信已不知哪里去了。梁宗岱悲剧之一就是同女作家沉樱的婚姻，沉樱先嫁马彦祥，后嫁梁宗岱，最后她和梁宗岱也不美满。梁宗岱为人好打不平，早在重庆时，他就跟帮会的袍哥斗过，一点都不怕。在抗战时，他在广西百色见到一个草台班的女演员，那时女演员地位低下，受到一些非人的欺负，梁宗岱挺身而出，救了这个女演员，后来还不惜降低身份跟她结婚。李育中说："这不能说他是名士风流，可说是他有侠气。这位女子仗义，后来在他去世前几年，也拼了命服侍他，回报他。"

李育中喜欢龚自珍的诗,在一次龚自珍研讨会上,与金应熙谈得甚是投机。金应熙是梁羽生(陈文统)的老师,恰恰陈文统年轻时到过李育中家里,师徒二人都与李育中有缘。后来梁羽生写过长文《金应熙的博学与迷惘》,李育中大为击赏:"我觉得陈寅恪的众多学生里面,只有金应熙有条件继承他的学术,我见过陈寅恪的学生纪念陈寅恪的文章,多是不着边际的。金应熙学术功底很好,外文功底也深,但是后来变成驯服的工具,上面叫他干什么就干什么。他和陈寅恪的事是时代的悲剧。很可惜,他死得太早,没有发挥他的史学专长。"

五、学生"偶像"

1953年,李育中调到华南师范大学。这几十年中间,经历了很多运动,但他不是运动员,居然平安无事。他给外国人打过工,在香港当过公务员,在英国新闻处当过翻译,在美军当过翻译,当过杜聿明的英文秘书,那些历史在政治运动竟没有被人追问。而他的一位同事康白情就没有那么幸运了。康白情是五四名诗人,1953年从海南师专调入华南师范大学中文系,和李育中的关系不错。虽然五四运动过了几十年,康白情那种自由散漫的味道都没有改,他教古典文学,可以随便说出屈原的种种罪状:无父无君,楚辞淫荡,楚辞代表南方的东西,不是正宗的文学，使文学走歪路。李育中亲眼见证，在一次座谈会中康白情当了"右派"，学校算是"宽大处理"，要求康白情回四川老家，就在路上去世了。

　　李育中不仅爱教书，也喜欢写文章。他笑道："说我是个学者专家或戏称杂家，我觉得不大相称。又如说作家吧，我常说只不过是写家，更或者，不过是报屁股的写家而已，算不得什么。"他曾在《香港风情》等报刊写专栏，很关注港台的文化现象。由于对海外文学一直很关注，李育中很早就向学生推介卡夫卡、乔伊斯、尼采、萨特等人的作品。他说："我因为接触外文方便，一路都有选择性地介绍外国新的东西。1941年我在桂林，就介绍乔伊斯，最早应该是叶灵凤在香港介绍乔伊斯。1930年代内地稍为介绍过毕加索，1946年我在南方第一次向国人系统地介绍毕加索，我用了整大版图文介绍，后来写了很多文章继续介绍毕加索，我介绍了很多现代派画家，当时可成一本书的。战后就开始介绍萨特，萨特从抗战到战后在青年中很有影响，我当时有材料，就介绍萨特，那是1946年。我对尼采早就很有兴趣，我有英文本、日文本及早期中文本。尼采是一个多面体，他是什么样的思想家，到现在还没有认真解决，还有很大的研究价值。以前他的研究都是一个禁区，在1980年左右，我已经写了一篇二万多字文章谈他，文章本来是谈鲁迅有没有受尼采影响。王元化早期的文章就完全为鲁迅辩护，说一点影响都没有。"

在李育中晚年结集的《南天走笔》一书中，有"鲁迅门"文章一辑，李育中研究鲁迅有独特的视角，写过《鲁迅与周作人》《鲁迅与厨川白村》《鲁迅与尼采关系新探》。李育中认为鲁迅受过小泉八云的学生厨川白村的影响，他上课时对学生讲："认识小泉八云是中学程度，认识布兰兑斯便是大学程度，认识别林斯基才算研究生程度。"

华南师范大学的学生回忆，李育中上课别开生面，天南地北、古今中外无所不谈。在华南师范大学女生对老师的排位中，李育中曾被排为第四偶像，前三名都是30多岁的年轻老师。李育中说："我教书还算平平稳稳，我教外国文学、文学理论，后来教过近代文学、现代文学。在这个学校里，在中文系上课没有问题，外语系我上过课，美术系上过课，历史系没有请我，如果请我，也可以教历史的。我主持过很多教研组，最长时间的是外国文学教研室，近代文学教研室是我带头的。我当过文艺理论教研室代主任。我在广州教苏联、西欧文学比较早。打倒'四人帮'之后，历史弄清楚，让我当系主任，我不当，行政的工作我不做。一般旧学术界的教授不愿意当系主任的，当教授比当系主任更高尚、更超然。系主任的事务又会得罪人，工作量又多。"

我在李育中先生家闲聊时，常常有学生来访，或来借书聊天，或来帮忙做饭，或带来礼物。在他百岁生日时，华南师范大学举办庆祝会，我有幸参加，但见群贤毕至，少长咸集，他的笑声依然那么爽朗。

李育中：1911—2013年，生于香港，童年在港澳等地度过，学过英文、葡文等外文。1933年初将海明威的作品 *A Farewell to Arms* 译为《诀别武器》（中国最早的译本）。1938年回内地参加抗日，曾随杜聿明第五军入缅远征，担任英文秘书兼当战地记者，败退滇缅路，作报告文学《缅甸远征记》。曾在广东省立市立艺专、华南人民文学艺术学院任教，后任华南师范大学中文系教授。著有诗集《凯旋的拱门》，报告文学集《缅甸远征记》等。

本文参考书目：

《南天走笔》，李育中著，广州出版社2009年11月版。

曾敏之：风云纪事

一、最宜适趣览群书

曾敏之很老派。守时，讲礼数，一诺千金。每次相聚总喜欢约在同一个酒楼，笑谈之时总不忘斟上好酒："干杯！"他忘了自己已经九十多岁了。

曾敏之很新潮。练字、画画、听音乐、游山玩水样样

陈旭鸿 摄

不误。每天要看好几份报刊，易中天与于丹的书也要翻一翻。"代沟"二字似乎不在他的词典里。

曾敏之的文章又老派又新潮。他的笔下是春风一杯酒，一饮而尽之后依然有壮心不已的回味。他的笔下是夜雨十年灯，照亮的是一代报人风一程雨一程的背影。

曾先生的客厅里挂着饶宗颐、黄永玉、关山月的画，沈从文、罗忼烈、洛夫的字。一幅幅说起来都有渊源，见我在沈从文的章草前驻足良久，曾先生说，那是沈从文晚年难得的手笔。几天后，曾先生让我将沈从文书法的图片冲印放大，原来北京现代文学馆想拿去展览。

当年，曾敏之在《大公报》"不党、不卖、不私、不盲"信念的熏陶下，自有执着的坚持。路见不平，化为激扬文字，是曾敏之这一代报人的率真理想。而后时局变幻，国民党的监狱与"文化大革命"中的牛棚，从未消去他笔下的豪情。在新闻与历史之间，曾敏之从未辜负手中的笔。

2006年8月3日，我在曾敏之先生家深谈。回顾往日风雨，他觉得感伤的多，但付之一笑。"平生经历这么多坎坷，这么多挫折，能够活到今天很不简单了。抗战烽火纷飞的年代当战地记者采访，坐过国民党的牢，解放后历次运动受批、受整，到香港的办报生活晨昏颠倒，非常辛苦，晚上四点钟才下班。"他淡淡地说，"我觉得时间是赚回来的。"

晚年，曾先生往返香港与广州两地。在香港，他主持香港作家联会的活动，时常邀请名作家进行文化交流。生活上一个人自理，他笑道："我是扪心无悔，没有做损人利己的事情。就是谈恋爱也是从一而终，老伴去世17年，我都没有想过再有第二春。香港是个大染缸，声色犬马都会影响人，我27年就走过来了。"

他的大女儿在广州从事外语工作，小女儿原来在香港工作，2005年到西南登雪山时突然缺氧去世。他心态依然豁达："现在我心安理得，没有任何想法了，放开一些，安度余年。但不是饱食终日，无所事事，我文章照写，思维不老化，不僵化。我还要练字、画画、听音乐、打麻将、喝酒、游山玩水。"生活中的情趣和朋友间的交游，他都写入诗词中，笔名为"望云"，其中有句："难得旷怀观万物，最宜适趣览群书。"

二、专访周恩来

曾敏之生于广西罗城县黄金镇。1934年到广州半工半读，开始发表作品。1937年抗战爆发，经香港辗转到广西，在桂林从事文艺工作。1941年到柳州任《柳州日报》采访主任兼《草原》副刊编辑。1942年，在好朋友陈凡的推荐之下，曾敏之加入《大公报》，新闻生涯进入一个新天地。

按照《大公报》的规定，记者一定要调回编辑部参加一段工作，熟悉内外编务，也是对新人考察。因此，曾敏之在柳州做了一段时间的军政新闻就调回桂林，后来专做文教记者。桂林是文化城，曾敏之跟巴金、茅盾等作家建立关系，自己的文章也在《大公报》文艺周刊发表。当日本军队从长沙到衡阳，一路攻下来，桂林处在前线，白崇禧说要死守桂林，坚壁清野。曾敏之奉派到前线采访，一去三个月。桂林守不住时，驻守的军队放火烧桂林，全城大火。

曾敏之与陈凡奉命守到最后，报道军情。等到他们要撤退时，已经没有交通工具了。两人从桂林徒步三天三夜走到柳州。等到日本军队进攻柳州时，华侨庄希泉买了一车布匹，要运到重庆做生意，曾敏之就搭上庄希泉的车到重庆。一路看到惨状：有的遗骸就在山下。他自嘲能活着到重庆，已算是万幸。

到重庆后，《大公报》安排曾敏之采访军政新闻。正当日本军队准备进攻独山，陪都重庆震动，曾经酝酿要迁都到西昌。曾敏之夜访白崇禧，在畅谈中，白崇禧估计了整个军事形势，认为日军不会夺取独山、威胁重庆，只是以佯攻争取与国民党政府谈判，不用迁都。后来果然如白所料。等到日本投降那一天，全城锣鼓喧天，大放鞭炮。《大公报》总编辑王芸生写了一篇社论，用了"惨胜"一词。

抗战惨胜之后,国共和平谈判。曾敏之回忆:"抗战胜利了,蒋介石的政府迁回南京。怎么样和平建设这个国家?国共两党就产生了矛盾,因此通过谈判,共产党派驻国统区的代表团长是周恩来,住在重庆。当时开第一次政治协参会议,商讨共同建国纲领,我参加采访,和民主人士梁漱溟、罗隆基都熟悉。那时候我就萌发一个想头:采访周恩来。"

曾敏之认识周恩来的政治秘书宋平和外事秘书章文晋,本来可以用电话向宋平和章文晋提出要求。然而,曾敏之没有用电话,而是亲自跑到曾家岩50号向宋平和章文晋表达了专访的意愿。在此之前,斯诺的《西行漫记》里只是点点滴滴地谈周恩来,还没有一个中国记者专访过周恩来。

周恩来欣然接受了曾敏之的要求,但因为白天事务繁忙,专访时间安排在晚上。1946年4月28日,在周恩来离开重庆去南京的前夕,曾敏之到重庆曾家岩50号周恩来寓所。曾敏之回忆:"周恩来穿了一套新的蓝色中山服,胡子刮得很光。他讲话,记录下来就是一篇文章。他擅长词令,分析问题逻辑性、条理性、远瞻性都具备。外交上所有接触他的人没有一个不佩服的,连基辛格都佩服他。那时候我还年轻,记忆力特别强。没有录音机,只靠记录。我不做记录,因为采访过程中记录,常常打岔,影响他讲话的情绪。不做记录也利于发问,这样在他叙述过程有一些重要问题,我想让他多讲一些,就可以发问了。做记者要有这样的功夫,而不是你讲我听就算了。谈话结束后,我回去马上凭记忆记录下来,第二天晚上也是这样。后来就写成了《十年谈判老了周恩来》。"

曾敏之对周恩来的专访共两个晚上。在《十年谈判老了周恩来》中,曾敏之写道:"正当他沉思的时候,有人来访问他了。访问他的是一个青年记者。平常友谊的接触使他们之间消失了拘谨的形式,他们于是纵谈起来。"

在访问稿中,青年记者曾敏之问道:"在此时,在此地,你对这多雾的城市一定怀有一种惆怅的感情。千万的人却很想知道你创造历史的经历,以及你最初从事共产主义革命时思想生活转变的形态。"而周恩来听了这青年记者的话,笑了一笑,他说:"那是平凡的经历,也是平凡的转变。"

周恩来向曾敏之详细地介绍了自己早年的经历。在1920年远涉重洋,到法国参加了勤工俭学队伍(出国前曾组织觉悟社,邓颖超是其中的一员)。曾敏之写道:"周恩来游泳于思想的海洋,博览群书。初期,他对《克鲁泡德金自传》所提倡的无政府主义颇以为然,并对苏菲亚表示欣赏。待他研究一番之后,又渐渐觉得无政府主义走不通,讲暗杀,杀不完,不能解决问题。他的研究遂转向《共产党宣言》,同时涉猎英文本的关于社会主义的书籍,他于是相信了社会主义。他在巴黎遇见了李立三、王若飞、赵世炎等人,遂以世界公学社为基础,与张申府、刘清扬发起组织了旅欧中国少年共产党。周恩来还笑着追述他加入共产党,是张申府、刘清扬介绍的。"

这篇访问稿请周恩来谈形势、他的经历、今后中国的动向。对十年谈判,曾敏之着了重墨:"从西安事变到现在,已经十年了,从执行中共'统一战线'策略而营救蒋委员长时跟政府商谈团结算起,周恩来已经历了十年的谈判生涯。抗战八年中,他经常来往于渝延,成为中共与国民党政府间唯一的桥梁。抗战期间因皖南事变,团结濒于破灭,那时周恩来苦恼地住在重庆。他回忆说:'最无聊也在那个时候,朋友来访,常常闲谈一个整天。'"

在访问的结尾,周恩来在一张白纸上为曾敏之题字,作为临别赠言:

人是应该有理想的,没有理想的生活会变成盲目。

到人民中去生活,才能取得经验,学习到本事,这就是生活实践的意义。

《十年谈判老了周恩来》发表后轰动一时。在周恩来离渝去南京前,曾敏之在重庆冠生园设宴为周恩来的两位秘书宋平、章文晋送别。宋平郑重地转告周恩来盛情邀请曾敏之去延安。他如果想去,可以跟周公一起乘马歇尔的飞机同行。曾敏之虽不能成行,但深表感激。

三、新闻记者要精通历史

1946年7月15日,"闻一多惨案"发生。周恩来从南京赶到重庆,在重庆青年馆主持追悼李公朴、闻一多大会。曾敏之也先期到了青年馆,但见人山人海,愤怒的群众高呼"反对内战,要求和平,惩办凶手"的口号。曾敏之随即采访,发表了《闻一多的道路》一文。

这两篇文章发表后,曾敏之就被国民党盯上了。曾敏之回忆:"这样一来,国民党的特务把我上了黑名单。周恩来他们走了以后,国民党的大动作来了。1947年5月31日,进行大逮捕,我是首当其冲。当时我在《大公报》做采访部主任,我手下有九个记者,有来自中央大学、燕京大学、复旦大学。我们形成了一个很坚强的集体,采访时非常团结,和《新华日报》形成一个对新闻界有影响的集体。当时《新华日报》的采访部主任是石西民,后来当了上海市委宣传部长,还有鲁明,后来当了驻科威特的大使。有什么活动,我们集体行动。所以国民党特务一个晚上就把我们统统逮捕了,扬言要把我们送到渣滓洞,如果送到那里就没有命了。"

曾敏之的哥哥在柳州做生意,看到《柳州日报》登了新闻,得知曾敏之在重庆被捕,便打电话给报馆的经理:"我的弟弟是不是安全?"《大公报》答复:"现在我们正在营救,你放心好了。"

关于具体营救的情况,曾敏之说:"有一些人先放了,我是后来放的,关了一个多月。梁漱溟曾经向警备总司令孙元良提出保释我,但是不同意,这是我后来看到档案才知道的。后来是通过张群疏通才把我释放了,张群当过国民党的行政院长,抗战之后,蒋介石把他这个亲信派回四川当省主席。我释放以后,胡政之找我谈话:'敏之,你不能在这里待了,都是你们这些人捣蛋,才引起国民党下手,也影响了我们《大公报》。《大公报》本来是中立的,'不党、不卖、不私、不盲'。现在要调走你,到广州去当特派员。'我说:'为什么到广州呢?'他说:'我们要筹办香港《大公报》。你和陈凡都要到广州,为筹办香港《大公报》做准备工作。'我当然愿意回广州了,重庆那地方并不好待。我是从广州出去的,差不多是重回故里。陈凡当时已经在广州建立分馆了,要我接手,他调回香港。我在广州做了一段时间工作,国民党的行政院就搬到广州了,报馆的领导怕我第二次被国民党的特务抓去,就让我到香港去主编《大公报》华南版。"

当年《大公报》有"四不":"不党、不卖、不私、不盲。"而在报纸内部有没有坚持这种理念呢?曾敏之的理解是:"这'四不'表示中立的思想。老实讲,当时《大公报》有很多地下党员,构成一个进步的集体。要完全中立也不可能,反动到完全拥护蒋介石也不可能,人家评说《大公报》对蒋介石是'小骂大帮忙'。"

曾敏之对胡政之、张季鸾这两位《大公报》主心骨的印象是:"胡政之是一个办报的天才,经营管理特别精明。我到《大公报》参加工作,写错一个字,登出来了。马上开会,胡政之来讲话:'我们的记者一个字都不能错。'我们不得不战战兢兢地把新闻写好,还要讲究炼字炼句。那时候我们读书比较勤快,不读不行,还要打好古典文学的基础,提高文字的修养,注意文采。张季鸾是评论的天才。胡政之、张季鸾和吴鼎昌是三巨头,当然吴鼎昌后来做官去了。《大公报》主要由胡政之和张季鸾主持,当年《大公报》是全国最权威的报纸,敢于评论。张季鸾的笔很厉害,是'文人论政'的顶尖人物,博古通今,学通中外。他的评论非常漂亮,我当记者时受他的影响很大。张季鸾讲过,做新闻记者一定要精通历史,不懂历史不能成为好的记者,没有历史的眼光就无从考察古今的得失。精通历史要读什么书呢?读《史记》《资治通鉴》等等,那时候我还年轻,牢牢记住他的话,我对历史稍有基础,最得力于他的启发。"

四、人心归顺靠文化

1950年春,曾敏之奉调广州,任香港《大公报》、《文汇报》、中国新闻社驻广州联合办事处主任。在1950

年代，苏联曾派一个高级代表团来中国访问。代表团到了广州，是空前的欢迎，在越秀山的大广场，大批记者出动去采访。当年公安局的一个副局长是维持秩序的，不让记者进去采访，记者就跟他争吵。《南方日报》女记者岑荔丹跟他冲撞，他把她推了，不让接近。1957年，曾敏之在一个座谈会上把岑荔丹这件事情讲出来，批评官僚主义，不懂得新闻自由，阻挠采访。很快"反右"来了，说曾敏之是资产阶级的新闻观点，内定为"右派"，撤去职务，下放到白云山劳动。

1959年，曾敏之调广东作家协会，1960年调暨南大学中文系任教。"文华大革命"爆发，曾敏之成了"牛鬼蛇神"，他觉得"士可杀，不可辱"，一气之下从二楼跳了下来。"文化大革命"时暨南大学停办，教师分到各处，曾敏之调到华南师大，告病假回家休养。他回忆："有一段很长的时间，我和秦牧、吴紫风、黄谷柳常常在烈士陵园碰头。烈士陵园很静的，我们一起研究局势。当时小道消息很多，今天这样，明天那样，我们最关心的是周总理的病情，大家忧心忡忡。也不能老在烈士陵园，就常到黄谷柳、秦牧家去，那时我老伴下放，就不到我家里来，到他们家弄一些菜，大家吃饭，有时上茶楼。一直等到'四人帮'垮台，哎呀，满天乌云都散了。"

1978年，曾敏之奉调香港，先后任《文汇报》副总编辑、代总编辑，兼任《文艺》周刊主编。曾敏之说："我等待平反和安排工作，本来不想干了，准备退休的。但后来领导派人来，要我重新工作，再回到香港去，到《文汇报》当领导。我对香港是三出四进：我第一次经香港去汕头找一个亲戚，找读书的机会；第二次是邹韬奋在香港办《生活日报》，我想去当校对，但邹先生说《生活日报》在香港办不下去，要搬回上海；第三次是做联合办事处主任，常去香港汇报工作。最后这一次，一去27年了。"

1988年，香港作家联会成立，推选曾敏之为首届会长。事务虽多，但应对自如。曾敏之说："我到香港以后，深深地感觉到香港的作家是涣散，没有团结的。从1950年代开始，人心不是向往北京，是向往英国的。英国统治香港多年，变成一个国际化的大都市。文化教育界多倾向自由主义。我提议创立一个组织，成立香港作家协会。但是有人认为：不行呀，香港还没有回归，别人会以为香港作家协会是中国作家协会的分会，影响不好。就搁下来，很快就被倪匡他们抢了去，他们知道我们要搞，就马上成立香港作家协会。名称被他们抢去了，怎么办呢？就搞一个作家联谊会吧。最初创办人是31人，其中包括金庸，金庸是我的老朋友，后来很快就发展了很多人。我们的章程是要消除对立，把青年的作家组织起来。后来觉得联谊会的名称不好听，香港的很多联谊会都是吃吃喝喝的，就再申报，改为香港作家联会。香港作家联会团结了很多人，而且影响深远。"

在香港从事文化工作，曾敏之有自己的理解："香港一回归，当时想推行'两文三语'——中文、英文，普通话、英语、广东话。但张五常说：不行，香港是国际都市，一定要英语化。所有的高官都是留学英美，哪里懂得传统文化？结果，重英轻中，不管学校、社会，都形成一种风气。我们想一想，人生思想变化是要靠文化教育的。香港不重视文化，现在讲文化建设，西九龙计划，谈了长时间都是纸上谈兵。这样一来，殖民地的思想没有改变。香港不能清除殖民地的思想，老想到当年英国统治下怎样自由，怎样富裕，再加上我们几十年来不断的政治运动，影响到在外面的名声。'文革'十年，香港人看到亲友多少人受到批斗，挨受迫害，看到运动就害怕极了，到今天还没有很好的人心归顺。人心不归顺，就谈不到热爱祖国。人心归顺就靠文化。得人心者得天下，从古到今都是这样的。"

多年交往，我深感这位报界前辈的古道热肠。我们曾在香港北角碰杯，在湾仔吃冰淇淋，在广州喝早茶。曾先生告诉我，当记者一定要和采访对象交朋友，建立长久的关系。尽量读点历史，学点诗词，懂点字画，这样和文化人就更有可聊的话题。这些报界秘笈，是他数十年风雨中悟出的经验之谈。

我常想，像曾敏之这一代报人，只要记下平生亲历之事，已是精彩的文本。事实上，曾敏之想得更远，写得更深，他自觉地担起历史尽职的记录者，风云变幻尽收笔下。

曾敏之：1917—2015年，生于广西罗城，祖籍广东梅县。曾任《大公报》记者、暨南大学中文系教授、香港《文汇报》代总编辑、香港作家联会创会会长。2003年获香港特别行政区政府荣誉勋章。著有《拾荒集》《文林漫笔》《望云楼随笔》《望云楼诗词》等。

本文参考书目：

《人·文纪事》，曾敏之著，明窗出版社2002年3月版。

《文林漫笔》，曾敏之著，明窗出版社2006年9月版。

《曾敏之评传》，陆士清著，复旦大学出版社2011年4月版。

罗忼烈：潜心词曲

一、"两小山斋"

罗孚和曾敏之是香港文化高人，在闲谈中不约而同地赞赏罗忼烈先生的学问。得二公引荐，我有幸拜访罗忼烈先生。罗先生的家依山而建，名为"两小山斋"。书房和客厅相连，书柜里摆满线装古籍，古董错落有致地安放在

林津鹭　摄

房中各处。2006年7月23日下午，我初次到"两小山斋"拜访，便请教斋名的出处，罗先生说："我喜欢晏几道的词，晏几道是晏小山，元曲则喜欢张可久的，张可久是张小山，所以叫'两小山'。那只是早年的偏好，后来也就没有改名了。"

罗先生温文尔雅又不善客套，对学界人事的品评，往往一针见血。倾谈片刻，便会感受到这是一位纯然的学者，专注于自己研究的领域。他的学养自然流露，满腹经纶听来如同家常话。在香港，喧闹的商业文化没有影响他安心学术研究。而他又坦言，和那些历尽苦难的同辈学人相比，香港安定的生活和自由的风气功莫大焉。

"两小山斋"的另一位主人是罗太。当我们来到山坡时，罗太怕我们找不到路，已在石阶上等候。为了招待我们，罗太专门订了糕点。偌大的房子，只住罗先生夫妇。他们生有一男一女，女儿在牛津大学法律系毕业后，留在英国工作；儿子留美攻读经济学，毕业后在美国教书。罗太是罗先生在培正中学时的学生。罗太笑道："我未进培正中学已认识他了，是他叫我进培正中学读书的。"当罗太忙着张罗茶点不在场时，罗先生说："我太太比我小十七岁，什么都帮我做好了，我可以专心研究，结果什么都不懂，连吃饭签单都不会。我叫她请一个用人，她又说不用。"

罗先生每谈到一本著作，会请罗太在书柜找出来。而谈到昔日师友，罗太又主动找出一些照片请我们欣赏。其中有1990年他们夫妇到台北探望钱穆夫妇时的合影，这是钱穆最后的留影。那一次，钱穆已从"素书楼"搬到市中心的洋房，罗先生夫妇在钱家盘桓了两天，钱夫人说："搬家以后，从来没有见过他这样高兴的。"想不到一个月后，钱穆就去世了。罗忼烈送去挽联："四纪辱交亲，硕学当前真小友；一肩承道统，先生去后更何人！"

谈到兴起，罗太取出一本珍藏多年的册页，册中有十位海外内名家专为她题写的字画。有幸得见此册，真是福分，印象中有蒋彝、刘海粟、饶宗颐、冯康侯、柳存仁、周策纵、张充和等人，好几位已谢世。罗先生对张充和颇为欣赏："董桥说她的字好，我看她的诗词也好。"一年以后，我专程到美国耶鲁访问张充和。

在满室书卷气中，罗先生淡淡地说："将来，我的书可以送给香港中央图书馆，古董书画可以送给香港大学博物馆。"

二、"年少浪迹"

罗忼烈1918年生于广西合浦。他自称家里是收租的地主，有钱请先生在家里教孩子。他到初小三年级才入小学，接受传统文化的教育："学校里绝对没有'的地'那些，只有'之乎者也'。那时胡适提倡'文学改良'，但是没有影响到那里，中学还完全是文言。我记得到高三课文才有胡适的《文学改良刍议》，但是胡适那篇文章根本就是文言文。我们从小受的教育都是古典的，中学课本很多是诗词歌赋，所以我喜欢古典文学。那时候已经懂得格律、平仄，不过材料不够。1936年，我在乡下考广州中山大学中文系。"

当年中山大学在广州石牌，罗忼烈说："校长是国民党的元老邹鲁，接下来的校长是许崇清。我来香港时，许崇清的岳父廖恩焘喜欢填词，我时时跟他填词。廖恩焘是廖仲恺的胞兄。"

罗忼烈在中山大学师从词学家詹安泰。"詹安泰先生作诗填词，虽然是先生学生，其实当我是很好的朋友。那时候教书没有说这句词为什么，一读过，说：'这句好！'就算了。所以，你没有根底，没有悟性，是没有用的。"罗忼烈说："我和詹安泰先生私交不是很多。反而在解放后，有时我知道他没有茶饮，我在香港寄茶、油、糖给他。因为我在香港教书薪水高一点。"

罗忼烈早年在师友间就有"词人"雅号，其《两小山斋乐府》卷一"年少浪迹之什"中有一首《清平乐》：

> 理学院数天系主任黄际遇先生，居坪石镇，去清洞数十里。每篮舆来授骈体文，越宿始能去。嗜象弈，饭后必招余对局，至三鼓方罢。然负多胜少。尝

诘余曰:"吾遍观棋谱,胸中奇阵无算,你能不入彀,必有秘笈,可借看否?"答云无之,笑曰:"虽稍胜,终是野狐禅。"因戏赋此解。

凭河立马,严阵戎车下。一卒前锋为炮架,对垒何妨施诈。

中军布局堂堂,难防五角六张。空有甲兵十万,偏师我已擒王。

黄际遇是广东澄海人,兼长文理,博学多才,能与学生辈罗忼烈如此交游,足见罗忼烈早年的才学。

在中山大学中文系读书,罗忼烈印象中根本没有新文学,只有田汉、洪深搞戏剧。陈洵(1871—1942,字述叔,广东新会人,晚年任中山大学教授,工词。)是教词的,罗忼烈回忆:"陈述叔有一次上课,教柳永词:'杨柳岸,晓风残月。'有一个同学问他:'陈老师,这两句有什么好?'他没办法回答,过了一会儿,说:'杨柳岸,晓风残月。'还不好?旧时我的先生是这样的。"

罗忼烈对新文学一直没有兴趣:"我现在写的论文有时用白话文,有时用文言文。我们那时候新文学是萌芽期,但是我现在对古典文学觉得很悲观。那些人通通怕难,写白话诗,到现在我还不知道白话诗是什么?哪一首白话诗好,哪一首不好,我看不出。白话诗不用学问,只要写得通,有人捧就行了。"

1937年抗战爆发，罗忼烈跟着学校一路跑到粤北。1940年毕业后，罗忼烈一直从事中文教育工作。抗战胜利后，国民党发行的货币贬值。罗忼烈说："后来我到广州培正中学教书，培正中学的工资是发港币的。1948年底我到香港，但是有时就回广州，我的五弟在广州。解放初，香港和广州之间的来往是没有检查的。我的五弟是中山大学英文系毕业的，参加朝鲜战争，他不到前线，是翻译。所以，'文化大革命'的时候，他有特权，家里不准红卫兵去抄家，很多人还去他家里避难。"

1948年底，广州局势混乱，罗忼烈赴香港定居，他说："那个时候广州很乱。大学的教授在抗战前收入很高，抗战后收入很差。一般人都把国民党看得很差，我也是。当时大家都觉得中国没有希望了，一定要变。"罗忼烈在香港培正中学任教，开始了安定的教书研究生活。

三、钱穆的忘年交

内战烽烟弥漫大江南北，钱穆和唐君毅避地广州，罗忼烈和他们相识。罗忼烈常陪钱穆喝茶下棋，又有一些共同嗜好：游山玩水，逛古籍书店，到古董店看书画瓷器。不久钱穆又避地香港。罗忼烈说："在广州，钱先生和我一起饮茶、作诗、下象棋。后来到香港，我们时时在一起玩。那时候新亚书院在桂林街，很小，租了一层楼，他和唐君毅先生一起办学。"

钱穆和唐君毅、张丕介在香港创办新亚书院，在培正中学任教的罗忼烈常到书院探访。"那时候新亚书院没有多少学生。钱先生的薪水只有150元港币。钱穆、唐君毅、张丕介三个人一句广东话都不懂。当时钱先生希望我能抽空到新亚书院帮忙，但是培正中学的聘约规定不能兼职，只好作罢。"罗忼烈回忆，"培正中学的薪金算高了。后来我转到政府办的罗富国师范学院教书，薪水又高点。过了几年，罗香林先生在香港大学当中文系主任，叫我过去，我就在1966年转到香港大学。当时香港大学的功课都是'五经'、朱子，我和饶宗颐教授每人教十来个科目。旧时香港大学中文系的学生程度非常好，因为那时香港中文大学虽然成立了，但是没有历史。"

罗香林是陈寅恪的学生。罗忼烈说："我在中山大学读书时，罗香林先生是历史系的教授，但我是中文系的，没有选他的课。罗先生的古文写得好！他为人忠厚老实。钱穆先生、唐君毅先生初到香港时，罗香林先生曾经请他们到香港大学中文系兼课。为什么呢？让他们生活好一点，因为港大的薪水高一点。"

1963年，香港中文大学成立，新亚、崇基、联合三家书院并入。钱穆在中文大学并不愉快。1968年钱穆定居台北，与罗忼烈音信不断。罗忼烈说："那时候因为钱穆先生的名气，新亚书院并入中文大学之后，还是有很多人去读新亚书院。但是钱先生在中文大学受到他们的排挤。1967年'文化大革命'波及香港,钱穆先生吓怕了,第二年就搬家到台湾。他太太对我讲:'汇丰银行的股票可以在台湾买间屋的。'没想到蒋介石送了'素书楼'给钱先生,后来害死了他。那些政客说钱先生的'素书楼'是公家产业,勒令搬迁。钱先生搬走后,身体就变差了,不知为什么,不能说话了。这件事就是陈水扁干的,后来陈水扁向钱太太道歉,钱太太说:'人都死了,道歉有什么用?'"

1990年,罗忼烈夫妇到台北探望钱穆。罗忼烈说:"那一次他很开心,笑了。没想到一个月后,钱先生就去世了。"

四、黄霑和林燕妮的老师

罗忼烈在培正中学任教后,转到罗富国师范学院中文系,教授"中学中文教学法",根据讲义编成五十多万字的《中学中文教学法》,此书后来成为香港大学教育系和中文大学教育学院主修中文的必读课本。1966年,罗忼烈到香港大学中文系任教,直至1983年退休。其后应香港中文大学教育学院和澳门东亚大学中文系邀请,担任客座教授。2004年获香港大学院士衔。

我请教罗先生教学有什么方法?罗忼烈说:"中国古

代有'小学'，文字学、声韵学、训诂学，我比较专于训诂学。如果讲《左传》，就用训诂学。如果是唐诗、宋词、元曲，就是学生自己去读。我多数会教杜甫诗、清真词。因为杜甫和清真（周邦彦）对写作的修辞是非常讲究的。我想让学生写文章时多讲究修辞。一句话用八个字就可以表达，但是别人要用十几个字才能表达，浪费！现在写白话文，也要讲究。我的文章写得很简洁。"

教学生涯中，罗忼烈培养了许多著名的学生，其中有黄霑和林燕妮。罗忼烈说："我的学生现在要么就当教育官，要么当公立中学校长，要么当大学教授，像吴家玮（曾任香港科技大学校长）、吴清辉（曾任香港浸会大学校长）。吴清辉读书时我的印象不是很深，吴家玮很出色，中英数都好。他们两人是我在培正中学的学生。培正中学不简单，丘成桐、崔琦都是培正中学毕业的。在香港大学，我的学生单周尧后来是中文系主任。在社会上名气比较大的就是黄霑和林燕妮。黄霑跟我读硕士，林燕妮的博士学位就读不到。"

黄霑与金庸、倪匡、蔡澜并称"香江四大才子"。罗忼烈说："黄霑作诗填词不错，古典文学的基础好。即使他写电影主题歌，也是比较好。有些词在唐代是流行曲，像《阳关三叠》。宋词在宋代也是流行曲。黄霑的流行曲以后会成为经典。"黄霑跟罗忼烈读硕士之后，又跟罗忼烈的学生刘靖之读博士。罗忼烈笑道："黄霑请我吃饭，吃果子狸、鱼翅。我不吃果子狸的。"

罗忼烈认为林燕妮并不懂诗词:"我指定些书让她读读,她读点《西厢记》。这是因为黄霑的关系。他们两人最初开一间公司叫'黄与林'。有一次说,他们两人要结婚,请查良镛作证婚人。我还写了词去祝贺。后来没结成。"我听到江湖传说的版本是,黄霑多次向林燕妮求婚不成,便使出一招:在报纸上登出两人结婚的喜讯,证婚人是查良镛。林燕妮也在报纸上声明:黄某所公开的消息只是其一厢情愿,与林某毫不相干。

五、师友唱和

罗忼烈善于作诗填词,著有《两小山斋乐府》,饶宗颐认为:"朱权评张小山为词中仙才,君庶几近之。"

读《两小山斋乐府》,我尤其注意他和师友之间的唱和。罗忼烈、罗孚、曾敏之三位都是广西老乡,晚年都在香港。《两小山斋乐府》卷三"老去填词之什",有赠答罗孚、曾敏之二公,兹录如下:

鹧鸪天——赠罗孚

罗孚以无妄之灾,十年不得回香港,去岁始放还。昔写专栏号岛居杂文,今号岛居新文,多笔伐之篇。

十载京华一笑归，酒痕依旧满尘衣。宅边老树还相识，岛上新文愈出奇。

挥秃笔，议当时，问君何日始忘机。平生谬作临淄客，爱管江湖闲是非。

鹧鸪天——答曾敏之

己巳六月，敏之畏祸走加拿大温哥华，久无消息。庚午早春，忽得来书及赏花诗，因以词奉答。

地拆天倾血肉飞，曾张笔阵一戎衣。羞同社鼠安巢穴，更逐青蝇营是非。

甘缩手，且居夷。故园今日赏春时。天涯剩得看花眼，怅望东风第一枝。

罗孚、曾敏之都是香港文坛的传奇人物，经历了暴风骤雨，而晚年得以太平寿终。罗忼烈这两首词，可记其心史。

我认识罗忼烈先生后，每次赴港，都受到罗先生夫妇的款待。2007年，柳存仁担任香港中文大学新亚书院第二十届钱宾四先生学术文化讲座的讲者，罗先生引荐我去访问柳先生。《两小山斋乐府》卷三"老去填词之什"有一首作品：

西江月——寿柳存仁大兄

丁丑冬，存仁大兄八秩大庆。其门人将广征涉及道教之论文，结集以为师寿，盖以柳兄为当今道学泰斗故也。窃谓此非国故，因与选翁议，彼作画而余题词，翁遂作长松千丈图，余题词画上。和风堂者，柳兄之论文集名也。柳兄博学，不惟道教，亦精说部。

穷究千家稗史，精研八字天书。艺文魔障未能除，好个和风堂主。

堂上和风清润，案头云笈纷敷。苍松千丈是灵株，来为真人祝嘏。

学术研究之外，罗忼烈喜欢欣赏书画。他说："清末民初的书画我都留心鉴赏，收藏一些。我也收藏明代文徵明的《赤壁赋》真迹。"而对岭南的画家，罗忼烈说："从广州来的李研山，山水画得很好。邓尔雅比我高一辈，他的女婿黄般若和饶宗颐关系不错。"

罗忼烈和刘海粟交往颇深，他说："'文革'晚期，蒋彝从美国到香港，说要到上海去看刘海粟，刘海粟当时正在受苦。我是通过蒋彝认识刘海粟的。刘海粟送给我的画有好几幅，两幅梅花，一幅荷花，一幅石榴。他草书写得非常好。"

蒋彝是艺术界的奇人。《两小山斋乐府》卷二"中年诗思之什"中记蒋彝的故国之行：

鹧鸪天

乙卯三月初四日，送哑行者蒋彝仲雅回国观光。

苦忆神州四十春，不堪老作异乡人。当年鬼市今安土，万古荒丘已绿茵。

开倦眼，趁芳辰，百花织锦柳垂纶。遥知入画题诗处，喜见春风别样新。

回忆学术上的朋友，罗忼烈说："以前中山大学的教授王起学问好，他不只是研究曲，很多方面的研究都好。他有时来香港，他的兄弟在香港做生意。他的学生也可以算是我的学生。王起去世之后，我和中山大学那边就没有联系了。王起的学生黄天骥现在也老了。"

饶宗颐是罗忼烈在香港大学中文系的同事。饶公没有读过大学，罗忼烈说："不用读大学的！但是，香港大学是讲这些的。饶先生学术之外，也作诗填词。现在的学者，会作诗填词的人不多。饶先生的成就有很多方面，特别是书画。他提倡'学艺双修'。他送过一张横幅长卷《溪山清远图》给我，是1989年6月4日那天画的，他画到天亮，画了四十多尺。前几年，差不多每个星期都和他去饮茶。这两年大家身体都不太好，见面就少一点。除了饶先生之外，没有人可以唱和了。现在的人哪里会作诗呢？"

我问："会不会觉得寂寞？"罗忼烈说："寂寞倒不

会，但是有点可惜。像王起还有些学生，但是现在香港八间大学白话文写得通的人都少。"

罗忼烈对诗、词、曲和文字学、训诂学、古音学深有研究。其得意之作是《周邦彦清真集笺》，比王国维《清真先生遗事》多了许多新材料。

在香港研究古典文学，罗忼烈认为更容易："因为工具书多。一些工具书在内地反而买不到，对我帮助最大的是'文革'结束之后的几年，有一批古籍像《永乐大典》出版，很有好处。香港没有经历'文革'的浩劫，古籍保存会好一点，特别是图书馆。'四人帮'倒台之后，很多古典文学的翻印，就是利用《永乐大典》。周邦彦诗词文章都好，王国维写《清真先生遗事》找到周邦彦的诗只有12首，我找到42首。资料来自《永乐大典》，王国维没有机会看。"

罗忼烈说："如果有古典文学的功底，写白话文都会简洁一点。但是现在很多人都没有能力读通古文。像俞平伯的诗词写得好，白话文也写得好。鲁迅就不用讲了，真是佩服，现在研究中国小说史，没有人像他写得这么好，他的《中国小说史略》功力非凡。鲁迅、郁达夫的旧体诗也写得好。我这里有鲁迅的全集，也有郁达夫的全集。巴金就不行。好多年前我在罗富国师范学院教书时，写过一本《中学中文教学法》，就拿巴金的一篇文章来举例，我说：这篇文章多写了很多字。"

我接话:"即使在香港,金庸、梁羽生的古文功底都不错。"罗忼烈即刻说:"金庸不行,梁羽生行。梁羽生对诗词、对联的研究深一点。梁羽生回香港时还和我见过面。"《两小山斋乐府》卷三"老去填词之什"有一首作品表达了罗忼烈对梁羽生的感情:

鹧鸪天——戏赠陈文统

文统笔名梁羽生,以武侠小说名世,著作甚丰,近年移民澳大利亚,遂不复作。

剑气腾空犯斗牛,冰川雪海任遨游。赏音在处皆青眼,橐笔逃名已白头。

红线怯,隐娘愁,武林新传有春秋。如何敛却雕虫手,远向南瞻走部洲。

我问:"您怎么看古典文学在我们这个时代的价值?"罗忼烈说:"很悲观,就快灭亡了。现在的人对这些古书都看不懂,教育改革越改越差。现在大家都重视科技。我想不用多长时间,古典诗词就会灭亡。因为没有人作,作了之后没有人看得懂。写白话诗、白话文多容易啊!这也难怪,但是我想不到古典文学和白话文的消长这么快。"

罗忼烈：1918—2009年，广西合浦人。1940年毕业于中山大学文学院中文系，曾任教培正中学、罗富国师范学院、香港大学、香港中文大学，对诗、词、曲和文字学、训诂学、古音学深有研究。著有《周邦彦清真集笺》《话柳永》《北小令文字谱》《元曲三百首笺》《词曲论稿》《诗词曲论文集》《两小山斋论文集》《两小山斋乐府》等。

本文参考书目：

《两小山斋乐府》，罗忼烈著，现代教育研究社2002年初版。

《文史闲谈》，罗忼烈著，现代教育研究社2001年初版。

柳存仁：寻史探源

一、"老不糊涂"

柳存仁身后，悼念文章颇不寂寞。

我访问柳先生时，他已九十高龄，依然在世界各地飞来飞去。2007年，柳存仁担任香港中文大学新亚书院第二十届钱宾四先生学术文化讲座的讲者，三个讲题分

李怀宇 摄

别为:《论语》与《春秋》、中国传统小说的演变、丘处机传。4月7日,我在中文大学会友楼单独聆听柳先生讲了整整一天,有时我问一个学术上的小问题,柳先生可以讲一个小时。一天下来,我有些精神不济,但见柳存仁神采奕奕,笑称自己是"老不糊涂"。几天后,我去采访痖弦先生,痖弦说起他在威斯康辛大学的老师周策纵:"他是很渊博的学者,教我治学的方法。我问一个字,他能讲一个小时。你在走廊上问他一句,他就站在走廊上讲一个小时,你又不好意思走,因为是你问的嘛。"我会心一笑,如果不是先见了柳存仁,还以为痖弦是在说笑话呢。

当天陪同在座的李焯然是柳存仁的学生,撰有《学通古今、博极中外——柳存仁教授的学术世界》一文:"在澳大利亚时,同侪称他为'会走路的百科全书'(Walking Encyclopedia)。"从1962年起,柳存仁就在澳大利亚生活。他谈起澳大利亚的历史:"澳洲跟英国有关系。澳洲的土人就等于被征服的人,今天土人心里有反感。澳洲今天也帮助土人提高地位,或者帮助他们的教育。但是土人数量很少,澳洲现在各个民族都有,而且大概表面上很平等,对中国人也没有欺负。"同在澳大利亚的朋友有梁羽生,他说:"梁羽生学问好,诗词好。"

见柳存仁前,几位老先生和我探讨过他的学问和经历,尤其关注他抗战期间在上海的历史。有一次,我和吴中杰教授聊天时,只提起柳存仁之名,吴教授脱口而出:

"柳雨生！"采访柳存仁时，我少不更事，主动提起抗战旧事，可惜柳先生不着一语。谈到老师周作人的文章，他说："我后来写的文章都是考证性的文章，跟周作人先生不能比。周先生的文章受到外国散文的影响，我比较中国，因为我外文的东西读得少，日本的东西读得少。"又谈到比他年轻三岁的张爱玲："张爱玲我认识，但不是很熟，有些别的朋友可能跟她很熟。她那时候很年轻，也不出风头。后来出名是从台湾流行起来的。"近年陆续看到有人谈从"柳雨生"到"柳存仁"的文章，我实在不敢置一语。因为我手头没有第一手的史料，只能对当天访谈内容有闻必录。知人论世，殊为不易，每当念及此事，我只能引王国维诗句"人生过处唯存悔，知识增时只益疑"自省。

二、北大感旧录

我得以采访柳存仁先生，全因罗忼烈先生引见。当罗先生将柳先生所住酒店的电话给我后，我随即打过去，柳先生先用粤语跟我聊了许久，我不知为何突然用了一句国语，柳先生马上用京片子跟我聊起来。我才发现，柳先生的京片子比粤语流利多了。

柳存仁的祖上在康熙年间从山东临清举家移居广州，柳父为1898年广东秀才，1914年北京海关学校毕业后即在税务处任职，定居北京。柳存仁的童年记忆里只有老北京，直到十多岁才到过广州。他说："我后来到广州，接待我的是商承祚、王季思。"

1935年，柳存仁从上海考入北京大学国文系，受教钱穆、罗常培、郑天挺、孙楷第等先生，同年在苏州出版《中国文学史发凡》。柳存仁回忆大学生活："北大的课程的富于中庸性，其原因就在于她确是领导你进了比较合乎理想的、不偏不倚的真正的学问的大门。"

红楼才是柳存仁心目中的北大。柳存仁说："国文系的系主任是胡适。老师很多，你愿意选谁的课就选，但是也有一些课是必修的。国文系必修的课是文字学、声韵学，此外的功课都是你自己去选，很松弛，并不像现在的大学很紧。很多事情跟后来不一样，比如说，北大的考试是用毛笔的，作文不是用古文，是用白话文。有些人专门搞文字学、声韵学，因为北大那时候以这个著名的，比如周祖谟就是那时候的学生。另外有些学生是偏于文学的，对文字学、声韵学很隔膜，勉强读了一两年就读别的东西了。"

当年北大标榜"兼容并包"，老师讲课的风采如何呢？柳存仁说："当时什么老师讲课我都去听。有的时候两个老师讲的东西是不同的，甚至于是冲突的，而且互相知道的，于是老师常常在课程上驳那个人。比如说朱光潜和废名，对一首词，一个说上半好，一个说下半好。不是太严重的冲突。废名真名叫冯文炳，他教我们作文，他的文章极难读的,所以成为一个奇怪的事情,学生也有兴趣去听,起码听一次看看怎么样。有一次,著名的小说家老舍来演讲。胡适之先生常常到国外去,代理系主任常常是罗常培,他是很好的语言学家,跟老舍是好朋友,这两人都是旗人的后代,在一起讲话就很逗。"

《胡适遗稿及秘藏书信》中收有柳存仁致胡适的信。柳存仁一年级就听胡适的课:"他的国语不大好,安徽口音,但是比钱穆好多了。北大的女生不多,他对女孩子很客气,对其他的人也没有不客气的。胡适上课有时候会议论时局,丁文江在1930年代曾经写文章主张独裁,因为国家乱了,有人以为应该共产,也有人以为应该独裁,当时世界上有几个独裁国家,都是希望自己的国家一下子变了样子。胡适之大不以为然,他们是好朋友,但是胡先生绝对反对独裁,就写文章很诚恳地表示反对。后来丁文江也不谈这种问题了。"

柳存仁说,钱穆讲"中国通史",是在老北大的一个戏台上。"钱先生拿着他的笔记,他绝不看的,不过拿在手里,我们学生之中大部分是北方人,很难听得懂他的话,钱先生讲到紧要之处,常常用无锡话问:'是不是呢?'不过我很爱听他的课。"钱穆对着戏台下的学生讲:中国不像人家说的那样落伍、腐败,自古也有很多像样的人。这门"中国通史"的内容后来整理成《国史大纲》。

我问起周作人讲课如何？柳存仁答："有些老师很著名，可是讲课的本领并不很高。周作人的学生很少，顶多二十多人，因为他讲话声音比较淡。周作人也写了很多打油诗，还要依托在佛教的名词上，把他的心情说出来就完了。周先生用了佛教的话：不打诳语，就是不骗人，但是不骗人其实是不简单的。同时，周先生嘴里讲的东西跟他书上表述的东西很接近，不像鲁迅那样激烈。鲁迅后来跟他弟弟有些冲突，我的印象是鲁迅对他的弟弟还是很好的。"

柳存仁也去听了一些比较"冷门"的课。比如余嘉锡的课，学生只有五个人，柳存仁是其一。"余嘉锡先生讲目录学，他参加过修《清史稿》。他讲湖南话，一开学就可以拿到他的讲义，一本订好的，不用钱。他讲的内容如果用心看书也可以明白，都差不多的，不过有时讲课会举点例子。余先生也研究别的东西，写过讲《水浒传》这一类的文章，当然全是文言文的。有一天，熊佛西来北大讲戏剧，我们一班学生中，居然有一半的人去听，所以听余先生的课的人就很少，我当时觉得很可惜。就剧本来讲，我们看曹禺的剧本，当然比熊佛西好多了，虽然曹禺的剧本也有从美国的剧本中得到影响，但是熊佛西那样的剧本，没有戏剧性的，不能引人爱看，好像是说教。"

北大上课是不点名的，也有外校的学生来听课，像看戏一样，很热闹。柳存仁说："我到别的班上去，也是旁听生,也没有人问的。但是别的大学的学生来听,就很高兴,因为别的大学听不到胡适之的议论,又听不到某某人精彩的演讲,他们来得比我们北大的学生还早,所以有时候很好的位置坐的也许是别的大学的学生。也有日本学生,有时候我们怀疑可能是日本使馆来的人,但是那个时候是不会拒绝他们的。实际上来的多数人是研究戏曲小说的,不一定跟时局有关系,不过很容易引起猜想。"

我问:"当时中国的时局已经发生变化,北大的师生在课程上讨论时局吗?"柳存仁说:"也有些老师讲时局,讲当时国家的情形。我们同学中有一部分可以说是'流亡学生',从东北下来,就讲家乡的事。虽然是北京大学,但是南方来的人不太多。那时候北大学生没有穿得富贵堂皇的,几乎没有人穿西装,如果有,大家不会觉得他不对,不过觉得他是另外一个世界的人。可是清华或燕京的话,穿西服的学生就不稀奇。北大的女学生也几乎没有烫头发的,也不会擦粉、擦口红。"

三、忧虑的时代

1937年抗战爆发,北大一路南迁,并入西南联大。柳存仁则到上海光华大学借读,认识那时候在上海教书的吕思勉。1939年毕业,他笑道:"拿了北大的毕业证书,冒充北大。"

抗战时期的上海是何其复杂的世界。柳存仁回忆："我有我的家庭，也有父母，他们都在上海。当时是比较忧虑的时代。"乱世之事，到如今也说不尽道不清。在那一段时期，"柳雨生"可能算得上是海上文坛闻人，成为后来学者索隐的重要素材。那一段经历，也许是柳存仁的一个"心结"。风云过后，柳存仁南下香港，从此江湖再无"柳雨生"。

在香港，柳存仁先后任教皇仁书院和罗富国师范学院。1957年，柳存仁以"Buddhist and Taoist Influences on Chinese Novels"（《佛道教影响中国小说考》）的论文获英国伦敦大学哲学博士学位。柳存仁说："伦敦大学有个制度，如果要得到这个学校的博士，第一种是到学校里做研究生，第二种是可以在校外做研究。当时海外有几个地方可以考试的，像香港、新加坡。我在香港，伦敦大学指定你用什么书，就可以报名考这个学位。因为香港政府不承认北京大学的文凭，1954年我在香港工作也可以考伦敦大学。何以读伦敦大学呢？因为别的大学费用很贵的。到了1957年，我就做了我的论文，这个考试一定要到英国去考，还有口试，然后得到哲学博士学位。我的博士论文是研究中国小说，主要是《封神演义》的作者的考证，因为书中涉及到佛教和道教，所以后来论文出版时，就叫《佛道教影响中国小说考》。"

1962年，柳存仁赴澳大利亚国立大学中文系任教，继瑞典汉学家毕汉思和马悦然之后，出任澳大利亚国立大学第三任中文教授，也是第一位华人学者担任中文系"学术带头人"。因为他的学术成就，获世界各地多个荣誉博士学位。

1966年至1982年，柳存仁担任澳大利亚国立大学中文讲座教授、中文系主任。柳存仁说："我主要教语文，我不教白话，因为有些同事更适合教现代的东西，我教的是古典的东西多一点。有时候讲一下我那几个月特别感兴趣的题目。比如我这次在香港中文大学做三个讲演，一是《论语》与《春秋》，当然有很多种讲法，我自小念这些旧书，但是我的准备是很详细地分析孔子的环境，所以我讲出来，听众会觉得很明白，又很特殊。春秋很长，孔子只是很小的一段，里面有许多事情，比如说'天下乃天下之天下，非一人之天下也。'这句话非常有意思，可是孔子没有想出怎么样选举。"

李焯然的文章介绍，柳存仁潜心道教的研究，在1960年代花了两年的时间把1120册的《道藏》看完，并写了50册的笔记。柳存仁则自述："我曾经有若干年对道教有兴趣，猜想洋人对道教感兴趣，大概同我也有关系。因为外国朋友研究道教的人不多，古代这些书不容易读懂，比如《老子》《庄子》哪里是宗教呢？不能说《老子》是宗教吧？但是到汉朝时就有太上老君，这是从民间起来，不是做学问的人造出来的。民间的东西只能作为社会学、人类学的材料来研究了。道教又托了很多佛教的东西，道教的很多经跟佛教在一起，改两个字就是了。我研究明史，明朝历史上有些皇帝极糊涂，几十年不上朝。还有其他皇帝糊涂得不得了，自己封自己为大将军。明朝里道教的人做了大官的很多，能够帮助祈祷。我从读明史开始，找出其他的旁证，又要看唐朝的历史。唐朝自称姓李是老子的子孙。唐朝、宋朝、明朝，道教都是很昌盛的。今天还有养生的东西。所以，鲁迅讲：中国的事情，道教可以作为一个引子。有很多道教界的朋友以为这是鲁迅赞美道教的话，可是你读读《鲁迅全集》，鲁迅什么时候提倡道教呢？周氏兄弟都不提倡道教。我对道教的研究，就是道教里每一本书我写一篇文章，但都是文言文的。"

我问："写学术著作有什么心得？"柳存仁说："我的书都是很旧式的，因为我都是以一篇东西为主，当然题目要像样，如果题目太大，就真的不能包括那么多东西。文字不可太难，如果太浅，看看又不大像有用的东西，也不容易。自己写文章一定要有风度，喜欢的句子，要讲明是抄的。"

四、汉学何以"发光"？

柳存仁在文艺创作、小说和道教研究、版本学、翻译方面的成就受到学术界的认同。汤一介认为："现在有些人动不动就想创造出能够解决一切宇宙人生问题的理论体系，或者写一些时髦的东拼西凑故作高深的文章，哗众取宠。这是很不好的学风，应该受到批评。而柳先生写的论文则是通过解决具体学术问题来树立一种良好的学风。"

法国学者戴密微则认为：柳存仁是当代最杰出的汉学家之一。我问："所谓'汉学'是一个什么概念？"柳存仁说："在洋人看来，就是东方的学问，但是东方又可以包括日本、韩国、朝鲜、越南，这些有文化的国家都有些特殊的东西。'汉学'是十九世纪引来的，外国人研究中国。研究中国有两个意思，一个是好的，像利玛窦到中国，并没有意思要征服中国，只是想把宗教解释给中国人看，希望多一些教徒。洋人在中国办学校、办医院，乃至于用武力作后盾，那是后来的事情，利玛窦的时候是毫无武力的。后来英国的东西是随着鸦片战争来的，就有做主人的意思，倒不是像日本人那样真正要做主人，是文化性地影响，但是背后有武力。这种情形之下，无声地影响我们中国一百几十年，如果要念外国的东西就要到国外去，再不然就到租界里办的学校去念。开始研究'汉学'的人，大概是鸦片战争以后，所以我们一直认为是跟武力有关系。那时候只有很少的洋人研究中国东西，那些洋人如果是有宗教背景的，知道的东西多了，对传教有用处。如果有政治的背景当然更复杂了。十九世纪以后，有很多传教的人，在中国是传教，回到英国、荷兰就变成大学教授了,比如最初翻译四书五经的人就是有宗教背景。洋人研究'汉学',如果要出名,首先翻译的东西是好的。'汉学'之中,一定要有人把各种翻译的书出版,于是有德国人出了英文的'汉学'的书,其中有一些是标准的书,因为大家引用的一样,所以讨论起来就方便。"

柳存仁的学术成就,余英时先生为柳存仁《和风堂新文集》写的长序已有公允的评价。有意思的是,柳先生和我谈起余先生:"他是钱宾四的学生,但钱先生不看外国书。当然,余先生到哈佛大学之后,就受杨联陞先生的影响。余先生是顶聪明的人,我听说他在美国得了一个图书馆的奖,那是中国人很高的荣誉了。他会寄书给我,有时候我写的文章如果还可读的,我会寄给他。他太太是陈雪屏的女儿。你要是到国外去,可以去找他聊聊天。"几个月后,我真去美国普林斯顿找余先生聊天了。

柳存仁又提到:"杨联陞是我的朋友,何以很有地位?他是清华大学经济出身,学了日文,多看汉学的书,什么地方对,什么地方不对,就不会盲从日本人。日本研究汉学的人很多,其中也有我很佩服的人,但是我想,日本人研究中国的东西是能够用极笨的方法,不怕用时间去做,中国人怕,而且很聪明,等他们做了,改一改就出版,我当然希望中国不会有这么多的东西。杨联陞请我去哈佛大学教书,我答应跟他合作写一本书,后来杨联陞有头脑的病,就很痛苦,我去了那里半年,杨先生可能有三个月在医院里。杨先生很用功,最大的名气是写书评,能够批评西方人的书,而批评得比较得当,比较靠得住。"

我问:"您跟饶宗颐先生常有学术上的交流?"柳存仁说:"我们原来在香港常常见面,还有书信来往。但是现在年龄大,我还每天做一点工作,饶先生我就不知道,因为香港的社会比我们那里复杂多了,要应付东南西北的来往,还有学生的关系。还有,香港是一个商业文化的城市,所以有时候香港也需要一个读书人做招牌,饶先生就不可以离开香港。"

我对柳存仁在"饶宗颐教授九十华诞国际学术研讨会"上提出"二十一世纪汉学将成为显学"一说心存疑问。柳先生似答非答:"因为饶先生的学生们替他编了一本书,叫《饶宗颐二十世纪学术文集》,而现在是二十一世纪。他们叫我来开会,我本来是想做一篇论文,论文就不必赞美主人了,做一篇特别题目的论文需要很多时间,如果讲庆祝的话,大概一两天就可以写好了。所以我就想想,说一点庆祝的话吧,恭维最要紧是得体。会上还有一本小册子,有一个日本学者就写道:二十世纪上半是王国维,下半是饶宗颐。二十世纪做汉学研究,是中国人的汉学,当然中国人就应该研究得好,比如说陈援庵、陈寅恪。王国维何尝吸引人?大家知道他,就是民国十六年投湖而死而已。还有陈寅恪,他平常也不愿意批评国家的事情,也不愿意见国家的要人,就有一些有趣味的事情。我接触过许多中国年轻的学者，也许他们不大看西方的书，如果看西方的书，有一个好处，就是知道自己可以比得上别人了，也可以知道别人某一方面特别好。如果中国学者认真做下去，总有一天是能够吸引人的。但是，我们大概还需要十年八年，才可能研究出大家一看就为之一惊的东西，所谓'发光'的东西。"

柳存仁：1917—2009年，生于北京。北京大学国文系毕业，后获伦敦大学博士学位。曾任澳大利亚国立大学中文讲座教授、亚洲研究学院院长，澳大利亚人文科学院首届院士、英国及北爱尔兰皇家亚洲学会会员。著有《和风堂文集》《和风堂新文集》《和风堂读书记》《中国文学史》《道教史探源》等。

本文参考书目：

"香港中文大学新亚书院第二十届钱宾四先生学术文化讲座"小册子2007年版。

《中国文化史通释》，余英时著，牛津大学出版社2010年版。

范　用：相约书店

一、"文史馆长"

三联书店的三任老总范用、沈昌文、董秀玉都是出版江湖响当当的人物，我有幸一一采访，心中暗生相映成趣之感。江湖风波恶，最见多识广的也许要数老前辈范用先生。

郭延冰　摄

2006年6月3日，我来到范用先生位于北京方庄的家，但见门口有一简陋的木牌，上书"范用"，一看便知是黄苗子的手笔。范家挂有众多名家书画。汪曾祺和启功皆非以画名世，但他们的画艺在朋友间有口皆碑，我是第一次看到真迹。谈到汪曾祺好酒，范用请我看一张他和汪曾祺对饮的照片，两人面前啤酒各一杯。谈到启功平易，范用说，他在三联书店当总经理时，被戏称为"文史馆长"。他的解释是："因为我的办公室正对门是一个厕所，所以他们就叫我做'文史（闻屎）馆长'。后来真的'文史馆长'启功来了，送画给我。"

廖冰兄为范用画的漫画上说："热恋漫画数十年，地覆天翻情不变。范用兄亦漫画之大情人也。"此画已收入《我很丑也不温柔——漫画范用》一书中。黄苗子的大幅书法是集前人句的对子："且共欢此饮，时还读我书。"意境相近的是黄永玉的画，上题："除却借书沽酒外，更无一事扰公卿。"范用说，此画黄永玉共画过两幅，便从门后一个普通的缸中取出另一幅："黄永玉觉得墙上那幅不好，才画了这幅，我却懒得换了。"我说："墙上那幅画得随意，比这幅画得认真的好。"他笑了。

范用有一习惯，每谈到一本有趣的书，必起身到书房找出来给我看。后来干脆就带我到书房中看个饱。我深信每一位爱书之人在此，必生爱慕之心，许多版本都是难得一见，而且多是作者亲笔签名本！范用专门做过书签：

"愿此书亦如倦鸟归巢。"他说:"我的经验是:大部分借出去的书都不还回来,都要去要才会还回来。"

书房的一角,有张伯驹先生手书的嵌名联:"范画自成宽有劲,用行亦复舍能藏。"范用说,张佛千先生也写过一对嵌名联,一时不知放在哪儿了,张佛千的联语为:"范水模山,胸多丘壑。用行舍藏,室富图书。"

二、"我的大学"

范用少时就读镇江的穆源小学。他说:"我对穆源小学很怀念。小学的生活是很愉快的,好几个老师都对我很好。我在学校里演话剧、唱歌、贴墙报。"晚年,范用请漫画家丁聪到穆源小学,一起看升旗。丁聪说:"不是你范用,我不会到镇江这个地方来的。"

1937年,日本侵华军队逼近镇江,范用读完穆源小学,刚考进中学,外婆拿出八块银圆,让他到汉口投靠舅公。1938年开春,舅公一病不起,舅婆只好回浙江老家,临行把范用托付给读书生活出版社的经理黄洛峰。从此,范用成了读书生活出版社的练习生。

抗战时期,范用和李公朴有长时间的交往,还保存了一张郭沫若和李公朴当年在重庆被打伤的医院处方笺。范用说:"那是在重庆较场口,我当时就在台上,那是国民党捣乱。我们组织庆祝政治协商会议的会,李公朴当主席,还没有讲话,特务就跳上去,把李公朴、郭沫若都打伤了,我把他们送到医院去验伤。整个'较场口事件'的材料我全有,后来很多群众的慰问信都在我这里,全部送给重庆博物馆去了。"

1946年,范用调至上海,从事地下工作,曾被国民党逮捕。关于这段经历,范用回忆:"为了《文萃》的事情,一共四个人被捕,一个是陈子涛,一个是吴承德,一个是骆何民,我。我那天发现情况不对了,去通知他们转移,特务就等在那里,我一进去就给他们逮到了。他说:'你来干嘛?'我说:'我来小便。'因为我在那个地方住过。我去之前有准备的,晓得情况不妙,身上什么东西都没有带,所以他们抄了半天,一点东西都没有,我就一口咬定我是来小便的。陈子涛的钢笔上刻着他的名字,吴承德身上有'七一宣言'的校样,骆何民是被捕过六次了,后来他们三个人都牺牲了,现在南京雨花台革命烈士陵园。我因为身上没有任何证据,最后组织上用了二十两黄金把我救出来了。"

1948年,读书生活出版社和生活书店、新知出版社在香港合并为三联书店。范用称这十一年的"三联"生活是"我的大学"。

三、"读书无禁区"

1949年8月,范用从上海调到北京,进入中宣部出版委员会,后任人民出版社副社长兼三联书店总经理。

范用曾受命编蒋介石的全集。他回忆:"那是'文革'前一两年,上面给任务要我编蒋介石的全集。我就编,要收集资料,台湾、重庆、广州出的,我收集一屋子都是蒋介石的书,后来编了25本样本。蒋介石早年在广州黄埔军校的时候,每天晚上要到学生那里去讲话,都讲得很好的,这个人以前是很革命的。后来资料都交到中华书局还是哪里,全拿走了。我们到现在还没有一本很好的《蒋介石传》,我们的年轻人也应该知道中国有蒋介石这么一个人。"后来有台湾的朋友拜访范用,谈起蒋介石和蒋经国,范用笑道:"先'总统'蒋介石的书我看过,现在的'总统'蒋经国的书我也看过。"台湾友人觉得很奇怪,范用说:"我这个人是'读书无禁区',都看的。越是有人反对我们,我越要找来看。人家说这个书不好,我就要找这个书来看,知道怎么不好。"

"反右"时,范用坚决不说话,躲过了一劫。范用说:"我没有被打成'右派',因为我晓得是要算账的。我说我这个人是不问政治的,光拉车,不看路的。我什么意见都没有,所以我没有被打成'右派',打成'右派'的人都很惨。我的'右派'好朋友太多了。后来我说:'右派'都是好人。"

"文化大革命"期间,陈翰伯、陈原和范用被批为"陈范集团"。范用回忆:"我们三个人被打成'陈范集团',有一批人要保我们,有一批人要整我们。军代表有一个联络员姓蔡的,他们那时候已经反军代表了,先'盛饭'还是先'端菜'呢?后来说,中国人吃饭是先'端菜'的,先批这个姓蔡的联络员,保我们。那时候什么事也干不了。"

范用最痛心的是家里的书给抄走了。"不准看书,除了语录、毛选,没别的书看。所有的书都是封资修,都是'毒草',都不准看。那时候说我就是'勤勤恳恳的走资派',天天挨斗。"

1970年前后,范用和陈翰伯在湖北咸宁干校谈起刊物,设想一旦有条件,要办读书杂志。1979年,一批志同道合的老出版人办起《读书》杂志,创刊号上刊登了李洪林的《读书无禁区》。文章的标题原为《打破读书禁区》,发稿时,范用改为《读书无禁区》。当时受到上面的批评,范用说:"压力很大,说为什么提出'读书无禁区'?我说,我们有一个背景,是针对'四人帮'来的,'四人帮'不准我们看书,我们要打破这个禁区。"

我问:"现在还看《读书》杂志吗?"范用说:"我不大看,文章太长了,我看不懂。"

四、"一个字都不改"

在范用的出版生涯中,有几本书常常为人提起,一本是巴金的《随想录》,一本是陈白尘的《牛棚日记》,一本是《傅雷家书》。

巴金的《随想录》多次遭受删节,范用在三联书店出版时,一字未删。范用说:"《大公报》删改巴金的《随想录》,他很不高兴,我说你拿到北京来,我给你出版,我一个字都不改!他很高兴。"范用还写过一篇文章叫《开天窗》,谈巴金的文章被开天窗了,不敢编进书里。他说:"巴金的文章《"文革"博物馆》只存目,下面是空白。我在三联书店出巴金的《随想录》,我都给他恢复,一个字都不改,什么问题也没出。"

陈白尘是范用的老师。陈白尘曾说范用读小学时的印象:"嗳,像个小姑娘的样子。"当年范用演过陈白尘编的《一个孩子的梦》,在梦里打日本。"因为那时候不准喊抗日。"《牛棚日记》的出版在陈白尘去世之后,书稿先被另一家出版社退回,范用和陈白尘的女儿陈虹约好见面之前,被自行车撞断腿骨,陈虹和他的见面是在病床边。《牛棚日记》出版后,范用拄着拐杖亲自把书送到陈家。

《傅雷家书》出版前,傅聪依然有"叛国"之名,范用排除各种阻力。他回忆:"那时候傅聪不是在国外嘛,说他'叛国'。后来我找到胡耀邦的一个批示:请傅聪回来讲学。我有这个批示,这书就可以出版了。"范用见到傅雷家书的手稿,感慨:"真漂亮!"后来,他把傅雷的手稿在上海、北京、香港办展览。"傅雷给儿子写信是用毛笔字，工工整整的。"《傅雷家书》出版后，感动无数读者，可算是范用编的书中最畅销的一本，发行了几百万册。

除了编书，范用还喜欢设计书的封面，用了一个叫"叶雨"的笔名，意为"业余"。后集成《叶雨书衣》一书。他说："我不是搞美术的。因为那时候设计的封面不能用，书又等着印，我就只好自己设计封面。"

五、"亲人和师友给予温暖"

范用曾对三联书店的同仁说："我认为出书、卖书的人，自己就要爱书、读书、懂得书，要有一点'书卷气'，这样才能和读者有共同的兴趣，共同语言，才能谈得来，交得上朋友。"他自己著有《我爱穆源》《泥土脚印》《泥土脚印续编》等书。

夏衍曾说："范用哪里是在做出版社，他是在交朋友。"范用认为交朋友是为了出好书。闲谈中，他数起的朋友有朱光潜、冰心、巴金、叶圣陶、沈从文、汪曾祺、夏衍、叶浅予、施蛰存、柯灵、启功、吴祖光、新凤霞、黄苗子、郁风、杨宪益、王世襄、丁聪、黄永玉……

范用和罗孚为了郑超麟的《史事与回忆——郑超麟晚年文选》一书出版费了很多心力，罗孚为此还卖掉了一幅藏画。这本书由香港天地图书出版，送到上海时是中午，但是郑超麟在当天上午就去世了。

王世襄曾到范用家里做过饭。我在王世襄家里访问时，王先生特意拿出一封范用写给他的信，信的大意是："三联书店送来《锦灰三堆》，十分欣喜。我告诉三联，《锦灰堆》是他们出书中最有价值的著作，可谓空前绝后之作。《告荃猷》十四首，感人至深。希望兄能够想得开，保重身体。"而范用感慨："现在老朋友见面的机会不多，只好写信。"

范用家里收集了许多酒瓶，闲时喜欢喝酒，他的外孙女许月竹在文章《我的外公》中说："他做什么事情都快，看书快，写字快，走路快，吃饭快，就是喝起酒来，慢慢的。""外公喜欢收集酒瓶，他的房间里有各种各样的酒瓶，颜色不同，有大有小，大的很大，小的只有一点儿，都挺好玩，我也很喜欢。"

他的酒友中有汪曾祺、杨宪益、丁聪。范用说："汪曾祺喝白酒太厉害了，跑到四川的酒厂里去喝酒，就是喝酒把命送了。唉，我不让他喝白酒，我跟他喝啤酒。我有汪曾祺的画，你看看。他字也写得好，画也好，又会做菜。"范用当年跟汪曾祺喝酒，东一句，西一句，不醉也醉，不由得想起另一位仙人杨宪益。他说："杨宪益喝酒太厉害了。他从下午喝白酒，一直喝到晚上，就是一杯白酒，老这么喝，不行的。"

范用常和丁聪相约在书店见面,并一起吃饭"改善生活"。他说:"丁聪喜欢喝酒,现在不让他喝了,我送给他干红,干红可以喝,每次我就带一点干红给他,我现在自己也喝这个东西。"在《相约在书店》一文中,他说:"说是退休会有失落感,我的失落感是再也不能在'文史馆'接待我尊敬的先生、朋友们,向他们讨教,取得他们的帮助,或者随便聊聊。这种闲聊对我也十分有益,增长我的知识,使我知道如何待人接物。他们的乐观精神,更是感染了我,做人很快活。"

我问:"现在老朋友在一起借书、喝酒、聊天还多吗?"范用语带伤感:"老朋友不大来往了,我们都老了。走一个少一个,北京的老先生就你见过的这么几个人了。我海外有一批朋友,他们都在很远的地方,不知道现在怎么样了。"

2010年9月14日,范用先生辞世。他早就写好了告别词:"匆匆过客,终成归人。在人生途中,倘没有亲人和师友给予温暖,给予勉励,将会多寂寞,甚至丧失勇气。感谢你们!拥抱你们!"

范　用：1923—2010年，江苏镇江人。1938年开始从事出版工作，曾任人民出版社副社长、副总编辑兼生活·读书·新知三联书店总经理。曾参与创办《读书》杂志，主持出版《随想录》《牛棚日记》《傅雷家书》等。著有《我爱穆源》《泥土脚印》《泥土脚印续编》。

本文参考书目：

《泥土脚印》，范用著，凤凰出版社2003年10月版。

《泥土脚印续编》，范用著，三联书店2005年8月版。

车　辐：美食留香

一、"不可救药的老天真"

有一位台湾作家说，到了成都，不见车辐，就跟没有到过成都一样。2006年，我第一次到成都，第一位采访的人物是车辐先生。

见车辐前，先见了和他同住一个大院的流沙河和冉云

刘忠　摄

飞。流沙河先生也是我准备采访的人物,寒暄之后,他说:"你一定要先采访车老。"旁边的冉云飞解释:"这是礼数。"当晚由冉云飞请吃四川火锅,听他大侃川菜之妙。"我所知不过车老的皮毛。"他说。酒酣耳热之时,冉云飞拨通了车辐的儿子车新民的电话,定下采访时间。冉云飞说:"车老现在身体不好,说话时要靠车新民在旁边翻译了。"

2006年11月13日清早,我坐在车辐先生的书房里,几乎只能听懂他谈话的十之一二。请冉云飞翻译,也只能意会大半。后来不得不由车新民在旁一句一句地翻译。车辐说:"以前我口齿清楚,大家喜欢听我摆龙门阵,一桌子的人都听我讲话。"

车新民告诉我,几年前,老人家坐在一个小矮凳上,一不小心滑倒了,造成骨折。年事已高,骨质疏松,不能动手术,只能坐轮椅。晚年,老人家每天七点就起床,看书报,写文章,午睡后又是阅读写作。只在天气好时,才到外面走动。

安坐家中,车辐想念各地的老朋友,写信甚勤。2006年10月,他出版回忆性散文集《车辐叙旧》。谈起这本书,车辐拿出一封何满子来信的复印件送给我,信的大意说:"接奉大著《叙旧》,喜欢感谢之至。阁下一生,阅人之多,当代文人中实罕见。此篇确是现当代文艺界的绝好史料也。"

车辐还送了一张1993年他品尝"大千味苑"后写的字条，原来是回忆当日所食的菜单。他爱到外面品尝，也喜欢在家里请客。据唐振常说：车辐请客有一特点，每上一菜，举箸之先，他必详为讲解，自卖自夸，滔滔不绝，讲此菜之妙，讲他每每与众不同的烧法，边讲边吃，他自己吃得比客人多。

2006年，从不做寿的车辐首次破例。原来，4月时黄宗江专程从北京到成都来看望车辐，闲聊时劝他："岁数大了，你可以做一做寿嘛。"谈兴正浓的车辐随口答应，一旁的车新民听了，当即顺水推舟。于是小规模邀请亲友，既庆祝车辐夫妇九十三岁寿辰，又纪念结婚七十三周年。车辐夫妇共有八个孩子，流沙河调侃："他说他太太是航空母舰，上面停了八架飞机，却不说飞机是谁制造。"又称他是"不可救药的老天真"。

采访结束时，老人家拿出一本厚厚的相册给我看。摄影和收集照片是他的爱好之一。相册中有黄苗子、冯亦代、黄宗英、黄宗江、方成、流沙河、马识途等。第二天，我和洁尘等人喝茶，洁尘问我有没有看过车辐的相册？她说，以前车辐随身带一部相机，见了她们这些年轻女孩，必看清人数，然后说相机里还剩几张胶卷："别浪费，我和你们一人合影一张，拍完刚好拿去洗。"其实相机里往往刚装了一卷新胶卷。

二、"车大侠"

车辐生于成都。四岁时,父亲去世,依靠母亲养育。七岁读私学,读《三字经》《百家姓》《龙文鞭影》《声律启蒙》《四书》等。车辐后来所读的大成学校号称"四川最后一家孔家店",因看到同班同学的不规矩行为,说了出去,反被说是造谣,责令退学,回家大哭了一场。车辐回忆:"我亲身体会到的是:那时四川为封建军阀统治,他们横行霸道,杀人如草芥,欺压老百姓,刮地皮,为所欲为,老百姓的日子很不好过。我在彷徨中偶然读了邹韬奋的《生活》周刊,从此与进步书刊结缘,并在不知不觉中加深了对旧社会的认识。"

初中二年级退学回家后,车辐就完全自学。他回忆:"我什么书都读,鸳鸯蝴蝶派等等。以后我念马列的书,念不懂,硬读,当成一种宗教信仰。那时候封建社会、军阀社会、袍哥社会,我看不惯。很多人打麻将,我也看不惯。我不抽大烟,不打麻将。"

步入社会后,车辐从事新闻工作,流沙河的《车先生外传》中说:"在旧社会吃新闻饭,先生敬业十分,成名绝非浪得。衣袋内揣一个小本本,遇到一鳞半爪,立刻记下,以备采访之用。为人又好事,喜交游,管他三教九流,一混就熟。所以出去采访,每每旗开得胜,短消息,长特写，莫不精彩可读。"

车辐的第一份工作是在《西南新闻》当记者。他回忆："我在报馆出来以后，认识了社会上很多文化方面的朋友，遇到一些好人，很幸运，兴趣相投。经常读邹韬奋的《生活》、林语堂的《论语》，以后和几个朋友办了文艺刊物《四川风景》，后来这些杂志都寄到延安去了。我当了中华全国抗敌文协成都分会理事。"车辐也写杂文、散文，在陈白尘的《华西晚报》发表，讽刺当局。

抗战爆发后，大批文化人来到后方成都。车辐结识了刘开渠、谢无量、丁聪、吴祖光等人，朋友中有作家、报人、画家、演员，后来多半成名。数十年后，他们到了成都，常来看车辐。

有电影演员死在成都，找不到地方安葬，车辐主动用自己祖上留下的坟地帮助安葬。他回忆："那时候两个演员去世以后，我把我家的祖坟腾出来，埋葬他们。这个事情我忘了，后来陈白尘提起来，我才想起来了。陈白尘到成都来，讲了这个事，在座的人都觉得很惊讶。所以黄宗英叫我'车辐大侠'，他们都叫'大侠'，其实不是什么侠，都是朋友。"

车辐当年是"追星族"。白杨是红透半边天的明星，车辐在游泳池旁边采访了她。他回忆："我在游泳，谢添带着白杨介绍给我，我穿的游泳裤向下滑了，他指着我。这个事情给他们印象很深。"

一些文化人在成都没有熟人，就让车辐带他们找好吃的。有一回，郁风、张瑞芳说："老车，你带我们去吃好吃的地方饮食。"车辐就带着她们骑自行车到成都近郊吃大蒜鲢鱼。

车辐积极参加了民间抗日美术团体四川漫画社的活动，画了一批抗日漫画，其中有著名的《不可告人的悲哀》。他回忆："四川漫画社在抗日战争中充分发挥了积极作用。他们利用成都的各大报纸，配合抗日文字，在引导抗日民众的情绪、鼓舞军队的士气方面做了大量的宣传工作。"有一回，车辐和朋友把王朝闻化装一番后，送到延安。

当记者时，车辐写过很多关于社会底层的文章，用过几十个化名，往往突发奇想就有一个化名，这是陈白尘教的。流沙河回忆，他在初中时看了车辐写的《黑钱大盗李健》，萌发了长大当新闻记者的念头。

抗战胜利后，许多文化人从成都、重庆回到北京、上海。车辐并没有想走出四川，原因是家里子女比较多，他说："我老伴了不起，她是'多产作家'。"

三、入狱后长胖了

1950年代初，车辐任职于四川省文联。车辐的办公室挂有一幅成都市地图，他喜欢看城市建设，每次见有新建的地方，必在地图上标出。这一爱好后来让他吃了苦头，肃反审干时，他被指为特务，入狱11个月。起初怕枪毙，吓得睡不着。三天后打听到同狱的"反革命"多达数百人，便放胆吃睡。送回文联时，红光满面，还长胖了。补领11个月工资，大喜过望，买酒痛饮，而且赋诗。车辐回忆："肃反审干的时候，他们说我是美国五角大楼派来的特务，关进去以后，我照样睡觉。还补发了工资，感觉突然发财了。现在我还经常出去看城市建设。"

当工资不够应付家庭开支时，车辐就翻出郭沫若给他的三封信，卖得二百元，自称"出卖郭老"。他回忆："卖了没多少钱。解放过后，好朋友杨波从上海到成都来，住在我家里，没有钞票，我是半卖半捐，只卖了几百块钱。他们知道我家里有郭沫若的信，有点强迫买去的味道。"

1955年反胡风运动来势凶猛，他吓慌了，赶快交出抗日时期胡风的两封来信。事后又遗憾没有卖到钱，多次说起。车辐说："胡风给我写过两封信，约稿。反胡风集团抓了不少人，历史上没有这么厉害。我自己当初也是打手，打倒胡风。后来就慢慢地改变。"把胡风的信交出去以后，车辐不发言，不写文章："我周围和胡风有关系的人都戴了帽子。我低调处理，就躲过一劫。"到了"反右"，车辐也不说话："低调处理。看清了他们的手法，党内斗争比较厉害，我不吱声。所以没有事。"

"反右"之后，车辐周围的朋友都成了"右派"，他还经常跟这些人在一起劳动。车辐回忆："我跟流沙河一块劳动，他是'右派'，我不是'右派'，但感觉上是'右派'。我喜欢劳动，到五七干校劳动，我喜欢放牛。我在办公室时也喜欢做运动，锻炼身体，后来有些'左派'看我在做运动，就说我要准备复辟了。"

在动乱的年代，车辐有一套自己的哲学："不经意，很随便地就过来了。我喜欢苏东坡，随缘自适，随遇而安。家里抄家了，还好，我没被打。我不跟他们一般见识。我没有做坏事，他们能把我怎么样？"

四、"饮食菩萨"

车辐是成都闻名的美食家。2004年，三联书店出版车辐美食文集《川菜杂谈》。他的老朋友唐振常说："车辐善吃，懂吃，且身经各种场面，广交九流三教，从前时与达官贵人同席，复广识士夫名流，与张大千、谢无量、李劼人诸先生游。三先生皆食家，车辐与之共食，且得其精研饮食文化之精义；又和引车卖浆者流，贩夫走卒之辈同饮食，深知穷有穷的吃法之道。于是车辐之美食，兼得士大夫之上流品位与下层社会之苦食。"（唐振常《吾友一食家》）

早在抗战年代，车辐常跟丁聪、吴祖光、陈白尘等文化人泡茶馆。1938年,车辐就开始写美食文章,几乎觅遍成都大大小小的饭馆。他说:"很多饭馆的师傅跟我熟,给我提供方便。一些小的饭馆能酒足饭饱,花钱不多。现在吃不到了。"

四川历史上出过很多美食家,像苏东坡、张大千。小说家李劼人也开过"小雅"饭馆,早年曾跟车辐谈过一些美食的做法。车辐在回忆文章中说:"吃,也可以粗放,也可以精到。吃了嘴一抹就走,纵使吃了一辈子,有何用哉?李劼人之吃,不仅在于会吃、会做,难得是——精到,而且又能行之于文,将其精到处用文字记载下来,作为总结性的论述,比之于前人,这一点他的贡献是很大的!"

车辐晚年文章的一大特点是寓人情于美食之中。以前身体好的时候,车辐经常请朋友到家里吃饭,有时候不方便,就在外面选馆子请朋友。车辐请客,会提前一天把菜单报给人家听。吃饭,吃的是友谊。车辐说:"唐振常、杨宪益、周而复来成都,我要请他们吃饭。在北京聚会的是冯亦代、黄宗英、黄宗江、吴祖光、方成、钟灵、丁聪、沈峻等。"

流沙河在《车先生外传》中说:"纵观车辐一生,写,吃,玩,唱,四字可以概括完毕。倒起说吧。唱,除了扬琴,他还会唱川戏,快活时放几腔,还听得。玩,一是游山玩水,二是跳交际舞,三是高台跳水,皆能超乎常人，玩得心跳。近年老迈，跳舞跳水不可能了，唯山水之游玩，念念不忘，坐在轮椅上还想出夔门，看上海，耍南京，约我明年同去。吃，到老还馋。其言曰：'除了钉子，都能嚼碎。'夫妻肺片双份吃光，轮椅推上街，还要买两个蛋卷冰淇淋，边行边吃。一夜拙荆去他家，回来说：'看电视机睡着了，手上还拿着半边桃酥，醒来再吃。'我观其人，应是天上星宿下凡。"流沙河的妻子吴茂华则以《"饮食菩萨"》记录："这些年我和先生流沙河常在车辐家走动，谈天说地、道古论今间他的话题杂多，但百川归于海，万变不离其宗，最后都说到饮食和吃的上面去。"

车辐逝世，流沙河作挽联："神仙请去吃宵夜；王母喊来唱洋琴。"

车　辐：1914—2013年，成都人。曾任《星芒报》《民声报》《四川时报》《人物杂志》《华西晚报》等报刊记者、编辑。著有散文集《采访人生》《川菜杂谈》《车辐叙旧》，小说《锦城旧事》等。四川烹饪学会理事。

本文参考书目：

《川菜杂谈》，车辐著，三联书店2004年1月版。

《流沙河近作》，流沙河著，安徽教育出版社2006年8月版。

《车辐叙旧》，车辐著，四川科学技术出版社2006年10月版。

廖冰兄：童心侠骨

一、"原来是天才，现在是蠢材"

白发苍苍的廖冰兄像一个小孩子。

曾经，亲朋眼里的廖冰兄行动矫健，妙语连珠，晚年却不良于行，语不成句。时钟和记事本离不开身，所记多是生活细节。每天，他会根据身体状况，自己规定抽几支

邹卫 摄

廉价香烟，抽完一支就在记事本上打个"√"，打完这几个"√"，就不再抽了。

亲朋来探望廖冰兄，有的人他一眼就认出来，有的人他想了半天也记不起来，便拿出记事本让客人写下名字，还指着时钟要求记下时间。一些和亲朋说不清楚的话也要靠慢慢手写，当交流不顺畅时，廖冰兄突然用粤语喊出一句："原来是天才，现在是蠢材。"

有一次，我提起北京的黄苗子和郁风夫妇，廖冰兄马上大喊："猫仔"，用笔写下这两个字，再把两个偏旁圈掉，变成"苗子"。他依然记得老友儿时的小名。

有一次，看到一位来访者脸庞稍长，廖冰兄拿出来纸笔，寥寥数笔便画了一张惟妙惟肖的人像。这时候，他还是原来的绘画天才。

2005年10月21日，廖冰兄在广州市少年宫度过了九十岁的生日。流花湖畔的廖家与少年宫只有一墙之隔。坐在廖冰兄家门前的阳台，隐隐可以听见远处小朋友传来的歌声。"童画是我师"不只是挂在廖冰兄的嘴上。他的自画像中有多幅返老还童的写照，把年龄除以十，是他自鸣得意的念头。在一幅送给朋友的画上，他题跋："君念童年事，我学儿童画。永存赤子心，毋须叹华发。"

晚年廖冰兄牵挂贫苦的儿童，一次次地用字画筹款帮助儿童的教育和医疗。他曾经靠着一支画笔为自己的人生画出一片朝霞初现的新天地，到了夕阳无限好之际，行止有时如同小孩的他,念念不忘用画笔为儿孙再画一片艳阳天。在他描绘的图景中,即使世间已无廖冰兄,还有一代又一代的"廖冰兄"与人乐其乐,为世平不平。

我有幸坐在简朴的廖家,目睹廖冰兄和小学生玩乐,对女儿撒娇。这时候,廖冰兄仿佛回到孩提时代,他依然认真地读书读报,偶尔,会冒出一两句如同格言的话。

二、少小孤贫万辱侵

一个人的童年往往影响他的一生。在廖冰兄的记忆里,童年的经历是刻骨铭心的,他曾写下"少小孤贫万辱侵,人间何世听呻吟"的诗句。

1915年10月21日,他在广州城北观音山(今越秀山)脚的贫民窟大石街出生,廖父为他取名"东生",喻意在广东出生。廖父是广西人,在军阀里当低级军官。廖东生四岁时,妹妹廖冰出生不久,廖父死于汕头。

廖东生童年生活在大石街,这里有私塾、当铺、赌档、鸦片烟馆,街坊邻里多是拉黄包车、卖牛杂、纺纱织布的穷人。廖东生做过小贩,干过纺纱、织麻鞋等活儿,东凑西拼一些学费,得以断断续续地读书。课余,廖东生喜欢涂涂抹抹。买不起画集,他临摹的范本是童书、木刻画、月份牌画;买不起颜料,他用砖头角、碎瓦片、竹枝树枝在地面的阶砖上画起来。

廖东生常到广州中央公园（今人民公园）的一间大草棚游转。这间大草棚是初创时期广州美术专门学校，创办人是胡根天。1932年9月，廖东生成为胡根天的学生。廖东生回忆："根天师只是给我一些启发性的指点，从不以什么样的画法强加于我。对那些现在看来很可能要羞得脸红的幼稚的习作，他都给我打上很高的分数。他这样对待我这个'无法无天'的学生，不知该叫鼓励还是纵容。但毕竟在他任教之下的三年，我一直自由自在地画，越画兴趣越浓，越画胆子越大，画了许多各式各样的东西，竟然在学校一年一度的学生成绩展览会上独占了一个课室，开起'廖东生个人画展'。如果当时的老师不是这位'无法而治'的胡根天，我决不可能有这个在一些人眼里视为狂妄的行为，甚至不可能直到今天还拿着画笔。"

上海《时代漫画》给了廖东生艺术上的滋养，鲁少飞、张光宇、叶浅予、陆志庠等漫画家的作品深刻脑海。他大胆投稿，很快成为《时代漫画》的作者。多年后，他说："《时代漫画》是我的漫画艺术的摇篮。"

1933年，廖东生给广州《诚报》写了一篇文章，不假思索地用妹妹廖冰的名字作为笔名，写毕又觉欠妥，灵机一动："我不就是廖冰之兄吗？"于是署名"廖冰兄"，从此，这个名字伴其一生。

三、"广东腊肠"

1937年1月,廖冰兄随《伶星》杂志迁到香港当美术编辑。抗战爆发后,许多广州人逃至香港避难,而廖冰兄回忆当时的心情:"就像迎接盛大节日一样迎接抗战。"他毅然辞去《伶星》杂志的工作,从香港回到广州参加抗战。谁料在广州报国无门,廖冰兄投靠到母亲后夫的家乡广西武宣县桐岭乡湾龙村。他激情澎湃,日以继夜,画了200多幅宣传抗战的漫画。

廖冰兄在文章《谈漫画》中说:

> 抗战开始以来,一般漫画作者把惯常消极的笔锋转过来作动员群众的工具、打击敌人的武器,产生了大量有利于抗战的作品,干过不少有力量的工作。于是"抗战的漫画"生长起来了。无论在都市的通衢里,农村的角落里,前线的战壕里,甚至一时失陷的土地里,它们都迈开了强健的脚步,在中国漫画史中,划开了一个新时代。

1938年2月,廖冰兄带着那200多幅"抗战的漫画"回到广州。李凡夫、林檎、黄超等画家正在广州长堤基督教青年会举办画展,当他们看到廖冰兄从广西带来的画作时，决定就在他们展览过的场地，举办《廖冰兄抗战连环漫画展》，展期从2月23日至28日。

这是廖冰兄第一次公开的个展。布展的助手是廖冰兄的妹妹廖冰和同学罗凤珍。布置得差不多时，廖冰兄给广东省政府机要秘书黄苗子打了一个电话，晚上10时许，黄苗子带来两个人，一个是刚从上海迁来的《救亡日报》总编辑夏衍，一个是《救亡日报》记者兼美术编辑郁风，三人是廖冰兄画展的第一批观众。

两个助手，是廖冰兄最重要的亲人。1944年春，廖冰兄和罗凤珍在重庆结婚。

三个观众，是廖冰兄最信任的朋友。1944年夏，黄苗子和郁风在重庆结婚。

妹妹廖冰的童年和哥哥一样苦。十一岁才开始上学，冰雪聪明，年年跳级，仅用三年就读完小学课程。小学毕业后考上广州女子师范学校，无钱读书，三十多岁的许老师喜欢上廖冰，答应供她读书。但条件是嫁给他，十四岁的廖冰无奈同意了。抗战爆发后，廖冰离开了许家，加入抗日团体，担任宣传工作。廖冰文笔流畅，哥哥用漫画作抗日武器，妹妹用的是文章。抗战胜利后，廖冰在广西从事教育工作，遇到了心上人梁持亚，从此安家广西。

1952年冬，廖冰从广西出差到广州，得以和哥哥一家欢聚。这时，已是兄妹自抗战期间在桂林相聚的别后十二年。这次相聚是难得的时光，没想到这一别竟又是二十年。几年后,兄妹都受到迫害,失去自由。广州广西,咫尺天涯。在抗战年代,兄妹尚能互通音讯,在"文化大革命"年代,竟然音讯全无。廖冰对女儿说:"今生今世如果能再见哥哥一面,我死了也心甘。"

不想此语成真。1972春节,兄妹相约在广州见面。分别二十年,相聚仅仅十一天,说不完的话,倾不尽的情。廖冰依依不舍地坐上回广西的长途汽车,在广东云浮县遭遇车祸,瞬间就离开了人间。

罗凤珍和廖冰兄1935年毕业于广州市立师范学校。读书时男女分班,往来不多,毕业旅行时才开始相识。毕业后,罗凤珍在香港参与办劳工夜校。在广州重逢时,罗凤珍深深为廖冰兄的才华吸引。相聚一个多月之后就分别。1939年,廖冰兄收到罗凤珍从香港寄来的一张照片,他在照片的背后写着:"纵然'地球是圆的',我们的相遇,也许要在不可忖想的遥远的日子吧?"

相遇并不遥远,罗凤珍和廖冰兄在五年后的春天相爱,喜结良缘。

黄苗子则和廖冰兄早就通过彼此发表在《时代漫画》的作品认识了。黄苗子当面见到的廖冰兄是个瘦长的小伙子,大伙叫他"腊肠"。这根又瘦又瘪的"广东腊肠"却老是瞪着炯炯有神的眼睛,感情像水蜜桃一样,一碰就溢出来。有一天中午,黄苗子和廖冰兄在马路上走着聊天,忽然远处涌来几万人的抗日游行队伍,廖冰兄不由分说,拉着黄苗子加入队伍中。一路上，两人跟着大喊"打倒日本帝国主义"，高唱游击队之歌，走了三个钟头才解散。当时廖冰兄是学校教师，学生等着他上课，黄苗子是公务员，还要到政府上班。但是在廖冰兄的热情鼓动下，彼此都忘掉了一切。

廖冰兄在第一次个展想到的第一个朋友竟是身在官场的黄苗子。当晚，黄苗子带来夏衍和郁风看了《廖冰兄抗战连环漫画展》，这三个出身书香门第的文化人，对充满草根味道的作品大为赞赏。夏衍和郁风立即决定在《救亡日报》上为廖冰兄开专版，黄苗子写了文章郑重评介：

> 冰兄是一个感觉灵敏，善于拾取趣味醇馥的题材，而带有浓厚的南方独有的装饰风味的作风的一位漫画作者。而这一次，在会场上展出的每一张作品，突然地使人感到他的"转变"是伟大得可怕！
>
> 冰兄是一个充满着热情而感觉敏锐的青年漫画家，他有火一样的热狂，伟大的心脏。他不仅趋向艺术趣味的探讨，他更加紧尖锐了他特有的武器，向着敌人施以致命的投击！他绝不是一个仅带有装饰风的小品漫画家。他是一个民族斗争的武士。

廖冰兄对生平第一次个展的这三位观众感念不已，从此订交终生。几十年风云变幻，那次画展的观众和作者遭受无数苦难。1938年的后两个数字刚好换了位置——1983年，廖冰兄到北京再开个展，当年38岁的夏衍已经83岁了，这次是坐着轮椅由黄苗子、郁风夫妇推到展览现场。

四、"红须军师"

《廖冰兄抗战连环漫画展》在广州展览的成功，并未使廖冰兄的生活改善，但是让他结识了许多朋友。摄影家郑景康看了画展后，告诉廖冰兄："叶浅予任队长的'救亡漫画宣传队'已由上海迁到武汉，何不把这批作品带到武汉展出？"廖冰兄没有路费，郑景康毅然卖掉心爱的相机，买了两张火车票，和他同赴武汉寻找"救亡漫画宣传队"。

1938年3月初，在广州惠如茶楼为廖冰兄和郑景康饯行的是黄蒙田、林檎等好友。罗凤珍也来了！黄蒙田回忆："那一夜送走了冰兄，我们留下来被不断传来的凄厉空袭警报声笼罩着，不禁有点黯然。"

"救亡漫画宣传队"队长叶浅予这样回忆那时的廖冰兄："他夹了一卷宣传画从广州赶赴武汉，二十来岁的小伙子，一副瘦身材，一对大眼睛，说话像开机关枪，全无保留，毫不客气，在见面的几分钟里，把南方人特有的热情，全部发射出来。从此他就成为'漫画宣传队'的中坚人物。"队中已有摄影人员，叶浅予没法接收郑景康，郑景康只好转赴延安，后来拍了不少中共领导人的摄影作品。

廖冰兄带来的作品正好赶上4月的"保卫武汉"宣传周活动。展览地点在武昌百货大楼二楼，同一层举办的是张大千之兄张善孖的《文天祥正气歌》国画展。张善孖善于画虎，人称"虎痴"，其时年逾五旬，早已名满天下。后辈廖冰兄的作品通俗生动，为老百姓喜闻乐见，不少观众都挤到这边来看。张善孖看了廖冰兄的作品，并未因观众厚此薄彼而不快，反而设宴款待廖冰兄。

叶浅予领导的"救亡漫画宣传队"队员有张乐平、陆志庠、梁白波、特伟等，这些人后来都成中国漫画史上重要的人物。廖冰兄活跃在志同道合者中，如鱼得水。他的创作激情一下子就爆发了出来，又善于为宣传队出谋划策，队员称他为"红须军师"。漫画家汪子美说："叶浅予的漫画宣传队有了你这个'红须军师'，就如虎添翼了。"

这位"红须军师"不只是一个画匠。他曾说："一个具有健全头脑的漫画家有时就是一个优秀的政治家、社会学家。"武汉沦陷后，政府停发了"救亡漫画宣传队"的经费，廖冰兄在各地辗转抗战中目睹了现实的残酷。他不断思考政治环境对漫画艺术的影响，在1940年2月13日《漫画与民主》一文，可见他的思想轨迹：

民主政治与文化的进展实在不可分离。只有在一个自由的政治环境中才可以发挥每一个文化工作者的才干,科学家是如此,艺术家是如此,漫画与政治的关系那么密切,表现又那么明朗,自然更不能例外。有些鄙薄中国漫画的人,常责怪中国没有半个健全的政治漫画家;然,我们决不能否认这个事实,隐讳这个缺点,但是,我们很应该想想中国漫画的历史与积虑,更应该回顾一下过去的环境有没有束缚过漫画家的笔尖。我们不能如美国的格罗柏,侮辱了日本天皇惹起国际的交涉还有罗斯福总统为其袒护;英国的大卫·罗能够骂希特拉,违反张伯伦首相的国策、现实主义的外交;更不能如苏联作家一样能够自由发挥自己的天才去争取人类共同的真理。因此中国政治漫画的贫弱是不足为怪的事了。

在廖冰兄的漫画创作中,离不开对政治的思考。他说:"我是搞什么的?是搞政治的,借着画笔搞政治,是公仔政治。"他的漫画是中国政治的阴晴表。

五、猫国春秋

抗战后期的重庆汇聚了无数的文化人。在著名的"二流堂"里,叶浅予、黄苗子、郁风、丁聪都和廖冰兄惺惺相惜。廖冰兄并不是"二流堂"的主要人物，多年后也成了这个著名冤案的一员。

廖冰兄记得，湘桂大撤退之际，张光宇携妻带儿，经香港辗转返内地，脱离虎口，进入重庆。廖冰兄和叶浅予寄寓重庆北温泉，便把他一家接来，在一间小木屋安顿下来。张光宇几乎衣尘未洗，就找画笔宣泄一路的积愤。在简陋的小木屋里，张光宇画出了一批描述逃难百姓在前虎后狼夹攻中的作品。廖冰兄见状甚为感动，专门画了一幅漫画记录张光宇作画的情景。

廖冰兄偶尔到城里，黄苗子带有花园的公馆成了他免费的"旅馆"兼"饭店"。黄苗子在财政厅任职，接待廖冰兄仅是比平日多加皮蛋一只，却让廖冰兄回味无穷。和朋友在一起，廖冰兄这个穷光蛋过得很开心。

更开心的是，他和老同学罗凤珍重逢相爱了。在重庆北郊晋云山松林坡上，一座四面透风的泥砖炮楼成了他们的"新房"。廖冰兄穷得连请朋友吃顿饭的钱都没有，悄悄向叶浅予诉苦，叶浅予倾尽所有请朋友们吃一顿便饭，祝贺两人喜结良缘。一年后，第一个孩子出世，廖冰兄原想为女儿取名"廖怀嘉"，喻意怀念嘉陵江，转念一想"陵"与"零"同音，何不叫"零一"，以后再生孩子，取名却也省事。廖家的四个孩子分别名为："零一"（陵依）、"零二"（陵儿）、"零三"（陵珊）、"零四"（陵思）。

·如是我闻·

八年抗战,终于惨胜。廖冰兄刚好进入而立之年,却经历了失业之苦。

满怀希望的喜悦很快换成满目疮痍的愤怒。廖冰兄和罗凤珍本想带着未满周岁的女儿零一回到家乡,不想有乡难返,几乎所有的交通工具都被国民党用来"复员""劫收"。流落在嘉陵江边,廖冰兄开始构思艺术生涯的高峰——《猫国春秋》。

从夏天到冬天,廖冰兄都沉浸在《猫国春秋》中。罗凤珍产后体弱多病,零一的尿布由廖冰兄洗净烘干。没有育儿经验,零一长了湿疹,全身奇痒,一家不得安宁。廖冰兄常常左手抱着女儿,右手作画。5个月的日日夜夜,廖冰兄画了100多幅作品。

《猫国春秋》漫画的主角是拟人化的猫和鼠。猫鼠向来是对立的,在廖冰兄笔下却是猫鼠一窝。廖冰兄积累的愤恨像火山爆发。

黄蒙田对廖冰兄说:"你的《猫国春秋》漫画是'恶魔派'。"

廖冰兄答:"可不是吗?我画的全是光天化日出现的魔鬼,我不能像画别的题材时那样轻松地对待他们。"

1946年春节,《猫国春秋》漫画展在重庆展出。老百姓心里积压了太多苦闷、愤恨,廖冰兄的漫画仿佛导火线,一下子引爆了民心的炸弹。叶挺、王若飞、郭沫若、田汉等人前往参观。

廖冰兄原先和郭沫若并不熟悉。在一次饭局上，郭沫若问廖冰兄："你的名字为什么这样古怪，自称为兄？"美术家王琦代为解释："他妹妹名叫廖冰，两人自幼相依为命，冰兄之名者，廖冰之兄也。"郭沫若作恍然大悟状，笑道："啊！原来如此，我明白了，郁达夫的妻子一定叫郁达，邵力子的父亲一定叫邵力了。"

《猫国春秋》尤其引起知识人强烈的共鸣。漫画《教授之餐》中，教授一家四口拿着空饭碗，把餐碟上洋装厚书一页一页撕开啃起来；《燃血求知》中，骨瘦如柴的学生用点燃自己的血液发出的微光看书，蚊子和臭虫同时在吸他的血；《为人作嫁》中，工程师在风雨中为富豪的藏娇别墅设计图纸，自己只能打开一把破伞在漏雨的斗室里工作；《但愿有个温室》中，披着破毡子避风雨的老教授，幻想自己有一间温室可以培育幼苗。

这年夏天，廖冰兄带着《猫国春秋》到了知识人云集的昆明。李公朴和闻一多在民盟总部看了《猫国春秋》作品，闻一多对廖冰兄说："这些作品好是好，只是为我们说得太多了。"

不久，李公朴和闻一多被暗杀。廖冰兄满怀悲愤地画了李公朴追悼会的遗像，却不能出席。政府命令《猫国春秋》停展。

《猫国春秋》中富有象征意义的作品是《枭暴》：黑夜将尽，一只凶暴的夜枭狠狠地咬着一只在挣扎的晨鸡的嘴不放。这是鸡啼的时刻,夜枭不准它高歌。

这幅画,廖冰兄多次重绘,后命名为《禁鸣》。其命运也可堪回味:两次被窃。

第一次,是1947年在香港被窃。

第二次,廖冰兄回忆:

"文革"期间,林彪、四人帮把光明的人民中国推落法西斯统治的黑暗深渊,张志新痛斥其恶行,惨遭割喉枪杀,1979年我重绘此画,悼念这位为保护光明而献身的猛士,画题为《禁鸣》,但是又于1981年在法国展出时被窃。

六、"凡夫俗子"

廖冰兄带着妻女从生死线上幸存回乡。1946年10月1日,当他们一家坐车经过距贵阳一百余公里的关岭场外山坳时,汽车翻下深谷,当场死了11人。廖冰兄夫妇昏了过去,等到廖冰兄醒来时,发现零一坐在旁边哭泣,幸好没有受伤。肚里已怀了零二的罗凤珍受了重伤,廖冰兄断了一条锁骨。在贵阳养伤,廖冰兄既要照顾受伤的妻子,又要呵护女儿,不肯让医生给他伤了锁骨的左肩上夹板。从此,他左边的锁骨落下变形的后遗症。

1947年1月,广州是烧炮仗和闹花市的时节,他们回来了,却听到民谣:"烧错炮仗,拍错手掌,迎错老蒋。"在自己的家乡竟然无法安身立命,他们只好移居香港。

从1947年2月到1950年10月,廖冰兄住在香港。内战打响,香港成了"后方",许多避难的文化人暂住在这里,张光宇、丁聪、方成、特伟、陆志庠……都是漫画史上值得铭记的人物。

人间画会的成员有黄新波、梁永泰、张光宇、陈雨田等,几乎都是没有固定收入的穷画家,廖冰兄再现"红须军师"本色,倡议人间画会举办"风雨中华"漫画展。穷画家们日夜创作,深夜时没钱买夜宵充饥,并不以为苦。

廖冰兄敏锐地发现,自己以往纯政治性的作品在香港"水土不服"。香港是一个市民社会,几乎所有报纸都登载漫画,市民喜欢的是以社会生活为题材,具有当地风格的漫画。廖冰兄一下子就悟到:今后的创作要"入乡随俗"。选美、赛马、时装展览等香港特有的题材,进入廖冰兄的笔下。他说:"我是用'阳春白雪'的技术,奏'下里巴人'的曲目,见人讲人话,见鬼说鬼话,万变不离其宗。"

廖冰兄的漫画文字往往是打油诗。聂绀弩曾说,廖冰兄是个大诗人。他的竹枝词、粤讴,几乎是随口成章,句句见好。

1948年2月25日,廖冰兄开始在《华侨晚报》发表《阿庚传》,主角"阿庚"很快成了香港街知巷闻的人物。多年后,廖冰兄有感而发:"我向来把事业看得很伟大,把责任看得很崇高,把自己看得很渺小。我无法使自己'雅'起来,所以,我最喜欢'凡夫俗子'这个印。"

这个"凡夫俗子"在香港的家曾经安置了很多漂泊异乡的朋友。1948年,黄永玉从台湾来到香港,黄新波在一个会上把他介绍给廖冰兄。黄永玉回忆,廖冰兄给他的第一印象并不好:体型瘦而干,鼓起两只大眼睛,泪囊出奇地明显。起伏的鼻梁下面一张大嘴,而且,在会上很快就发现这张大嘴的作用。那么大的嗓门,囊括了全部发言的一半。

会议接近尾声的时候,黄新波向大家引见黄永玉:"他刚来,连住处也没有,谁家里可以供他吃饭和铺张床的?"

"嗳!行啦,行啦,行啦!到我那儿去吧!"廖冰兄很快就决定。

当黄永玉来到廖家时,发现约三十平方米的一层狭窄的楼房里,住着廖冰兄夫妇,女儿"零一"和"零二",还有老保姆秀姐。这时候,用板子间隔成的双人床大小的房间走出一对青年男女,是作家艾明之夫妇。在这里,几乎是连跳蚤咳嗽的声音也听得见。大家住在一起,其乐融融,廖冰兄夫妇从来没有对黄永玉表示过厌烦的意思。

多年后,黄永玉专门画了一幅画,纪念当年在廖家寄宿的情景,这幅画至今还挂在廖冰兄家的客厅。在黄永玉八十岁时，我请黄永玉谈廖冰兄，他动情地说：

廖冰兄这个人，今天你们年轻人是不知道了。他在国民党反动统治时期，就像一个真正的战士一样，像从炮火连天的战场上杀出来的这样一个人，非常勇敢，每天画画骂国民党，在生死边缘战斗着。那是不得了的，要死的！当时就是这样，一个文弱书生，手无缚鸡之力，敢这样做，所以说，他是一个很了不起的战士。这样一来当然处在一个很危险的生活境遇之下，那时候生活又很艰苦，谈不上日子过得好，生活琐事很多，孩子又小。我刚到香港，没地方住，他说住到我家里来，我住到他家里大半个月，看到环境很嘈杂，小孩吵啊闹啊，他半夜三更抱着走来走去，这是生活的压力。

还有更重要的一点，他的画面的组织才能，没有发挥出来。画面的组织才能，不是普通人能有的，你可以会画画，画什么像什么，组织才能显示一个人绘画的规模，廖冰兄是可以统率很大的绘画的。哪怕他画一张很小的画，画面的控制能力也非常强，如果他没有碰到反右，没有被划成右派，没有受折磨，他是一个非常重要的画家，一个大壁画家。壁画就是工程，不是个人能完成的，他是一个很好的统帅，很多年轻人可以跟着他一起画，那种情感是很高深的，可惜了。

他的文学才能也很高，他写广州的竹枝词，信手写来，举重若轻。我看了他一本书，写他自己的，那本书是很了不起的，这么艰苦的环境里杀出来，今天你们这么好的环境，小学中学大学出来，就有工作，那时是没有的。他是一个很重要的艺术家，杰出的、少有的艺术家，一个战士。

七、"恶行录"

1950年，廖冰兄一家欢天喜地回到广州。廖冰兄还是用漫画记录时代，在数量上是无比的高产，但是今天没有几幅作品能流传下来。历史就是这么奇妙。

每一场运动到来时，廖冰兄充当马前卒，用画笔热情参与。在漫画中表现工农兵、革命干部时，他总是诚惶诚恐地力求写实，生怕丑化了正面形象，原来他最擅长的变形手法没有用武之地了。许多年后，廖冰兄回忆那段历史：

我廖某自娘胎呱呱堕地，后又牙牙学语，鬼使神差地画上漫画。1950年10月从香港回广州定居之前，自认从未曾做过一件对不起人民的事，说过陷害好人的话，画过颠倒是非的画。解放后，我一向自觉搞

"遵命文学"，也自觉地为历次政治运动鸣锣吹角，以党指示的是为是，以其非为非。反俞平伯啦，批《武训传》啦，无不十二分地积极拥护。接着是反胡风，对这个"反革命分子"更义愤填膺，又以笔作刀枪，像对蒋介石那样猛刺痛击。后来，反右派运动开始，我又紧跟号令，大张挞伐。当年作画撰文，百分百与党站在一起。有我在书刊报纸所登的作品以及文艺界诸位朋友可以做证。

廖冰兄晚年多次说，应该出版或陈列自己的"恶行录"，把充当文化枪手加害于人的作品再公开，因为历史不应隐瞒。对后来所编的画集和所建的"廖冰兄艺术馆"，他都觉得是对自己的隐恶扬善。他说："如果我以画笔剥别人的衣冠，却又隐瞒自己的劣迹恶行，你冰兄呀，岂不也是小人乎？！"

这些"劣迹恶行"到了1957年戛然而止。

1957年4月，上级提倡"百花齐放，百家争鸣"。为响应号召，北京人民美术出版社的《漫画》半月刊主编米谷向老朋友廖冰兄约稿。廖冰兄很快交稿，这是一共8幅《打油词画——赠教条主义诸公》组画。米谷将这组作品在《漫画》半月刊上分两期刊出。许多老朋友庆幸，昔日的"漫画家""诗人"廖冰兄又回来了。

这组作品中，廖冰兄将当年画抗战漫画、《猫国春秋》的才华稍稍又施展了一下。配诗很得"打油"之妙，其一曰：

> 花朵必须向上，
> 太阳只许初升。
> 画人定要笑盈盈，
> 作画清规三订。
>
> 且把花儿吊起，
> 还将朝日加钉。
> 般般现实要定形，
> 以免画家犯禁。
> ——调寄《西江月》

1957年7月21日的《人民日报》判了《打油词画——赠教条主义诸公》是大毒草。廖冰兄被迫停止漫画创作，晚年他反思："从此被缴了械，可以不再作伤害他人的'帮凶'，这是值得庆幸的。"

这一年4月24日，黄苗子来广州从化温泉旅游，廖冰兄夫妇作陪。在温泉边，廖冰兄开了个"触景生馋"的玩笑，又为黄苗子记述此游的《荔枝花下》作插图。在《荔枝花下——记从化温泉之游》一文中，黄苗子写道："愉快的清晨空气助长了画家自由无碍的思考，冰兄说他想画一张这样的漫画:一个人端着空碗和葱蒜油盐跑到温泉,宣称他要向泉里打捞,以便吃到烫热鲜美的汤烧鱼。他说:包括我们自己在内,有时办事只根据一点点表面现象,便大大地发挥了主观想象,接着自己就相信这一想象是现实,这种幻想很美丽,可是等于腌鸭蛋不是咸鸭生出来的道理一样,汤烧鱼究竟不可能从温泉出现,表面复杂而实质显明的道理,有时把它用漫画方式解剖出来,这就会使人哑然失笑,达到漫画的效果。"

没想到这个玩笑给两个老朋友带来了麻烦。"文革"中,揭发"二流堂"罪行的文章引述了此事,称这是诬蔑某种人是连温泉水不能把鱼烫熟都不懂的蠢人。对这段往事,廖冰兄在1980年《从"误会"谈起——复黄苗子》中说:

> 你信里说自己既是"歌德派"又是"伤痕派"。我是专画刺人的漫画的,难免有"缺德"之嫌,是会被列入"缺德派"的范畴的。但是上述那幅漫画的腹稿,并不怎样"缺德"。1957年初,我画那几幅《打油词画》,对教条主义者来说倒是有点"缺德"的。因此受到严惩,可谓咎由自取。谁教你"缺德"啊!有位漫画同行叫江沛扬的,接受这种教训,从此大画其歌颂漫画,力争做个"歌德派"。岂知到"文化大革命",人家却把他所有歌颂性漫画,统统"误会"

为反革命黑画。他画钢缆运输，被"误会"为反动歌曲的歌谱，他画几株树影，又被"误会"为蒋介石反攻大陆的箭头，硬把老江打成反革命，坐了几年牢。这种天才更教人敬佩到五体投地。这也表明在我们这个有五千年文明的国度里，具有天才的脑袋是很多很多的。可惜许多年来，不少这样的好脑袋没有用来探寻太空和原子的奥秘，却被用来搞无中生有的把戏，干那些不是发展文明而是导致倒退的真正缺德的蠢事，良可慨也！

八、"唯我越捱越健"

廖冰兄失之漫画，却得之舞台。他自圆其说：如果不是当初拿起画笔，我可能与戏剧结缘。他早年曾想将自己孤苦的身世和经历构思成电影剧本。在重庆，他曾应中华剧艺社之邀，出演一个没有台词的日本兵，一上场举枪就被击毙，为了这次跑龙套，他在后台花了两个小时化装。

还有一段戏剧缘更富戏剧性。1941年，中华剧艺社在重庆演出郭沫若的话剧《屈原》，导演陈鲤庭邀请当时失业的廖冰兄担任舞台设计。全剧的高潮"雷电颂"一幕，廖冰兄以一条水平线加天幕几条斜线构成极静极动、大气磅礴的气氛。这份《屈原》设计图廖冰兄无意保存。到了1953年，戏剧评论家盛家伦在北京东安市场旧书摊上买到一本旧杂志，发现里面夹着的竟是廖冰兄的《屈原》设计图。适逢中国青年艺术剧团重演《屈原》，盛家伦把设计图交给又是该剧导演的陈鲤庭。这时，廖冰兄正在北京参加全国文代会，陈鲤庭兴奋地告诉他，原设计图已交给张正宇为新《屈原》舞台设计作参考，而张正宇正是廖冰兄敬佩的艺术家。

黄苗子也为张正宇心折不已，曾自谦："有张正宇在生，我不敢写字。"黄苗子后来在信中转告廖冰兄，张正宇在临终前忠告："做人要谦虚，搞艺术不能谦虚。应当肯定自己还是有点成就。写字画画都要不断在肯定以往成就的基础上又抛弃以往的成就，不然就没有前途。你、冰兄、丁聪都止步不前，要有信心。"

有一次，我在医院里像猜谜一样猜廖冰兄的一语一字，诗人李汝伦也来看望他。廖冰兄一眼就认出这位老难友，大声地叫喊着，许多话都听不清楚，李汝伦接过话头当起翻译。原来，廖冰兄说的是两人当了"右派"一起劳动的事。廖冰兄成为广东美协的第一个"右派"后，撤销一切职务，下放到白云山农场劳动，在这里认识了二十多岁的李汝伦——广东作协的第一个"右派"。李汝伦当时的妻子离开了他，情绪十分低落，廖冰兄整天嘻嘻哈哈，说笑话开解李汝伦，放假时还请李汝伦到家里。在编农场的墙报时，常常是廖冰兄画画，李汝伦配诗，合作很愉快。最愉快的一次合作是，难友们对农场饭堂的劣质饭菜很不满意，李汝伦写了顺口溜："吃了这碗饭，没病变有病，病轻变病重，意见提一碗，惹来一杓瞪。"廖冰兄配了漫画，难友们看了都觉得很解气。因为大家都喜欢廖冰兄，这件乐事一时并没有带太大的麻烦。

在劳动的空隙，廖冰兄偶尔能画点农场的写生。在速写本上一幅写生的记事，他写道："1958年5月，戴了'右记'帽子，到白云山省委农场为浮夸风大卖力气，日挥锄，夜执笔，耕田烧砖，写诗写歌，写画写戏，无所不为，虽每餐四小两粗饭（即二两半），却产生惊人之精力，同群几乎尽患肝炎水肿，唯我越捱越健，奇哉！"

其中说的"写戏"，是写他平素酷爱的粤曲。早在抗战前的《伶星》杂志，他就为马师曾、薛觉先、白驹荣等粤剧名伶画过漫画肖像。在农场劳动期间，他写下的粤曲多达五六十首。晚年他开玩笑说："现在有些粤曲作家写的曲，实在不顺畅，比我写的还不好唱。"

在农场劳动三年后，"摘帽右派"廖冰兄自愿到广东省木偶剧团当舞台美术设计者，近因是在1956年他就为剧团的第一个剧目《芙蓉仙子》客串担任过美术总设计。领导同意了，廖冰兄在剧团一干就是十八年。

广东省木偶剧团在广州西关逢源大街尽头的一座古老大院。广东省粤剧团的舞台工厂也在旁边，廖冰兄常到那里向经验丰富的舞台美术设计师请教。廖冰兄耳聋，老是以为别人听不到他说话。有一次，一个十几岁的小伙子问舞美设计师洪三和："那个聋鬼大声公是谁？"洪三和告诉他，此人就是廖冰兄，小伙子没想到大名鼎鼎的廖冰兄竟是这么一个糟老头子，不禁一愣。廖冰兄居然听见了，大声问："刚才谁叫我大声公？"小伙子吓了一大跳，只好小声回答："是我。"廖冰兄拍拍他的肩膀说："最坦白就是你了，好！"这个小伙子是来自广东中山小榄的陈舫枝。从此，陈舫枝与廖冰兄成了忘年交。后来，当廖冰兄为无法创作政治漫画而苦闷时，陈舫枝带廖冰兄到中山小榄写生，小桥、河涌、鱼塘、芭蕉，激发了廖冰兄的创作灵感，意外地成就了一批重彩风景画。

"文化大革命"中，廖冰兄成了"牛鬼蛇神"。这个美术界的"野生动物"进入广州美术学院，可惜不是来进修，美院的红卫兵要审查廖冰兄，名堂之一是：1950年代廖冰兄当广东美协副主席时，曾"威胁中央军委追认梁永泰为烈士"。画家梁永泰是廖冰兄在香港人间画会的同仁，从香港回到广州。1956年，梁永泰为纪念建军30周年在南方驻军海岛上写生时被误认为特务枪杀了。廖冰兄极力为这个英年早逝的画家追回了一个烈士的名分。

那是当年震惊广东美术界的事件，而今几乎烟消云散。雕塑家潘鹤也与梁永泰熟识，随后创作了名作《艰苦岁月》，他曾向我回忆此事：

《艰苦岁月》是为纪念建军30周年的活动而做

的，搞这个雕塑我差点死了。当时指定我创作纪念解放海南岛的作品，梁永泰创作纪念解放万山群岛的作品，梁永泰刚从香港回来，没有去过万山群岛和海南岛，约我陪他去体验生活。出发前，一位诗人朋友告诉我，连南有一个少数民族的风俗很特别，青年男女用唱山歌来求婚，如果两情相悦，晚上就可以洞房了，一年一次，错过机会就没有了，叫我看完再去万山群岛。我就没有陪梁永泰，先去了连南。梁永泰找了海军画家柯华陪他去体验生活，柯华是党员，部队的军区司令员请他们吃饭，饭后梁永泰和柯华走回驻地，发现沙滩上风景很漂亮，就拿起笔来画画。驻军中有一个新兵以为他们是特务在画地图，立即找了一个老兵来，新兵用枪瞄准梁永泰，老兵用枪瞄准柯华，叫他们举手，柯华说："我是党员，我不举手！"动手想拿党员证出来，老兵以为他拔枪，一枪就把他打死了，新兵见老兵开枪了，也对着梁永泰开枪。如果我去的话，可能第三个就对着我开枪了。

没完没了的检查，无穷无尽的批斗。廖冰兄积多年写检查交代的经验，总结了一条给自己"上纲上线"才能通过的公式：随地吐痰=破坏卫生=散播病菌=蓄意杀人。

九、自嘲

廖冰兄说:"我的画是'炸'出来的"。八年抗战,他憋足了一肚子气,终于"炸"出《猫国春秋》。"漫画被活埋了二十年"的气则"炸"出了《自嘲》和《噩梦录》组画。

"重闻鼙鼓思良将,喜见冰兄上战场。"这是戏剧家李门的诗句。再上战场的老将廖冰兄已过了花甲之年,此时的廖冰兄,半开玩笑说:"我已经领回上缴了三十多年的脑袋啦。"

1979年,他在漫画《自嘲》上题字"四凶覆灭后写此自嘲并嘲与我相类者",这是他的得意之作,曾一画再画。他自序:

> 我以此来向有幸获得第二次解放的人民提问:是什么邪术使好端端的人囚入埕中变成畸形?为什么埕破之后依然蜷曲不动,呆若木鸡?他是我,是你,是无数的善良人民,为什么举国欢呼"中国人民站起来了!"之后二三十年还不能站起来?

这幅画引起了无数人的共鸣。与廖冰兄同龄的翻译家杨宪益题《自嘲》诗曰:

·如是我闻·

一朝解放反生愁，
久惯牢房怕自由。
顾虑重重难提笔，
大家求放我求收。

噩梦醒来，有人选择遗忘，有人敢于反思。今天看来，遗忘者远远多于反思者。廖冰兄的《噩梦录》与巴金的《随想录》异曲同工，而彼此内心深处的寂寞又有多少人读懂呢？

1979年12月，广州文化公园的廖冰兄等六人漫画联展上，许多人还记得，展览会的进口，廖冰兄设计了一个"张志新同志墓碑"模型，上面安装一面镜，镜上写着一份邀请书，请一切同志照照镜子，看看是否达到她坚持真理和勇气的标准。

廖冰兄还重绘了《禁鸣》，同样为了纪念张志新。他说："张志新的血光刺开我的眼睛，从而回过头来察看和思考，于是痛也来了，气也来了。这痛和气也是整个民族共同的痛楚和怒气，于是我又要'炸'了。并且很不自量地想炸掉一切祸根和阻挡人民进路的顽石。我想只要我'炸'的是人民之所恨，人民总会给我壮胆和支持的。果然，画展开出后，看到人民这样支持，也给我们很大的激励。"

1981年，廖冰兄的作品在法国展出。在这一次画展，

《禁鸣》被窃了。法国朋友向廖冰兄道歉,表示愿意赔偿,还说:希望这一事件不致伤害我们的友谊。

廖冰兄很快答复:

1. 对画的失窃,我不要求任何赔偿。假如抓到了那个盗画小偷,也希望你们不要难为他,不要对他施加任何惩罚;

2. 请代我向此公表示:既然他如此喜欢我的这幅作品,我可以无偿奉赠,用不着偷;

3. 如果愿意的话,最好请他给我来封信,一者既然接受了我的礼物,理应表示致谢;二者希望他能谈谈,在100多幅展出的漫画中,为什么偏偏看中我这一幅。

十、"中国漫画死了!"

拥有一个高朋满座、声名日隆的晚年,廖冰兄却说:我在艺术上极为孤独。

廖冰兄曾努力用漫画去表现生活,干预政治,到了晚年却看透许多功夫就在画外。他成了社会活动家,利用漫画赢得的名气做一些单凭漫画做不了的事。有人说他是"业余市长"。

2005年春节期间,画家胡弓羽如往年一样带着儿子来给廖冰兄拜年。胡弓羽激动地告诉我,二十多年前,他还是在汕头地区的农民画家,廖冰兄在一次农民画展看了他的作品,告诉旁边的人:"这个胡弓羽画得比我还好!"没想到胡弓羽就在现场。廖冰兄和他一见如故。廖冰兄得知胡弓羽家境困难,家中有老母、妻子和3个孩子,全靠他一双手撑起来,农活的收入难以维持,就只能帮人家画门额装饰画。廖冰兄惋惜他怀才不遇,拿了他的作品照片,在广州、深圳等地一有机会就向人推荐。两年后,廖冰兄终于利用自己的关系把胡弓羽介绍到广州白云配件工业公司当美工,又帮助他把妻儿从乡下接进城。如今,胡弓羽成了专业画家,同来的儿子正在就读美术学院。

胡弓羽说,当年他还在乡下时,廖冰兄就写了很多信鼓励他在艺术上不断进取,戏称彼此都是"野生动物"。"廖老是一位热诚的伯乐,对他认为有用的人才是'发现一个挖一个',然后又为之奔走张罗扶掖提携。他会时时牵挂着你的事业乃至柴米油盐,哪怕你远在天南地北。他又是与小人物最亲最近的大名家,你很难想象廖老这样大名鼎鼎的一代大师,竟有那么多的平头百姓成为他的挚友,那么多的后生晚辈与他成了忘年交,还有那么多未谙世事的小朋友。"

锦上添花易,雪中送炭难。廖冰兄以帮助小人物为乐,却不喜欢给大人物捧场。他有一套自己的哲学:"好比天气寒冷,大画家、大人物有好多人围着他转,都生了炉子给他取暖,炉子多了,会把他烘病、烘死的。我有火炉,为什么还要递给他?还不如留给我识得的穷朋友暖和暖和。不过为了替小人物做点什么事,我也会破例去拜访大名人、大人物的。比如我想借用他的名气和权力为某个确有才能的小人物推荐、捧场,就请他与我一块儿合奏。嘻,我这是'老奸巨猾',专搞'阴谋诡计',用极不老实的办法去做老老实实的事啦!"

更多的时候,他写书法,画小品,和年轻朋友下乡写生创作重彩风景画,又将这些作品捐出来做公益。他说:"我发现被人吹大也有好处,好在可以利用自己的名气为小民百姓办事。我老了,劫富济贫的力气没有了,但写字可以骗钱,我是'骗富济贫'。"

然而,他画的漫画越来越少。他笑称已从漫画家变成"慢"画家,再变成漫"话"家了。

在1994年11月28日致中国漫画研究者刘鸿英博士的信中,廖冰兄说:"我是个社会活动家,是个善于'公关'的人物,交友之多也是美术、文艺圈中少有的,生活得极为热闹。但我在美术圈中又极为孤独,即是说漫画、美术创作上极其孤立。对我的作品真心实意为我鼓掌者大有人在,请他们与我'并肩战斗'就敬谢不敏了。"

漫画家方成说:"见了廖冰兄不敢做坏事。"在新旧世纪之交,方成写信说:"迈入21世纪的新年,最想望的是冰兄廖老画漫画。"廖冰兄回复:

漫画的作用是针砭时弊，我这个搞了几十年漫画的漫画佬，已经跟不上"时弊"了，也就无法"针砭"。当今之现实比漫画更漫画，现代化的邪恶和邪恶的现代化是漫画所不能表现的，我的想象力、创造力都不及当代邪恶高水平。

漫画是骂画，我如今"改邪归正"不画骂画了。

在廖冰兄受病魔折磨得几乎语不成句时，他甚至说："中国漫画死了！"

当我将这句话向廖冰兄在北京的朋友丁聪请教时，丁聪说："对。现在没有气氛画漫画了。我现在还在画。因为我没有别的本事。我不适应于今天的时代，今天应该是说'好'的时代，是耳朵听不惯说'不好'意见的时代。漫画应该是一个讽刺的工具。我们总是要把不好的、腐朽的东西去掉。"当我再把丁聪的这番话转达给廖冰兄时，他会心地笑了。

早在1994年，廖冰兄应丁聪夫人沈峻之约，在丁聪的文化人肖像集《我画你写》上写下："'悲愤漫画'是我的专业，为被害的善良而悲，为害人的邪恶而愤。到人世无可悲可愤之时，我便失业了。上帝，尽快让我失业吧。阿门！"

志趣相投的朋友就像并立的苍松翠柏，根须和树冠相连，在最深处和最高处相逢。即使在遥遥相望之间，廖冰兄依然与丁聪、方成心灵相通。

廖冰兄：1915—2006年，原名东生，生于广州。漫画家，代表作有《猫国春秋》《自嘲》《噩梦录》等。

本文参考书目：

《我看冰兄》，潘嘉俊、梁江编，岭南美术出版社1992年12月版。

《三家诗》，黄苗子、杨宪益、邵燕祥著，广东教育出版社1996年11月版。

《冰兄漫谈》，廖冰兄著，河北教育出版社1997年6月版。

《廖冰兄香港时期漫画》，广东美术馆2000年1月版。

《文人肖像》，丁聪画、宗文编，三联书店2000年12月版。

《给世界擦把脸——廖冰兄画传》，张红苗、廖陵儿著，花城出版社2002年8月版。

《比我老的老头》，黄永玉著，作家出版社2003年7月版。

《廖冰兄"三岁"同乐集》，广东教育出版社2003年9月版。

《我有一枝笔——廖冰兄各时期漫画精选》，暨南大学出版社2005年5月版。

《廖冰兄画字集》，岭南美术出版社2005年8月版。

《风雨落花》，黄苗子著，作家出版社2005年11月版。

《廖冰兄　陈舫枝·彩墨寄深情》，广东美术馆。

黄苗子、郁风：情系师友

一、"安晚书房"

每次和黄苗子郁风夫妇的会面都是愉快的。

第一次见到他们，是在北京万荷堂的黄永玉八十一岁生日会上。名士云集，所见所闻皆新奇，然而，我念念不忘的是黄苗子的微笑。晚宴开始时，黄苗子开怀大吃的形

郭延冰 摄

象让人难忘。随手拍了一张照片，镜头下馋嘴的黄苗子，活像个大孩子。

2005年8月17日下午，我在黄苗子和郁风家中访问，未觉两人的岁数加起来已经超过一百八十岁，黄苗子不时欢笑，郁风中气十足。谈到邵洵美，黄苗子取出一把扇面，朗读自己书写的邵洵美诗作，又取出六十多年前在上海为邵洵美画的漫画，郁风也感到有些意外，称赞把邵洵美风流倜傥的神采刻画得很像；谈到聂绀弩，黄苗子又取出聂绀弩在山西写给他的诗。谈到郁华，郁风取出自己的散文集《画中游》，其中有她写父亲的文章；谈到郁达夫，又取出《郁达夫海外文集》。可以想象，老友们在他们家聊天是何等愉快的场面。

他们家的布置是适合老友来聊天的。书房名为"安晚书房"，画案不大，书架上堆满了书，墙上挂着黄苗子重写的聂绀弩斋名"三红金水之斋"。书房门前的对联是黄苗子的篆书，造型悦目，事后请教高人方知是："春蚓爬成字，秋油打入诗。"黄苗子喜欢打油诗，这两句真是打油到家了。客厅墙上的一幅字是黄苗子写的"月是故乡明"。他们曾经在澳大利亚住了十来年，居住条件比北京好，晚年还是喜欢住北京。毕竟，北京有许多老友。数十年来，两人身边总少不了患难与共的朋友。

黄苗子和郁风夫妇最自豪的是一生中有良师益友相伴，没有门派与专业之见，只因志趣相投。1930年代的上海，1940年代的重庆"二流堂"，1950年代的北京栖凤楼和后来王世襄芳嘉园小院，劫难重逢后北京的一场场聚会，这对艺术夫妇总是生活在文化朋友圈中。这些人是现代文化史上响当当的人物，他们的言谈行止，如果有心人记录下来，便是一部现代的《世说新语》。

二、谈文论艺

回忆是靠不住的。即使亲历之事，数十年后回忆起来，往往成了另一种传奇。历史就是这么有趣。

1930年代的大上海，黄苗子和郁风第一次见面。然而，在两个人的回忆里有两个版本。

黄苗子的版本是：

> 我记得是和郁风在叶浅予家见面的。当时，我经常去找叶浅予，晚上，郁达夫来了，我没有发现他带着侄女郁风来，就说："达夫，你管管你的侄女啊！"郁达夫答道："你瞧，我带她来了！"

郁风的版本则是：

> 当时我才十七八岁，初出茅庐，从北平艺术专科学校刚毕业。我年轻，什么也不懂，跟着叔叔郁达夫

到处乱转,郁达夫带我去霞飞路的漫画俱乐部,黄苗子他们几个漫画家就经常在那里聚会。当时是在一个按摩院的楼上见的面,那是一个不大好的地方,可能不仅仅有按摩。他们一帮人在一起,我跟张光宇、张正宇、丁聪、叶浅予,还有黄苗子见的面,都是头一次,以前不认识他们。我记得清楚极了,没有错的。可能也不矛盾,他说的是一回事,我说的是另一回事。

黄苗子和郁风的家庭背景大不相同。黄苗子的父亲黄冷观与国民党要员吴铁城同为同盟会员,拜吴铁城之赐,黄苗子一直是拿铁饭碗的国民党高级公务员。郁风的父亲郁华、叔叔郁达夫都曾留学日本,郁华是著名法官,曾营救田汉、阳翰笙、廖承志等人,郁达夫是新文学健将。郁风因叔叔郁达夫的影响,热衷于文艺活动。两个年轻人因为艺术交流成为朋友。

郭延冰 摄

黄苗子生于广东香山(今中山市)书香世家,古诗文的阅读和背诵奠定他的文学基础，练习书法则是他乐此不疲之事。邓尔雅开启了黄苗子一生为学之门，黄苗子回忆：

> 我八岁到十几岁就在广东跟邓尔雅学习。我父亲当时在香港办中学，邓尔雅跟我父亲是同学，就经常来教我。邓尔雅算是我的启蒙老师，但是当时年纪小，勉勉强强跟他学，并没有受到多少他的艺术影响。现在，我才体会到他的艺术精髓，他很了不起。但是当时我得到他的一个好处，学会搜集材料。做学问的人最重要的是要搜集材料，读书凭脑子记忆，不可能全部记清楚，一定要有根据。所以我从五十年代初起，就学习邓尔雅先生，凡是书上有用的东西，都抄下来，作卡片。尔雅先生抽卷烟，经常用卷烟的纸来抄材料。抄了这些材料怎么办呢？觉得有用的就抄下来，然后一分类就出来了。

少年黄苗子喜欢上漫画，十六岁时创作漫画《魔》入选香港学生画展，并在叶浅予主编的《上海漫画》发表，使他对上海无限向往。1932年，黄苗子从香港跑到上海投笔从戎，黄冷观紧急给时任上海市长的吴铁城拍电报，拜托他关照儿子。吴铁城把黄苗子安排在上海市政府任职，黄苗子身在官场，心在艺坛。

一年后，郁风随家人从北京南迁上海。郁风小时候与三叔郁达夫最亲近。沈从文晚年不止一次对郁风讲过，他在北京湖南会馆里，没有棉衣，没有火炉，就用被子裹着身体坐在桌旁写作。大雪天推门进来的是郁达夫，把围巾摘下披在沈的身上，又拿出五块钱请他去吃饭，找回的钱送给他。讲这个故事的时候沈从文已经七十多岁，郁风看见他的眼睛湿润了。

郁达夫带郁风去见鲁迅，郁风记得鲁迅很特别的是用大拇指和四个手指拿香烟，而不是夹在食指和中指中间的姿势。有一次，郁达夫很不客气地对鲁迅说："我这侄女是学画的，你有什么画册给她一本吧。"后来鲁迅果然送了郁风一本《引玉集》。

在许多人看来，郁达夫"曾因酒醉鞭名马，生怕情多累美人。"不免封他为"颓废派"。郁风却说：

> 别人给郁达夫戴上的"颓废派"的帽子，实在是冤枉。不仅是我这么说，刘尊棋写过一篇文章叫《郁达夫应称为颓废派吗？》，替郁达夫打抱不平。如果真是"颓废派"，就不会以身报国，参加抗战。我自己搞了很多年美术、编辑等，根本不是搞文学研究的。但是国内很多读者根本不了解郁达夫，我就为郁达夫打抱不平。因为1958年冯雪峰写到郁达夫，提醒了我。从那时开始，我就搜集了海外出版的有关郁达

夫的材料,我利用香港的条件搜集这些材料。因为当时国内的人只知道郁达夫的《沉沦》,根本不了解抗战之后的郁达夫。我针对这些现象,写了一篇很长的编后记,介绍他在海外的情况。刘尊棋、胡愈之对此也比较了解,郁达夫在新加坡,他们当时也在新加坡搞抗战华侨宣传工作。日本侵占新加坡以后,他们去了印尼。他们都了解郁达夫当时是非常悲惨的。

郁达夫是在日本投降以后两个星期内,被日本宪兵杀害的。这个调查是日本的作家铃木正夫完成的。胡愈之当时知道,但是没有确凿的证据,1945年郁达夫被害,第二年,胡愈之回到国内写了一本小册子《郁达夫的流亡和失踪》,把这个中国重要的作家在海外的遭遇告知国人。但是没有引起注意,也没有什么转载。所以,一直到了今天大学里讲现代文学史,始终把郁达夫算作"颓废派"。

鲁迅就对郁达夫比较了解,尽管鲁迅对创造社有看法,但是觉得郁达夫真实,有作家的良心。鲁迅欣赏郁达夫,两人是很好的朋友。所以,郁达夫实在是很冤枉,一是被当作"颓废派",一是后来风传他跟王映霞的关系,弄成绯闻。台湾对此也出了很多无聊的书。我们算一下,郁达夫在新加坡做过很多工作,两个报纸的副刊主编,他每天要到报馆看电稿、上班、写评论,然后要做很多社会活动,比如华侨抗敌协会的很多工作。我说，不是"颓废派"的作家都很难做到郁达夫做的事情，还要把郁达夫归为"颓废派"，实在是太冤枉了。郁达夫隐姓埋名叫赵廉，办一个酒厂，拿收入养活了好多当时逃亡在外的文化人。像胡愈之他们都在那里逃难，生活没有着落，就靠这个酒厂，大家生活下来，掩护了很多华侨同胞。有一次，他跟一些华侨坐的车被日本人拦住，因为不懂日语，大家以为日兵要加害他们。其实，日兵只是问路，但都把那些华侨吓坏了。郁达夫就跟那个日本人说通了，问题就解决了。这些人就把郁达夫看成是与日本人有什么关系的了不得的人物，需要的时候，又让郁达夫去做翻译。后来一旦华侨跟宪兵有什么纠纷，都是郁达夫在中间做翻译。而当时一个印尼的地下党被日本人抓到，手上有一个他们会员的名单，日本人不识字，就让郁达夫翻译。郁达夫马上机警地说，这个人放高利贷，这是欠他钱的名单，这样掩护了很多革命的地下党。就是利用这样的方法，做了很多保护华侨利益、生命安全的事情。这些事情都没有人知道，都是我在海外出版的一些文章中看到的。总而言之，始终都没有一个对郁达夫公正的评价。

郁风在北平艺术专科学校学习油画，随后到南京中央大学在徐悲鸿、潘玉良门下深造。传奇女画家潘玉良对郁风是另一种影响，郁风回忆：

> 因为搬家到上海，我从北平艺术专科学校毕业，想继续学习，就去了南京中央大学。那时候徐悲鸿刚刚从国外回来，成立了南京中央大学艺术系。徐悲鸿邀请了潘玉良讲课，潘玉良刚从法国学画回来，没有什么名气，没有什么人知道她。结果徐悲鸿的教室人山人海，一层一层包围。我觉得人太多，根本看不见老师，就选了潘玉良的课。潘玉良只有两个学生，一个男学生，一个是我。虽然只有两个学生，有点尴尬，但是我觉得上课舒服极了。我们画景物的时候照样有经费可以买道具，照样可以雇模特。潘玉良教得也很好，因为只有一两个学生，就像带自己的孩子，反而我们学到了很多东西。我还给潘玉良做模特，画了一张油画，那张画得很好，但是不知道去了哪里，也没有发表。

黄苗子与郁家有缘。当年上海有一个南社俱乐部，由柳亚子主持，有一个南社点将录，把水浒的108人编到南社俱乐部的108人身上，有郁华，也有黄苗子。"我是矮脚虎，郁华是什么我记不起来。"黄苗子笑道。

和郁达夫的交往，黄苗子倒记得很清楚。每次郁达夫从杭州来上海，邵洵美都会打电话把黄苗子约出来，一起吃饭聊天。邵洵美是上海"文坛孟尝君",他创办的时代图书公司,把当时有名的漫画家张光宇、张正宇、叶浅予、鲁少飞全都收罗进去。黄苗子有空就到时代图书公司,和这些年轻艺术家玩在一起。郁风就在这时候走进他的世界。

我问黄苗子:"您二位是怎么相爱的?"黄苗子答:"因为老谈艺术和创作,在书信中也谈,还聊一些文艺界的情况。"

三、"二流堂"

好景不长,抗战爆发。郁风的家事,是大时代里国事的一个缩影。她的祖母拒绝为日本军官做饭,躲到后山下崖边,几天后冻饿而死;她的母亲陈碧岑遭日寇炸伤后留下永久的伤疤;她的父亲郁华为敌伪特务枪杀;她的三叔郁达夫在日本投降后被日军诱出野外杀死。

战火使爱国之心更为炽热。黄苗子回忆:

> 抗日战争时期,中国文化并非一般人所想象的穷途末日"快完了",而仍然是根深蒂固地继续发展。没有条件、机器印刷漫画,所以,最早的漫画宣传是值得大书特书的,现在没有人再提起了。像张乐平、叶浅予、陆志庠、特伟、张仃,这批人全部是漫画宣

·黄苗子、郁风：情系师友·

传队的重要人员。他们的根子都是上海漫画，分散到很多地区用漫画做抗战宣传，张乐平在上饶，黄胄、特伟在重庆。尤其是在农村，漫画宣传队起到了很大作用，一边挂着画，一边讲解。几乎在没有敌人侵略的地方，很多重点城市都有漫画宣传队。廖冰兄在广州，后来到他的家乡广西，穷乡僻壤里，漫画起到了作用。但是当时的照片不容易收集，现在也很少人提起。当时，鲁少飞他们在广东，我也去了广东，办了一个《总动员画报》，由部队出钱。《总动员画报》一出就是几十万份，对抗战影响比较大。当时涌现的一些好的作品，艺术性与政治性结合得很好，现在看来仍然是很有力量的。

抗战中辗转各地，黄苗子和郁风之间音讯不断。在香港，郁风编了一本《耕耘》杂志，黄苗子是发行人。在重庆，黄苗子、郁风、夏衍、徐迟、冯亦代常聚在一起。当黄苗子向郁风求婚时，以革命者自居的郁风觉得难以抉择，因为黄苗子那时在国民党政府任职。为黄苗子担任说客的是夏衍。

1944年，不同政党的人物在重庆一同参加他们的婚礼，柳亚子和郭沫若合诗："跃冶祥金飞郁凤，舞阶干羽格黄苗。芦笙今日调新调，连理枝头瓜瓞标。"证婚人沈尹默赠诗："无双妙颖写佳期，难得人间绝好辞。取譬渊明远风日，良苗新意有人知。"

婚后的黄公馆，各种政治人物都是座上客，有左派的革命名流，有戏剧界、诗书界的文人，甚至国民党军统特务。他们常在黄公馆打牌、清谈，有如自发地搞统一战线。

在黄公馆的不远处，有一个更为方便的文化人住所，名为"碧庐"，这是唐瑜自费建造的房子，用来接纳文艺界的穷朋友。常常在这里的有漫画家丁聪、剧作家吴祖光、画家叶浅予、大牌明星金山、翻译家冯亦代、歌唱家盛家伦、黄苗子和郁风夫妇。大家性情相投，自由自在地欢聚一堂。

从延安来的秧歌剧《兄妹开荒》中有一个陕北名词"二流子"，引起了"碧庐"中人的兴趣，这些文化人平时不用严格上班，生活自由散漫，便互相用"二流子"调侃。有一次，郭沫若到"碧庐"聊天，兴致勃勃要题匾"二流堂"，一时没找到宣纸和毛笔，并未题成，但"二流堂"的名号从此叫开了。

1948年在香港，乔冠华说："将来在北京，'二流堂'可以再搞起来的，继续做团结文艺界人士的工作。可以搞成一个文艺沙龙式的场所，让文艺界的人有一个休闲的地方。"

四、思想自由飞翔

诚如乔冠华所言，1949年后的北京栖凤楼，住着黄苗子和郁风、吴祖光和新凤霞、盛家伦、戴浩。盛家伦称这里是北京"二流堂"。齐白石、老舍、梅兰芳、洪深等名人来往不绝，连上海、广州、香港各处来人，潘汉年、黄佐临、柯灵、于伶等到了北京，也都往这儿跑。黄苗子回忆：

> 北京"二流堂"在东单一个破破烂烂的大房子，浩子（戴浩）花了几个金条买下了这栋楼，起初是盛家伦音乐大师、浩子两对夫妇住在里边。后来，我从香港来，没有地方住，也住在里边。再后来，《新民报》公私合营，也搬到里边，我也去参加管理。最后是吴祖光也搬进来。当时大家聚到一起，各自有各自的朋友。我跟郁风是美术界的朋友多，盛家伦是音乐界的朋友多，吴祖光是戏剧界的朋友多。"二流堂"除了在朋友上的感情沟通，更多是推动大家专业之间的交流。比如吴祖光搞梅兰芳的戏剧，就把我、张光宇、张正宇请进去做艺术顾问，对布景等等提出意见。这一类的事情很多，我们没有想法、意识去振兴中华文化，但是实际上也做了一些这方面的工作。

郁风则说："其实，也是因为文化圈里的人兴趣相投，不是从一开始就严肃考虑任务，要完成什么任务的。而且这里也不尽同行，有的搞戏剧，有的搞文学，有的画画。但是有一些共同的趣味、共同的认识，就很自然地走到一起了。"

这批志趣相投的文化人聚在一起，并不知道厄运将至。黄苗子感慨：

> 有一句话说，知识分子成堆的地方危险。我们就不知道危险。"反右"的时候，有人提出来我们是把重庆"二流堂"在北京恢复，还上告了中央。其实周总理是很清楚的。在重庆，郭沫若、夏衍都和我们在一起，到了北京又聚集到一起。四人帮把我们揭露出来，目的也就是为了针对周总理。

1967年12月13日的《人民日报》上，赫然刊登了著名檄文《粉碎中国的裴多菲俱乐部"二流堂"》，字字粗黑。从此，"二流堂"一案株连无数。黄苗子和郁风夫妇名列其中。受害的除了一批熟知的堂友之外，头上有"名号"的还有："叛徒"阳翰笙；"中美合作所的文化特务"叶浅予；"美国特务机关陆军战略情报局"的丁聪；中央印钞厂长冯亦代；"大汉奸大叛徒"潘汉年；"混世魔王"赵丹；"反动漫画家"张光宇、张正宇；"工艺美术界霸头"张仃；"大政治骗子""反党老手"华君武；"大右派"聂绀弩。专案组在查"二流堂"重要人物吴祖光时，对他说："为了盘查你的这个'二流堂'，国家派出的外调人员几乎走遍了大半个中国，你看你为国家造成多大的浪费，你惭愧不惭愧？"

"文化大革命"时期，黄苗子和郁风夫妇入狱七年，关押在同一个监狱，却相互不知下落。在郁风的回忆里，监狱生活成了一种修炼："坚持锻炼，斗室之内，日行万米，就感到生命的正常存在。因为我相信，流水不腐，户枢不蠹。身体被禁锢了，思想却可以自由飞翔，和古人、和世界对话，飞向每一个熟识的人，飞向每一处可怀恋的地方。"

五、"双子星座"

黄苗子说："我这一辈子得到过最大的益处就是朋友。我原来只是中学毕业，没有什么学历，我都是靠长辈、朋友的帮助，才有了一些学问。"

1957年，黄苗子到广州送母亲上船回香港，为了研究唐代画圣吴道子，特别去中山大学拜访陈寅恪先生。当时，陈寅恪的眼睛已经看不清楚。黄苗子记得："陈老的头脑十分清醒，博闻强记。他指导我，让我查《新唐书》第几卷第几页就有一些唐代壁画的材料，《旧唐书》第几卷第几页也有，都是如数家珍。"

1950年代在北京，黄苗子是聂绀弩家中的常客。黄苗子回忆：

有一天我跟聂绀弩开玩笑，我说他是研究古代小说的，研究三国、红楼梦、金瓶梅、水浒，我给他书房起个斋名"三红金水之斋"。他高兴得不得了，我用隶书写好了挂在书房。后来要命了，红卫兵来了。我都不知道红卫兵的事情，事后他才告诉我。他说，我要赔他一张"三红金水之斋"。红卫兵让聂绀弩说"三红金水"的意思，他急中生智，就说是"三红"是"思想红、路线红、生活红"，"金"是小红书毛主席语录，"水"是江青的"江"字边旁，因为尊敬不敢直接写出来。红卫兵啪就撕掉了，说："你也配！"十年之后，我们再见面，我又用草书给他写了一张。

"反右"后，黄苗子、张光宇两家没有住处，王世襄毅然让他们住进了王家的芳嘉园小院。黄苗子还与启功经常来往。他回忆：

"反右"以后，大家没有什么事情好做，就都写一点东西。王世襄的明式家具就是在那个时期写的，研究建筑的法则《营造法式》等好几本书，还有对鸽子、葫芦的研究也是那个时候开始。我当时研究唐代画圣吴道子,写了大概十几万字。我们有一个朋友以前给启功的老师陈援庵先生抄东西,当了"右派"以后没有事情可做,他就替我们三人抄东西。抄完之后大家互看、提意见,当时来往比较密切。启功最有名的一本书《诗文声律论稿》,给诗律平平仄仄的发音总结了很好的表格和规律。从平平仄仄中拉开五言、七言,这就让人们能抓住旧体诗平仄的规律,让它变得简单。启功改稿子的每一页都是手写楷书,用功了得,《诗文声律论稿》最后大概改到第九次才满意。我十分钦佩,至今还保留着他的第七次改稿。差不多是几年以后"右派"平反,我的《吴道子事辑》才在中华书局出版,启功也替我纠正了不少错误,他都用纸条夹在稿件里,很细心。

郁风则记得,1976年唐山地震后,芳嘉园小院的主人王世襄不肯离开他收藏的宝贝,竟想出一个办法:在他心爱的紫檀大柜里睡了好几个月。后来黄苗子书联赠他:"移门好教橱当榻,漏屋还防雨湿书。"横批是:"斯是漏室。"

其实,除了众多良师益友之外,黄苗子与郁风就是彼此艺术上的师友。郁风笑解:"我经常是他的第一个批评者,他写了字,我其实不懂,但是我从艺术的角度、直觉、构图等方面,最不客气地评价。他有时候听,有时候

郭延冰 摄

也不听。我的画,他也批评。后来,他总说他画画是跟我学的,其实不是。我们先后在澳大利亚生活了十年,那里地大人稀,住的房子很大,我们也有一个很大的工作室。我们一共有三个工作台,中间有一个大桌子,我画完以后的颜料都不用收起来,他写完字就'偷用'我的颜料画画。"

黄苗子和郁风夫妇书画合璧,被誉为中国艺术界的"双子星座",但他们自称是"行走在艺术世界里的小票友"。黄苗子的打油诗和郁风的散文,在他们看来,也不过是玩票,却玩出风范。声名如同云烟,他们更在意的是,老友们经历风雨后的一次次重聚。真奇怪,这些人受了那么多苦,却那么长寿,这种现象值得医学家好好研究。

老友渐渐远行,有人一睡不复醒,有人哈哈大笑而逝。叶浅予走了,吴祖光走了,冯亦代走了,启功走了……他们的主心骨夏衍去世时,朋友相顾说:"这是喜丧!喜丧!"黄苗子郁风夫妇送挽联云:"旧梦懒寻翻手作云覆手雨,平生师生一流人物二流堂。"

黄苗子：1913—2012年，广东中山人。书法家、漫画家、美术史家。著有《吴道子事辑》《八大山人传》《画坛师友录》《艺林一枝》《黄苗子书法选》等。

郁　风：1916—2007年，浙江富阳人。画家、散文家。著有《我的故乡》《时间的切片》《陌上花》《画中游》《故人·故乡·故事》等，编有《郁达夫海外文集》《郁曼陀陈碧岑诗抄》等。

本文参考书目：

《故人·故乡·故事》，郁风著，三联书店2005年10月版。

《风雨落花》，黄苗子著，作家出版社2005年11月版。

《二流堂纪事》，唐瑜著，三联书店2005年11月版。

《画坛师友录》，黄苗子著，三联书店2007年2月版。

图书在版编目（CIP）数据

如是我闻 / 李怀宇著. -- 成都：四川人民出版社，2022.1
ISBN 978-7-220-11080-1

Ⅰ.①如… Ⅱ.①李… Ⅲ.①访问记—作品集—中国—当代 Ⅳ.①I253

中国版本图书馆CIP数据核字（2021）第065840号

RU SHI WO WEN
如 是 我 闻

李怀宇　著

出 品 人	黄立新
策划统筹	封　龙
责任编辑	赵　静
版式设计	戴雨虹
装帧设计	周伟伟
责任印制	周　奇
出版发行	四川人民出版社（成都槐树街2号）
网　　址	http://www.scpph.com
E-mail	scrmcbs@sina.com
新浪微博	@四川人民出版社
微信公众号	四川人民出版社
发行部业务电话	（028）86259624　86259453
防盗版举报电话	（028）86259624
照　　排	四川胜翔数码印务设计有限公司
印　　刷	四川五洲彩印有限责任公司
成品尺寸	140mm×210mm
印　　张	10.5
字　　数	210千
版　　次	2022年1月第1版
印　　次	2022年1月第1次印刷
书　　号	ISBN 978-7-220-11080-1
定　　价	68.00元

■版权所有·侵权必究
本书若出现印装质量问题，请与我社发行部联系调换
电话：（028）86259453

让 思 想 流 动 起 来

官方微博：@壹卷YeBook
官方豆瓣：壹卷YeBook
微信公众号：壹卷YeBook
媒体联系：yebook2019@163.com

壹卷工作室
微信公众号